당 만드는 여자들

세상에 없는 것을 만들자고

우리는 정당을 만들기로 했습니다. 사람들을 모으고 뜻을 모았죠. 설레기도 하고 두렵기도 한 일이었습니다.

가능할까? 왜냐하면 정당법에 따르면 창당발기인대회를 하고 나면 6개월 이내에 필요한 요건을 마련해 설립신고를 마쳐야 하니까요. 요건을 마련하지 못하면, 그래서 설립신고증을 받지 못하면 창당을 하지 못하는 것이니까요. 그동안 애쓴 일들이 물거품이 될 수도 있는 거죠.

우리가 가는 길 끝에 무엇이 있을지 모른 채, 함께 길을 나섰고 열심히 뛰어다녔습니다. 열심히 하는 것에 그칠 것이 아니라, 끝이 어떻게 나게 되든지 성공하든 실패하든 열심히 하고픈 우리 마음을 편안한 말과 글로 이야기하고 싶었습니다.

정치하는 사람의 글이라는 것이 어떤 사안에 대해 입장을 밝히거나 무엇을 해야 한다고 정책을 제시하거나 하는 것인데, 그거야 앞으로 정당이 만들어지고 정당인이 된다면 쭉 하게 될 일이고. 말랑하게 우리 얘기를 담는 글을 쓰기로 했습니다. 과연 당을 만들게 될지 우리도 결과가 궁금했거든요.

그래서, 세상에 없는 것 하나를 더 만들게 되었죠. 당 만들자고 나선 여자들이 자기 이야기를 풀어놓은 에세이를 쓰기로 한 것입니다. 길지 않은 인생이지만, 어쩌다 여기서 우리가 함께 정당을 만들자고 사람들과 부대끼며 지내고 있는지 돌아보게 되었습니다.

어릴 때 싹수가 있었나? 어릴 때 내 모습이 어땠지? 어디서 어떻게 지낸 시간들이 지금 나를 만들었지? 왜 세상에 정당이 없는 것도 아닌데 정당을 새로 만들려고 하지? 누구와 함께하고자 하는 건가? 우리 스스로에게 물었던 질문들에 답하는 글을 쓰기로 했습니다.

우리가 어디서 누구와 함께했는지, 어떤 시간을 통과해 왔는지, 길지 않은 10년을 돌아볼 수 있었습니다. 함께 쓰고 함께 읽으며 우리는 서로를 조금 더 알게 되었습니다. 이 책을 손에 든 분들도 우리를 조금이나마 알게 되시기를 기대합니다.

글을 다 마칠 즈음, 정당 설립 요건을 모두 마련하게 되었습니다. 책이 세상에 나올 때쯤이면, 창당대회를 마치고 어엿한 정당으로서 선거를 준비하고 있겠군요.

당을 만들자고 나선 길에 이제 아주 많은 사람이 함께하게 되었습니다. 진짜 당을 만들어낸 당원 여러분, 첫 발걸음부터 지금까지 고생을 마다하지 않고 있는 동료 여러분! 고맙습니다!! 앞으로 모두 함께 만들어 갈 기본소득당은 어떤 이야기를 품게 될지 궁금합니다.

설레는 맘으로 세 여자 이야기를 세상에 내놓습니다.

그래요. 우리 맘이 그랬다고요.

2020년 새해를 하루 앞두고

신민주, 신지혜, 용혜인

신민주

1부

세상이 신기한 여자들

학교에는 계단이 많았다

신민주

귀에서 뚝 하는 소리가 울려 퍼지고 눈에 번쩍 섬광이 보였다. 정신을 차려 보니 바닥에 쓰러져 있었다. 참을 수 없는 통증이 무릎에서 느껴졌다. 머리가 떵하고 무릎이 망치로 세게 맞은 것처럼 찌릿찌릿했다. 이게 무슨 일이지? 친구들 웃는 모습이 슬로모션처럼 보였다. 난생처음 느끼는 통증에 어지러워서 왜 넘어졌는지도 기억나지 않았다. 왼쪽 무릎을 만져 보니 무릎이 있어야 할 자리에 무릎이 없었다. 무릎은 90도로 돌아가 오른쪽으로 튀어나와 있었다. 심장이 몸 밖으로 튀어 나갈 듯이 마구 뛰었다.

왜 넘어졌는지는 한참 후에 친구가 말해 줘서 알게 되었다. 비 오는 아침, 학교에 도착한 나는 친구에게 비 때문에 세 번이나 넘어질 뻔했다는 이야기를 하고 있었다. 나는 그 상황을 넘어지는 척까지 하며 온몸으로 설명하다가 진짜로 자습실에서 넘어지고 말았던 것이다. 재수 없게 넘어지면서 발이 책상 다리에 걸렸고 무릎만 돌아가고 말았다. 오버액션을 하다가 넘어졌기 때문에 친구들은 넘어진 나를 보고 와르르 웃었다. 그러나 내가 웃지도 일어나지도 못하자 친구들은 심각해지기 시작했다.

"야, 괜찮아?"

누군가 물었다. 나는 고개를 저었다.

"다리가 이상한 것 같아."

친구 몇 명은 선생님을 불러오기 위해 양호실과 교무실로 뛰어갔다. 뒤늦게 달려온 선생님들은 별 도움이 되지 않았다. 선생님들은 내가 허리가 다쳐서 그런 것 같다거나 발이 삔 것 같다는 잘못된 추측을 늘어놓았다.

"허리가 아픈 게 아니라 다리가 아파요. 다리가!"

내 말을 듣고 선생님이 물었다.

"잠깐 일어나 볼 수 있겠니?"

선생님들의 '사려 깊음'에 미칠 것 같았다. 엉망진창인 상황 속에서 급기야 친구 한 명이 홀쩍거리며 울기 시작했다. 곧 자습실은 눈물바다가 되었다.

"그냥 구급차를 불러야 할 것 같아요."

모든 것을 포기한 채 내가 말했고, 울고 있는 친구들과 사려 깊은 선생님들을 뒤로 한 채 119 구급차에 실렸다.

임신하셨어요?

응급실은 사람들로 꽉 차 있었다. 나보다 심각한 환자가 많았기 때문에 나중으로 밀렸다. 앉지도 눕지도 못한 자세로 침대 위에서 끙끙거리고 있는데 간호사가 다가왔다. 간호사는 인적 사항 몇 가지를 물어본 후 갑자기 비장한 표정을 지으며 재빠르게 침대 주변에 커튼을 쳤다. 그리고는 목소리를 내리깔고 속삭이듯 물었다.

"혹시 임신하고 계신가요?"

상상도 못 한 질문이었다. 그럴 일 없으니 진통제나 놔 달라고 했다.

"아무에게도 말하지 않으니 걱정하지 마세요. 혹시 임신 가능성이 있나요?"

내가 재차 아니라고 하니 간호사는 소변검사를 해야 한다고 했다.

'도대체 왜 임신에 대해 묻는 거야. 난 남자 친구도 없는데. 난 다리가 아파서 왔는데.'

간호사가 내 말을 믿지 못해 소변검사를 하자고 하는 것 같아 화가 났다.

"제가 움직일 수 없어서요. 소변검사는 안 하고 싶어요. 임신 가능성 정말 없어요."

간호사는 난처한 표정을 지어 보이더니, 잠시 후 누워서 소변을 보라고 납작한 통을 가져왔다. 간호사의 사려 깊음이 너무 당황스러웠다. 다 뚫려 있는 병원 침대에서 커튼만 치고 누워서 오줌을 싸라고? 이해할 수도 없었고 몸을 움직일 수도 없었다.

"저 안 할래요."

결국 소변검사는 패스했다. 간호사는 어쩔 수 없다는 표정으로 그냥 진통제를 놔 줬다. 내가 계속 아파하자 간호사는 더 많은 진통제를 놔 줬다. 몸에 약을 쏟아 넣으니 구토가 나올 것 같았다. 아픈 무릎, 메스꺼운 속, 앉은 것도 누운 것도 아닌 자세로 끙끙대며 얼마나 기다렸을까?

마침내 엑스레이를 찍게 되었다. 다리를 쫙 편 채 엑스레이를 찍어야 한다고 말했다. 의사는 내 무릎을 보고는 조금만 참으라더니, 구부러진 다리를 손으로 힘껏 펴기 시작했다. 여태껏 참았던 눈물이 왈칵 터질 정도로 끔찍이 아팠다. 엑스레이만 찍었는데 기진맥진하고 말았다.

엑스레이를 찍은 후 내 진료 차례가 되는 데도 오랜 시간이 걸렸다. 그사이 드디어 엄마가 병원에 왔다.

"아이고! 민주야! 이게 무슨 일이야!"

거기까지 말했으면 좋았을 텐데.

"조심 좀 하지!"

눈물이 핑 돌았지만 늦게라도 엄마가 병원에 달려와 줘서 고마웠다.

진찰과 치료는 기다린 과정에 비해 싱겁게 끝났다. 의사는 엑스레이 결과를 보며 슬개골이 탈골되고 근육이 파열되었다고 말했다. 펑펑 울며 고통 속에 찍은 엑스레이 사진을 보며 처음으로 '무릎뼈'를 '슬개골'이라고 부른다는 사실을 알게 되었다. 의사는 손으로 무릎뼈를 우드득 맞추어 제자리로 돌려놓았다. 엑스레이를 찍어 봐서 그건 아프지도 않았다.

허벅지에서 무릎까지 오는 통깁스를 한 채 퇴원했다. 하늘은 한참 전에 어둑해져 있었다.

학교에는 계단이 많았다

여태 한 번도 안 해 본 목발이었다. 겨드랑이가 아프고 팔이 욱신거렸다. 늘 급식실에 1등으로 가서 급식을 먹던 청소년이었지만, 목발을 하고는 도저히 일찍 밥을 먹을 수 없었다. 친구들은 급식실로 뛰어가다가도 의리 있게 나를 기다려 주었고 식판도 들어 주었다. 그렇지만 급식실은 교실에서 너무 멀어서 목발을 짚고 한참을 끙끙대며 가야 했다. 식판을 받고 남은 음식을 버리는 걸 혼자 할 수도 없었다.

결국 급식을 먹지 않고 도시락을 싸서 다녔다. 반에서 급식을 먹지 않는 애들은 그날 급식이 싫어서 매점 빵을 먹는 애들이었다. 나는 혼자 도시락을 까먹었다. 점심시간 텅 빈 교실은 조용했고 창밖으로 친구들이 떠들면서 밥 먹으러 가는 모습이 보였다. 며칠 전까지만 해도 급식실을 향해 운동장을 질주했는데, 이젠 친구들을 멀리서 바라보는 처지가 되었다. 혼자 교실에 남아 친구들이 돌아오길 기다리고 있자니 조금 쓸쓸했다.

다리를 다치고 나니 여러 가지를 알게 되었다.

먼저 통깁스를 한 채로는 책상에 엎드려 잘 수가 없었다. 다리를 구부릴 수 없는 상황에서 엎드리는 건 묘기에 가까웠고 난 할 수 없었다. 또 통깁스를 하면 엉덩이가 은근히 아린다. 자세가 불균형할 수밖에 없어서 생기는 문제 같았다. 일렬로 늘어선 책상에 앉아 있는 게 어렵다는 것도 금방 알 수 있었다. 앞 사람 의자에 발이 걸렸고, 화장실에 가려면 의자를 뒤로 많이 빼야 했다. 이래저래 민폐였다. 사려 깊은 선생님들은 자습실 맨 뒤에 내 자리를 따로 마련해 주었다. 짝도 없고 선생님 몰래 뒤에 앉은 애와 떠들 수도 없는 자리다. 배려를 받은 건지 벌로 유배를 당한 건지 헷갈렸다.

화장실에서는 늘 양변기를 사용해야 했다. 이따금 변기가 모두 막혀 있어서 짜증이 났다. 화장실을 가지 않으려고 오래 참아 보다가 몇 개월 뒤 요로결석이 생겨 또 응급실에 실려 갔다.

장마철에는 등교할 때부터 아주 죽을 맛이었다. 두 팔 모두 목발에게 내줘서 우산을 쓸 수가 없었다. 대부분은 친구가 우산을 씌워 줬지만 친구들이 없는 잠깐의 시간 동안 머리부터 발끝까지 쫄딱 젖었다. 축축한 신발을 신고 젖어서 달라붙는 교복을 입는 건 별로 기분 좋은 일이 아니었다.

그제서야 나는 우리 학교에서 단 한 명도 휠체어를 이용하지 않는다는 걸 알았다. 목발을 이용하는 학생도 내가 유일했다. 나무가 많다고 자랑하는 학교, 최신식 건물과 커다란 급식실을 가진 이 '자연친화적' 학교에는 학생들이 사용할 수 있는 엘리베이터가 없었다. 다닥다닥 쌓인 계단은 경사가 가팔라서 자빠지지 않기 위해 양팔과 손목에 힘을 줘서 목발을 짚어야 했다. 교실은 2층, 음악실은 별관, 자습실은 3층, 미술실은 너무 멀었다. 목발을 휘청이며 교실을 찾아가는 것만으로도 온몸이 피로해졌다.

이동 수업 시간을 제외하고는 점점 더 교실 밖으로 나가지 않게 되었다. 모든 걸 친구들과 했었는데 다리를 다친 이후에는 많은 것을 혼자 해야 했다. 밥도 혼자 먹고 자습도 혼자 하고 집에도 혼자 가고 등교도 혼자 했다. 매점 최고 인기 메뉴인 피자빵도 못 먹고 선생님 몰래 옆자리 앉은 애와 쪽지를 나눌 수도 없고 몸 개그를 하며 놀지도 못했다. 언제나 뒤떨어져서 친구들이 오기를 기다렸다. 정말 '노잼'이었다.

힘들겠지만 공부는 해야 해

선생님들은 쉽게 말을 뱉었다. 그들이 상상하고 염려하는 힘든 점이란 기껏해야 이동하기 힘든 것 정도인 것 같았다. 정작 내가 가장 힘들었던 것은 친구들과 떨어져 교실에 혼자 있어야 하는 처지였다. 대중교통을 탈 수 없는 처지, 엎드려 잘 수 없는 처지, 우산을 쓸 수 없는 처지, 양손에 어떠한 것도 들 수 없는 처지, 화장실을 가기 어려운 처지, 계단을 오를 때마다 삐끗해서 넘어지는 상상을 해야 하는 처지는 외로웠다. 외로움이 꽉꽉 뭉쳐서 왼쪽 다리를 감싸고 온몸을 감싸고 있는 것 같았다.

심심하고 외롭고 재미없는 학교에서 결국 공부하는 시간이 늘어났다. 매점 가는 시간, 친구들과 밥 먹고 수다 떨며 나무 많은 학교

안을 산책하는 시간, 늘어지게 엎드려 자는 시간이 공부하는 시간으로 바뀐 만큼, 성적이 올랐다. 기분이 좋지는 않았다. 혼자 앉아 있는 시간이 많아지면서 생각도 많아졌다.

낫지 않으면 어떻게 될까? 잠시 힘든 거라고 생각하며 공부라도 하자고 마음을 먹었을까? 원래부터 다리가 불편했다면, 나를 도와줬던 친구들과 친해질 수 있었을까? 선생님들도 나를 도와주기보다는 '쟤는 원래 저런 애' 정도로 생각하지는 않았을까? 잠시 다리를 다친 것보다 훨씬 더 많이 외롭고 어려울 것이 분명했다.

"목발을 짚어야 하면 좀 더 빨리 출발했어야지!"

이동 수업 시간에 늦었을 때 화를 내던 선생님을 기억한다.

'안 늦기에는 쉬는 시간이 너무 짧단 말이에요!'

나는 결국 그 말을 못 했다.

"몸이 불편하면 더 열심히 살아야지."

선생님들의 훈계에 고개가 끄덕여지지 않았다. 다리는 나았지만 나는 이전과 같지 않았다. 삐딱한 시각은 그때부터 시작되었을지 모르겠다. 신민우

야한 것을 좋아하는 청소년

신민주

음악 시간이 싫었다. 끔찍한 음치인 까닭도 있지만, 선생님이 마음에 들지 않았기 때문이다. 선생님은 늘 학생 중 몇 명을 앞에 나오게 해서 노래를 시켰다. 그건 그럴 수 있다고 생각했다. 하지만 자세를 교정해 줄 때 겨드랑이 쪽 살을 잡는 게 너무 싫었다. 특유의 느끼한 눈빛과 불편한 신체 접촉 때문에 음악 선생님을 싫어하는 학생은 나 뿐만이 아니었다. 나와 내 친구들은 음악 시간이 끝나면 교실로 돌아가 선생님 욕을 했다.

그날도 선생님은 거대한 스크린을 등지고 음악 이론을 설명하고 있었다. 나는 반쯤 졸며 지루한 표정으로 스크린을 바라보고 있었다.

갑자기, 최소화되어 있던 인터넷 창이 열렸다. 마우스를 잘못 건드려서 생긴 일인 것 같았다. 벗은 여자 사진이 대문짝만 하게 스크린에 띄워졌다. 다들 너무 놀라서 아무 말도 하지 못했지만, 선생님은 뒤돌아보더니 아무렇지 않은 듯 말했다.

"이게 왜 켜져 있어?"

그리고는 인터넷 창을 닫았다. 선생님은 설명을 이어 갔지만 아무 말도 귀에 들어오지 않았다. 친구들과 이 상황이 무언지 말하지도 못했다. 앞에 서 있는 그와 우리는 분리된 공간에 있는 것 같았다.

친구 몇 명이 이 사실을 미술 선생님에게 일렀다.

"그 인간 또 봤어?"

미술 선생님이 화를 내는 걸 보고 그가 야한 사진을 본 게 처음이 아니란 사실을 알았다.

전교에 소문이 퍼지는 건 하루가 채 걸리지 않았다. 이튿날이 되자 모든 학생이 수군거리며 음악실 사진 사건을 이야기하고 있었다.

"와, 대박!"

"음악, 개변태 아냐?"

"근데 개웃기다. 선생님이 야동 보다니."

"나 수업 안 가고 싶어. 으, 너무 역겨워."

어떤 애들은 충격을 받은 듯했지만, 어떤 애들은 이 모든 일을 하나의 가십거리로 느꼈다. 나는 후자에 속했다. 모두가 변태 선생님에 대해 떠들고 있었지만 학교는 별 반응이 없었다. 그다음 시간에도, 그다음 날에도 음악 선생님은 수업을 했다. 그러던 어느 날 분노한 학부모가 직접 학교에 전화를 걸어 음악 선생님이 계속 수업을 하면 교육청에 신고하겠다고 노발대발했다. 얼마 안 가 그는 학교에서 잘렸다. 나와 내 친구들은 학부모가 "정의구현" 했다고 말했다.

또 다른 파문이 일었다. 수학 선생님은 우리에게 그런 것까지 집에 말하면 어떡하냐며 화를 냈다. 우리 고자질 때문에 동료 교사가 잘렸다고 생각하는 것 같았다.

"수학 선생님 여자 맞아? 남잔 줄 알았네."

우리는 수학 선생님을 뒤에서 씹었다. 권위 있는 척, 똑똑한 척, 멋진 척해 대는 선생님들이 우리 몰래 그런 동영상을 보는 것까지 두둔하는 것도 어이없었다. 음악 선생님 말고도 교무실에서 혹은 수업 시간에 야한 동영상을 보는 것으로 짐작 가는 선생님은 더 있었다.

우리는 그런 선생님들을 "야동범"이라 불렀고, 낄낄거리며 누군가 '정의구현' 해 주길 바랐다.

변태 선생님에 대한 문제를 심각하게 생각해 본 적은 없었다. '선생님들 이중 잣대 쩌네', 정도가 다였다.

선생님들은 자기들은 야한 동영상을 보지만 우리가 야한 이야기를 하거나 야한 영화를 보는 것은 금지했다. 음악 선생님을 두둔했던 선생님들도 비슷했다. 선생님들은 옆 반 애들이 점심시간에 야한 동영상을 보다 들킨 후 교실마다 돌아다니며 우리를 감시했다. 선생님들이 못하게 했지만 나와 친구들은 꾸준히 야한 이야기를 하고 야한 영화를 봤다.

중학교 3학년 때, 도서부였던 나는 몰래 친구들과 도서관 컴퓨터로 《쌍화점》과 《색.계》에 나오는 야한 장면만 골라서 봤다. 친구 집에서 몰래 영화 《섹스 앤 더 시티》를 보다가 친구 동생에게 들키기도 했다. 다른 애들도 비슷했다. 도서관에 있는 《이갈리아의 딸들》과 《눈먼 자들의 도시》에는 야한 부분에만 밑줄이 쳐 있었다. 만우절에는 가장 젊은 남자 선생님에게 장난을 치기 위해 갖가지 궁리를 했다. 어떤 애는 바지를 칠판 위에 올려 두고 "쌤! 바지 내려 주세요"라고 외치자고 했다. 또 다른 애는 교탁 서랍에 고추를 넣어 놓고 "쌤! 고추 꺼내 주세요"라고 외치자고 말했다. 혼날까 봐 아무것도 하지 못했지만, 어른들이 못하게 할수록 몰래 찾아보고 상상하는 것이 재미있었다. 야한 이야기도, 야한 영화도, 야한 책들도 마찬가지였다.

성교육 시간에는 매번 '안 돼요, 그만 해요'만 가르쳤다. 정자와 난자가 만나면 아기가 만들어진다는데 만나는 과정은 알려주지 않았다. 우리가 알고 싶은 것은 바로 그 만나는 과정이었는데.

그래도 어느 정도 효과는 있었다. 성에 대해서 진지하게 고민한 적이 없었던 우리는 반쯤은 주입식 교육에서 배운 것을, 반쯤은 우리끼리 나눈 야한 이야기에서 찾은 상식을 믿었다. 그만큼 우리는 종종 모순적이거나 솔직하지 못했다.

청소년이 야한 영화를 보는 것은 우리의 상식에서 괜찮은 일이었지만 섹스하는 것은 달랐다. 전교에 소문난 섹스하는 학생에 대해서는 언제나 말이 많았다. 그 애가 언제 섹스를 했고 누구와 사귀는지 모두가 잘 알고 있었다. 조금 전까지 야한 이야기를 하고 있던 애들이 손가락질하며 욕했다.

"쟤, 섹스해 봤대."

무엇이 잘못이고 무엇이 죄인지 잘 몰랐지만, 대부분은 그런 애들을 아니꼬운 시선으로 바라보았다.

나는 섹스하는 애들이 문제라고 생각하지는 않았다. 다만 걔들이 섹스를 진짜 했는지, 어떻게 했는지, 누구랑 했는지 몹시 알고 싶었다. 걔들이 그런 걸 얘기해 주지 않을 것이 뻔했지만 생생한 체험기가 궁금할 따름이었다.

연애 감정에서도 마찬가지였다. 머리가 짧고 잘생긴 여자 친구를 동경하고 친하게 지내고 싶어 하면서도 언제나 그 감정을 '우정'이라 못 박았다. 여자 중학교와 여자 고등학교에서 여학생들끼리 친밀한 스킨십은 늘 일어나는 일이었지만, 진짜 연애하는 것처럼 친하면 뒤에서 욕을 했다.

"너네 동성애자 아냐?"

"쟤네 레즈냐?"

가슴에 손을 얹고 생각하면 나 자신도 친한 선배에게 느끼는 감정을 존경인지, 우정인지, 연애 감정인지 구분하지 못했다. 좋아하는 선배에게 밤을 새가며 편지를 써서 몰래 전하면서도, 그 선배에 대한 마음을 존경의 마음이라 못 박았다. 그런 편지를 쓰는 나에게 친한 친구가 "사랑이야. 정말 사랑이야"라고 놀려 댄 후로는 선배를 피해 다녔다. 선생님들뿐만 아니라 우리들도 스스로에게 이중 잣대를 들이밀고 있었다.

수능이 끝나고 나는 떡집 알바를 시작했다. 오후 두 시에 출근하면 이미 들어온 주문이 가득 쌓여 있었다. 주문 전화를 받고 상자를 조립해 떡을 담는 일, 떡 하나하나에 기름을 발라 서로 달라붙지 않게 만드는 작업은 내 몫이었다. 가래떡은 뜨겁고 무거웠다. 일은 쉽지 않았지만, 열아홉 어린애라며 모두 잘해 주셨다. 떡집에 출근하는 사람들은 나 빼고 모두 가족이었다. 큰언니가 사장님이었고 막냇동생과 둘째 동생 남편이 직원이었다.

그날은 가게 분위기가 평소와 달랐다. 떡 만드는 기사가 지각을 한 모양이었다. 대수롭지 않게 생각하고 수수떡을 상자에 담고 있었는데, 갑자기 사장님이 싸늘한 목소리로 외쳤다.

"그래서! 어제 룸살롱 간 거라고?"

룸살롱이라니! 숨을 헉, 들이 삼켰다. 아는 사람이 룸살롱에 갔다는 이야기를 들은 건 처음이었다. 떡 만드는 기사가 룸살롱 가느라 외박을 하고 지각을 한 상황. 사건의 주인공은 사장님 둘째 동생의 남편이다. 이 사실을 사장님에게 들켰으니 이제 죽은 목숨이었다.

'사장님이 정의구현을 해야지!'

떡 상자에 누런 테이프를 붙이며 흥미진진하게 대화를 엿듣고 있었다. 그런데 이야기가 이상하게 흘러갔다.

"동생한테는 그냥 우리 집에 와서 술 먹고 잤다고 말할게. 그래서 연락 못 했다고 하면 되지?"

'아니, 어떻게 룸살롱 간 사람을 변호해 주지? 동생을 속여 가면서? 심지어 두 살짜리 아기 아빠이기도 한 사람을?'

이해가 되지 않는 사람은 나뿐인 것 같았다. 사장님 막냇동생도, 떡 만드는 다른 기사도 아무 말 없었다.

기사님의 아내이자 사장님 동생이 떡집을 찾아온 건 몇 시간 후였다. 어린아이가 엄마 품에 안겨 칭얼거리고 있었다. 어제 집에 들어오지 않고 연락도 안 받은 남편을 이상하게 여겨서 먼 길을 온 터였다.

"O서방이 우리 집에 와서 술 먹고 잤는데 내가 연락을 못 했네. 미안해. 별일 없었어."

먼저 말을 꺼낸 것은 사장님이었다.

'거짓말이에요! 언니 남편은 룸살롱에 갔어요! 나쁜 사람이에요.'

목 끝까지 말이 차올랐지만 뱉을 수 없었다.

조금 아리송한 표정을 지었을 뿐 사장님 동생은 더 뭐라 말하지 않았다.

'사장님 여자 맞아? 남자인 줄.'

가슴 속이 부글거렸다. 알고 보니 가끔 매장에 들르는 재료 아저씨도 룸살롱에 함께 갔었다. 그러니까, 떡집에 드나드는 남자 모두 룸살롱에 간 것이었다. 한없이 착하다고 여겼던 떡집 사람들이 싫어졌다. 사장님 동생이 불쌍했다. 두 살쯤 되어 보이는 아기도 불쌍했다. 모두가 아는 비밀을 사장님 동생만 몰랐다. 모두가 그녀를 바보 취급하는 것 같았다. 우리가 학교에서 떠들어 댔던 것은 상상의 나래를 편 것일 뿐이었다면 떡집 사람들이 룸살롱에 드나드는 것은 '인생 실전편'이라는 것을 깨달았다.

그 순간, 세상이 온통 성적인 것을 중심으로 돌아가는 것이라 느껴졌다. 더럽고 지저분했다. 비겁하게도, 지금 떡집에서 일어나는 일들을 아는 척하고 잘못된 일이라고 말하면 알바 인생이 꼬이겠다는 생각이 들었다. 사장님 동생이 자기 남편이 룸살롱에 간 사실을 아는 게 나은 건지 모르고 사는 게 나은 건지도 모르겠다.

'아기는 누가 키우나? 사장님 동생은 혼자 살 수 있을까? 사장님도 막냇동생도 동생 편을 안 들면 어쩌지? 한 번의 실수였다고 생각하나?'

그러다가 차라리 못 알아듣는 척하기로 했다. 룸살롱이 무엇인지 모르는 사람처럼 사장님 동생에게 웃으며 인사했다. 사장님 동생도, 아기도 나를 보고 웃어 주었다. 비겁한 선택을 하고 있었다.

이제는 성이 재미있게 느껴지지 않았다. 무섭고 위험하고 불행한 것이라는 생각이 들었다. 덜컥 겁이 났다. 인생 실전편에 대해 온전한 준비가 되어 있지 않았다. 교문 밖을 나오니, 같이 선생님을 욕해 주던 친구들이 없었다. 혼자였지만 비겁한 선택 이후 마음을 다잡았다.

'이미 늦었지만 탈출구를 찾아야 해.'

브래지어가 뭐길래

신민주

저녁 산책 겸 집 앞에 있는 BYC 매장에 갔다. 내가 아무 속옷이나 들었다 놨다 하는 동안 언니는 새빨간 브래지어와 새까만 브래지어를 집어 들었다.

"패션의 완성은 얼굴이 아니라 속옷이야."

그때까지 나는 엄마가 사다 준 밋밋한 흰색 브래지어만 입고 있었다. 용돈을 탈탈 털어 레이스 달린 브래지어를 사는 언니와 있으니, 벌써 어른이 된 것 같았다.

언니와 나는 패션 상식을 공유하며 '멋진 여자가 되는 법'을 배웠다. 섹시한 여성은 브래지어와 팬티를 같은 색으로 입어야 한다. 브래지어를 입을 때 겨드랑이 살을 잘 모아서 가슴으로 가져와야 가슴이 커 보이고 겨드랑이 살이 드러나지 않는다. 교복을 입을 때 꼭 민소매 속옷을 입어 브래지어가 비치지 않게 해야 한다. ……

우리는 종종 외출할 때 서로의 브래지어가 밖에서 보이는지 검사해 주었다. 우리는 시스루를 입을 때 섹시해 보이면서도 브래지어가 보이지 않게 하는 방법을 고민했고, 가슴을 커 보이게 만들어 주는 보정 속옷 홈쇼핑에서 눈을 떼지 못했다.

물론 브래지어가 마냥 편한 것은 아니었다. 엄마가 마트에서 사 온 브래지어는 너무 커서 만세를 하면 가슴을 탈출했고, 여름엔 가슴 사이에 땀이 송골송골 맺혀 미끈거리고 두드러기가 나서 근질거렸다. 집에 돌아오자마자 언니와 나는 옷 단추보다 브래지어 훅을 먼저 풀었다. 온통 답답했던 가슴이 확 풀어지면 그제야 몸에 숨이 도는 것 같았다.

중고등학교 시절, 숨 한 번 제대로 뱉지 못한 채 브래지어를 하고 다녔다. 어깨끈이 보일 새라 민소매 속에, 흰 반팔 소매 속에 열심히 브래지어를 숨겼다. 우리 모두 입는 것이지만 우리 모두 입은 것이 보이면 안 되는 것이었다. 이따금 누가 브래지어를 하지 않는다는 소문이 돌면 모두 그의 교복 상의의 굴곡진 부분을 힐끔거렸다.

"진짜야? 어떻게 알았대?"

"딱 보면 티가 나잖아, 볼록 튀어나와서!"

아무도 '왜?'라고 묻지 않아서 모두 그렇게 생각하기로 한 것 같았다. 브래지어가 가슴에 붙어 있어야 하는 건, 그냥 그건, 원래부터 그랬던 것이었다.

멋진 여자의 조건에 예쁜 얼굴이 빠져선 안 된다는 걸 깨달은 건 스무 살 때였다. 어딜 가나 주목받는 사람은 예쁜 여자애였고 나는 그저 그런 무리였다. 외모가 뛰어나지 않다는 이유로 욕먹는 일은 흔했다. 단톡방이든, 술자리든, 강의실이든, 눈에 보이지 않는 내장기관을 제외한 모든 신체 부위가 험담으로 범벅이 되었다. '원래부터 그랬던 것' 리스트에 '화장하지 않고 밖에 나가면 안 된다는 것'이 추가되었다. MT에 가서 밤새 소주를 퍼마시고도 새벽같이 일어나 파우더 묻은 쿠션을 얼굴에 퍽퍽 문질렀다. 귀에 반짝이는 별 모양 큐빅을 달고, 끝자락이 하늘대는 실크 원피스도 몇 벌이나 샀다. 나아지는 것은 별로 없었지만, 그런 노력이 조금 위안이 되기는 했다.

다른 여자애들과 비슷하게 보이는 것에 안도감이 들었다.

어느 순간, 이 모든 노력이 귀찮게 여겨졌다. 예쁘게 꾸미고 아기 자기한 것을 만드는 게 내 성품에 맞지 않는다는 것을 알아 버렸다. 페미니즘 공부를 시작한 것도 이유의 하나였다. 예쁜 브래지어를 사는 친언니가 멋있었던 것처럼, 페미니즘 책을 같이 읽던 아는 언니가 멋있었다.

"매일 하이힐을 신고 다녔는데, 이제는 운동화만 신고 다녀."

그 말이 마음에 들었다. 눈 딱 감고, 화장도 브래지어도 하지 않고 학교에 갔다. 사람들이 수군거리거나 물어볼 줄 알았는데 그런 사람은 아무도 없었다. 처음이 어렵지 두 번, 세 번은 어렵지 않았다. 그 이후로 종종 브래지어와 화장을 하지 않고 집 밖을 돌아다녔다. 정말 편했다!

브래지어를 하지 않는 것에 대해 가장 불만이 많은 사람은 엄마였다. 예쁘게 꾸미고 다닐 나이에 딸이 속옷도 안 하고 다닌다고 한탄이었다. 나중에는 아빠까지 엄마의 불만에 가세하여 나를 압박하기 시작했다. 어느 날, 누워서 책을 읽는데 갑자기 문이 벌컥 열렸다. 아빠가 미간을 찌푸린 채 나를 내려다보고 있었다.

"아빠 주변에는 브래지어 안 하는 여자들 한 명도 없다! 속옷을 입고 다녀야지."

갑자기 일어난 뚱딴지같은 상황에 잠깐 머리가 멍했다.

"아니 아빠는 브래지어를 하지도 않으면서 무슨 소리래?"

참았으면 좋았을 텐데 생각보다 말이 더 빨리 나왔다. 게다가 발딱 일어나 소리를 질렀다.

"브래지어가 그렇게 좋으면 아빠나 많이 하고 다녀!"

"아빠한테 무슨 말버릇이야!"

엄마가 아빠와 바통터치를 했다.

"아빠는 브래지어도 안 하면서 뭘 안다는 거야!"

"이게, 이게, 아빠한테 예의 없게……. 뭐? 아빠나 하고 다니라고? 아빠가 딸한테 걱정하는 말도 못 하니? 안 그래도 아빠 회사일 때문에 힘든데 도와주지는 못할망정 아빠한테 버릇없게 굴기만 하고. 그렇게 버릇없게 굴 거면 엄마 아빠 집에서 살지 말고 나가서 살아! 너하고 싶은 대로만 하고 살려면, 월세 내고 살아!"

소리 지르는 엄마를 바깥에 두고 방문을 쾅 닫았다. 곧바로 문이 확 열리고 냉기가 훅 퍼졌다. 엄마는 들어와서 한참이나 더 화를 내고 나서야 방을 나갔다.

며칠 동안 소리 없는 전쟁이 이어졌다. 버르장머리 없는 딸이 집에 돌아오면, 아까까지 TV를 보며 웃던 엄마가 갑자기 정색을 했다. 버르장머리 없는 딸은 죄인처럼 바로 방으로 들어갔다. 브래지어를 하지 않는다고 구박받지는 않았다.

시간이 조금 지나니 모든 일이 웃기고 재미있어서 견딜 수 없었다. "브래지어가 그렇게 좋으면 아빠나 많이 하고 다녀!"라는 말이 머리에 맴돌았다. 불효자식 같기도 하지만, 브래지어 안 하는 아빠를 이겨 먹은 것 같기도 했다. 브래지어가 뭐라고! 그 후로 쭉 브래지어를 하지 않았다.

　브래지어를 안 한 지 2년쯤 지났을 때, 엄마 몰래 '탈브라' 여성으로《경향신문》유튜브에 출연했다. 기자는 왜 '탈브라'를 했는지, 체감하는 변화는 무엇인지, 주변의 반응은 어땠는지 등등에 대해 질문할 예정이라 말했다. 난생처음 브래지어에게 편지도 써 보았다.
　"함께해서 더러웠고 다신 만나지 말자."
　방송이 나가고 며칠 후, 친구들에게 갑작스러운 연락을 받기 시작했다. 인터뷰 잘 보았다는 인사도 있었지만, 몇 명은 인사 대신 인터넷 링크를 메시지에 첨부했다. 네티즌들이 영상을 캡처해서 올린 글들이었다.
　함께 출연했던 친구와 나는 페이스북을 뒤졌다. 한 게시 글에만 2만 개가 넘는 악성 댓글이 달려 있었다. 이게 무슨 일이야? 다른 친구들의 도움을 받아 하루 종일 온갖 커뮤니티에서 "탈브라"를 검색해 모든 게시 글을 탈탈 털었다. 디시인사이드, 일간베스트, 이종격투기 카페, 보배드림, 네이버 기사, 네이트 기사, 유튜브, 페이스북. 결과는 기가 찼다. 우리의 인터뷰를 두고 악성 댓글이 끝나지 않을 것처럼 달려 있었다. 대충 세어 보니 6만 개 정도였다. 못생겼다는 댓글이 가장 많았다. 내 신체를 잔인하게 도려내서 죽이겠다는 댓글도 있었다. 성폭력 당할 확률조차 없게 생겼다는 이야기, 부모가 낳을 때 힘들었겠다는 이야기 등등. 혐오와 모욕의 글이 끓어 넘쳤다.

《경향신문》에 연락해서 어떻게 해야 하냐고 물었다. 딱히 답은 없다는 말이 돌아왔다. 이미 캡처 사진이 너무 많이 퍼졌고 하나하나 제재할 수도 없는 노릇이라고 했다.

일요일, 활동하고 있던 단체 사무실에 모여 앉아 나와 내 친구들은 이 사태를 어찌해야 할지 의논했다. 인터뷰에 응한 우리 둘 말고도 주변 사람들까지 싸잡아 욕을 먹고 있었다. 다들 비장한 표정으로 열띤 토론을 펼쳤다. 의지는 넘쳤지만 다들 이런 상황이 처음이었다. 중구난방이었다. 다들 어떻게 할지 계획을 진지하게 말하다가도 화가 나고 짜증이 났다.

"브래지어 안 한 게 그렇게 나쁜 일이야?"

하필 사무실이 데이트 코스 한복판에 있었고, 하필 날씨가 좋았다. 하늘은 맑고 파랬다. 우리 빼고 모든 사람이 행복해 보였다. 하필 채광이 좋은 사무실에 앉아 따사로운 햇볕을 받으며 우울한 이야기를 하자니 죽을 맛이었다. 다들 비슷한 마음이었는지 정적이 흘렀다.

"쓴맛을 보여 주자!"

누군가 소리쳤고, 그 말이 우리를 다시 움직이게 했다.

그래, 인생은 실전이다. 브래지어가 뭐라고. 부당한 피해를 입었으니 이제 되갚아 줄 때다.

슬픔은 우리 몫이 아니라 그들 몫이 되어야 했다.

일은 일사천리로 흘러갔다. 누구는 좋은 변호사를 소개해 줬고, 누구는 여성단체에 연락했다. 십시일반 돈을 모아 변호사를 만났다. 수많은 글을 모두 PDF로 만들어 정리했다. 분노와 슬픔 대신 본때를 보여 주겠다는 마음으로 댓글을 선별했다. 변호사와 의논한 대로 자료를 만들고 고소장을 검찰에 넘겼다. 고소장이 잘 접수되었다는 문자가 온 날, 나는 혼자서 맛있는 것을 사 먹으며 그동안의 노고를 치하하는 시간을 가졌다. 장하다, 고생했다, 신민주!

되감기처럼 지난 과정이 떠올랐다. 모든 과정이 항상 즐거웠던 건 아니지만, 그래도 이런 한심한 사람들에게 못생겼다는 소리를 듣고 나니 예쁜 것은 별로 중요치 않다는 생각이 들었다. 못생겼다는 말은 이제 더는 나의 자존감을 훼손시키지 않는다. 오히려 기쁘다. 포기하지 않고 정면으로 맞섰다는 사실도 기쁘다. 우리가 우리 몸에 대해 계속 말한다면 이런 일은 계속될 테지. 그럼에도 끊임없이 말할 것이다. 말하기를 멈추라고 강요하는 사회와 마주하고 있음을 알아 버렸으니.

오기, 그럼에도 부끄러움

신지혜

부산 다송초등학교 바로 옆에는 대단지 아파트가 있었다. 긴 복도 한 층에 현관문이 나란히 박혀 있는 서민 아파트. 친구들도 나도 거기 살았다. 우리는 아파트 주차장에서 자주 놀았다. 겨우 열 살이라 학교 운동장은 고학년에게 빼앗겼는지도 모르겠다. 한두 시간을 밖에서 놀다 집에 들어가 TV로 좋아하는 만화를 보면서, 일하러 나간 엄마를 기다렸다.

그날은 피구를 하고 있었다. 피구 라인은 소방차 자리로 남겨둔 노란 선이었다. 수비 라인에서 공을 던지려는 찰나, 우리 옆을 지나는 고모가 보였다. 고모는 우리 집에서 걸어서 15분 정도 거리에 살고 있었다. 그녀의 일상은 운동 삼아 매일 30분 거리 약수터에 가서 4L 물통 가득 물을 떠 오고, 집 근처 슈퍼에 빈 병을 팔아 용돈을 모으는 것이었다. 그것이 그녀가 유일하게 집 밖으로 나가는 목적이었다.

그녀도, 나도 여느 때와 다름없는 날이었다. 고모라는 것을 안 순간, 큰 목소리로 반갑게 아는 체했다. 인사는 길지 않았다. 나 여기 있다고 알리고, 어디 가는지를 묻는 매우 짧은 인사였다. 고모는 길에서 아는 사람을 만난 것이 오랜만이었는지, 어쩌면 처음이었는지, 반갑게 인사를 받아 주었다. 절뚝거리며 걷는 두 발은 신이 나서인지 더 빨라졌다. 혹시나 넘어지지 않을까 걱정이 들 정도였다.

인사를 마치고 나의 시선은 친구들에게로 돌아갔지만, 친구들의 시선은 고모에게 멈춰 있었다. 그러더니 친구들의 시선이 나에게 그리고 또 다시 절뚝거리며 제 갈 길을 가는 고모에게 닿았다. 친구들은 평소에 본 적 없던 표정을 짓고 있었다. 내가 인사를 건넨 이가 나의 고모라서 놀랐나? 고모가 절뚝거려서? 처음으로 장애인을 바라보는 시선을 느꼈다. 장애인은 오랫동안 시선이 멈추는 사람이었다.

고모에게는 장애가 있었다. 어느 날, 고모와 이야기를 나누다 그녀가 나보다 더 어린 나이에 머물러 있다는 것을 알았다. 그렇다고 고모의 장애는 무엇인지, 언제부터 있었는지 궁금하지는 않았다. 고모는 그냥 그 모습의 고모였기 때문이었다. 고모의 장애가 궁금해진 것은 대학에 입학하고 발달장애인을 만나는 자원활동을 하게 된 후였다.

"아빠, 고모는 언제부터 장애가 있었어요?"

"잘 모르겠는데, 태어났을 때는 안 그랬다 하드라. 할머니 말로는 고모가 두세 살 때 친척 어른이 안고 있다가 떨어뜨렸다 카는데, 경기를 하고 소아마비가 왔단다. 할아버지가 몇 년을 고생하면서 이 병원 저 병원 찾아다녀서 좀 좋아지고, 말도 하고 절뚝거려도 걷고 하는 거란다."

고모는 아빠의 첫째 누나였다. 아빠가 태어났을 때 이미 고모에게는 장애가 있었다고 했다. 지금 돌이켜보면 고모의 장애 유형은 뇌병변장애에 가까운 듯하다. 지능은 나이가 들어서도 일곱 살에 머물러 있었고, 왼쪽 팔다리가 자유롭지 못했다. 밥을 먹을 때면 젓가락 대신 포크를 써야 했고, 걸을 때면 마비된 한 쪽 다리를 움직이게 하느라 절뚝거려야 했다.

한눈에 봐도 고모에게 장애가 있음을 알 수 있다. 아파트 주차장에서 놀고 있는 열 살 어린이가 몰라볼 리 없었다. 우리는 어린 나이에도 '다름'에 대해서는 기가 막히게 잘 찾아냈다.

친구들의 반응은 내게 오랫동안 잊을 수 없는 느낌을 남겨 놓았다. 친구들 눈빛은 장애인 가족에게 큰 소리로 반갑게 인사하는 것을 이해할 수 없다고 말하는 것 같았다. 나의 부끄러운 무엇을 보게 되어 당황한 듯한 표정이었다. 나는 무엇을 왜 부끄러워해야 하는지 몰랐고, 알기 싫었다. 만화영화처럼 시간이 멈췄다 다시 흐르는 순간이었다.

우리는 다시 피구 공에 집중했다. 친구들 시선을 온몸으로 받으며 괜한 오기가 생겼다. 친구들과 있을 때 다시 고모를 만나면 더 밝게 인사하기로 마음먹었다.

천석이

열두 살, 초등학교 5학년 때 장애가 있는 친구를 만났다. 체구가 매우 작았던 그는 말을 하지도, 글을 읽지도 못했다. 수업 시간에는 자리에 앉아 가만히 있기만 했다. 새 학기에 적응할 무렵, 그를 괴롭히는 친구들이 생겨나기 시작했다. 괜히 툭툭 건드리고, 그가 좋아하는 물건들을 뺏으려고 했다. 그는 울면서 소리를 질렀다.

고모 생각이 났다. 누군가 고모에게 기분 나쁜 말을 했을 때, 고모는 큰 소리로 찰진 욕을 하며 되받아치곤 했다. 그런데 그 애는 말도 못 하고 울면서 소리를 지를 뿐이었다.

고모도 학교 다닐 때 친구들이 괴롭혔을까?

나는 뭔가를 해야겠다고 생각했다. 그날로 문방구에 가서 공책을 샀다. 한글을 막 배울 때 글씨 연습을 할 수 있도록 널찍하게 칸이 구분된 공책으로 샀다. 쉬는 시간에 그 친구 자리로 가서 공책을 펼치고는 제일 윗줄에 친구의 이름을 여러 장 반복해서 적었다.

"천석아, 이게 니 이름이다. 수업 시간에 니는 이거 따라 쓰고 있어라. 니 이름 밑에 똑같이 이거 다 쓰면 된다. 쉬는 시간에 다 썼는지 보러 올게. 알겠제?"

친구는 공책 한 면을 자신의 이름으로 가득 채웠다. 그의 이름으로 꽉 찬 공책을 보니 마치 내가 큰 숙제를 끝낸 듯 뿌듯했다. 다른 낱말도 써 주었다. 연필 잡는 게 어색한 친구는 느린 속도로 글씨를 써 내려갔다. 삐뚤빼뚤한 글씨에 손힘이 느껴졌다. 천석이는 글씨를 다 쓴 공책을 내밀며 씨익 웃곤 했다.

나 말고도 여럿이 쉬는 시간을 그 친구와 함께 보내는 날이 많아졌다. 그를 괴롭히던 고약한 장난도 서서히 사라졌다.

학년이 올라가고 반이 달라지자 우리의 우애는 이어지지 않았다. 나는 같은 반이었던 딱 그해에만 충실했을 뿐이었다. 전학을 갈 때도 그에게 따로 인사를 건네진 않았다.

가난한데 쿨하지도 못해서

부산을 떠나 통영으로 이사했다. 이사와 함께 많은 것이 달라졌다. IMF 이후라 더 그랬다. 아빠에게는 장애가 있었고, 엄마는 이사 후 직장을 구하지 못했다. 학교에서 나는 무료 급식 대상자가 되었고 그게 다행이라고 생각했다.

나는 반장이었다. 새 학기라 교무실을 자주 들락날락하던 어느 날, 교무실 칠판에 붙어 있던 무료 급식 대상자 명단을 보았다. 순간 철렁했다. 다른 이름은 안 보이고 내 이름만 보였다. 교실로 돌아가서도 종이 속 내 이름이 아른거렸다. 대상자가 되는 건 다행이었지만, 그 명단이 누구나 볼 수 있게 교무실 벽에 붙어 있는 건 전혀 반갑지 않았다. 친구들이 무료 급식 받느냐고 물어보면 뭐라고 대답해야 하나 머리를 굴렸다. 아무렇지 않은 척, 급식 지원 받아서 부모님 부담을 줄일 수 있으니 얼마나 다행이냐고 얘기할 참이었다. 하지만 쉬는 시간마다 교무실로 향하는 친구들 발걸음이 계속 신경 쓰이는 것은 어쩔 수가 없었다.

집에 돌아와서도 속이 얹힌 듯 답답했다. 무심한 말투였지만 엄마에게 말하고 말았다.

"엄마, 나 학교에서 급식 지원받잖아. 근데 그 명단이 교무실에 붙어 있더라."

엄마는 담담하게 말을 전한 딸이 안쓰러운 듯 잠깐 쳐다보긴 했지만 아무 대답도 하지 않았다.

이튿날 또 교무실에 갈 일이 있었다. 칠판에 붙어 있던 종이가 없어졌다. 나에게는 대답이 없던 엄마가 학교에 전화를 걸었다고 했다. 정확히 뭐라고 말했는지는 더 묻지 않았다.

종이가 사라져도 소용없었다. 돈을 안 내고 급식을 먹는다는 것을 매일 점심시간마다 친구들에게 들킬 수밖에 없었다. 반별로 도시락 급식이 배달되지만 무료 급식 도시락은 교무실 앞에 따로 놓여 있기 때문이었다. 엄마에게 말하진 못했다. 따로 놓인 도시락을 가지러 가야 한다는 것이 교무실에 이름이 적혀 있다는 것보다 엄마를 더 슬프게 만들 것 같았다.

무료 급식을 가지러 온 다른 친구들과 굳이 반가운 인사를 하진 않았다. 그저 우리는 서로가 같은 처지라는 것을 매일 확인할 뿐이었다. 별도의 장소에 갔다가 교실로 돌아오는 길은 나를 모자란 사람이라고 느끼게 하려는 코스 같았다. 도시락을 가지러 갈 때마다 어릴 적 고모를 쳐다봤던 친구들의 시선이 나에게 꽂히는 건 아닌지 걱정했다. 하지만 또 속으론 오기를 부리고 있었다. 부모님에게 도움이 되니 얼마나 다행이냐고, 친구들이 묻지도 않는 물음에 혼자 마음속으로 대답했다. 가난한 것을 부끄러워하라고 강요하는 것 같았다. 내가 부끄러워한다는 것을 들키면 왠지 세상에 지는 것 같았다.

2년의 시간이 흘렀고, 두 살 터울의 남동생이 고등학교에 입학했다. 그도 나와 같은 처지를 겪을 참이었다. 동생은 부모님에게 짜증을 냈다. 우리보다 어려운 사람도 많은데 굳이 급식비를 지원받아야 하느냐고. 부모님은 대답을 쉽게 하지 못했다. 동생 대신 나와 눈을 마주치며 한숨을 내쉴 뿐이었다.

동생이 짜증을 낸 것은 교실에서 '가난한' 학생이 되어 부끄러움을 강요당하는 것이 싫어서였을까? 괜히 상처를 건드릴까 싶어 동생과 얘기를 나눠 본 적은 없다.

가난한데 쿨하지도 못해서 복지혜택 받는 것을 못마땅해하는 것은 나에게도, 부모님에게도 도움이 될 것 같지 않았다. 부모님에게도, 선생님에게도 괜찮다고 말했다. 무료 급식 대상자여도 창피하지 않다고, 다행이라고.

결국 부모님은 아들의 요구를 들어주었다. 나도 더 이상 교무실 앞에 따로 놓인 도시락을 가지러 가지 않아도 되었다. 홀가분했지만, 애써 가리고 싶었던 부끄러움은 흉터처럼 남았다. 신지혜

학교는 언제나 정치적이었다

신지혜

1999년 - 부산다송초등학교

"야! 우리는 수학여행 못 간다는데!"

"왜? 우리만?"

씩씩거리는 목소리가 초등학교 6학년 교실을 가득 채웠다. 생애 첫 수학여행에 대한 기대가 우르르 무너져 버린 우리는 화를 쉽게 삭이지 못했다.

6학년이 되면 부산에서 한참 먼 서울로 수학여행을 갔다. 서울이어서 기대하는 것도 있었지만, 우리를 설레게 하는 건 바로 에버랜드! 부산에서 서울까지 마치 그 거리만큼 줄 서 있다가 이제 우리 차례가 되어 스펙터클한 갖가지 놀이기구에 올라탈 참이었다.

한껏 기대하고 있었던 만큼, 수학여행 취소 소식은 에버랜드가 붕괴되었다는 소식처럼 들렸다. 소식을 전하는 선생님에게 한탄과 원망을 쏟았다.

"왜 우리만 수학여행 못 가게 하는데요?"

"요즘 경제가 어렵습니다. 부모님들 부담 드리지 않도록 수학여행을 취소합니다."

"그럼 갈 수 있는 사람만 가면 되잖아요!"

경제위기가 뭔지 잘 몰랐다. 가정 형편 때문에 수학여행을 가지 못하는 사람이 있을 거라고는 생각하지 못했다. 설사 알았다 한들, 그 친구의 마음을 헤아리지도 못했을 것이다. 수학여행에 필요한 돈이 얼만지, 그 돈을 마련하기 위해 부모님들이 얼마나 무거운 부담에 짓눌리는 건지 몰랐다. 고대하던 수학여행을 가로막는 높은 장벽 같은 것이 세워진 느낌이었다. 어떻게든 넘어서고 싶었다. 돈이 있어야 가는 수학여행이지만, 의지가 있으면 그 장애물을 뛰어넘어 갈 수 있다고 생각한 것이다.

한 친구가 수학여행을 보내 달라는 서명운동을 하자고 했다. 그 친구는 4학년 때 담임 선생님이 누가 대통령이 되었으면 좋겠냐는 물음에 침묵 속에서 유일하게 답을 했었다. "김대중이요." 똑똑하고 야무졌던 친구의 말에 모두 눈을 반짝였다.

"서명운동? 그기 뭔데? 어떻게 하는 건데?"

"수학여행 가고 싶은 사람 이름 다 적어서 내는 거다."

"교장 선생님 갖다 주면 되겠네?"

"그래, 그러자!"

우리가 얼마나 수학여행을 가고 싶은지 교장 선생님께 보여 주기로 했다. 맨 위에 '우리는 수학여행을 가고 싶습니다'라고 쓴 종이에 이름을 줄줄이 적게 했다. 우르르 몰려다니며 온 교실에 들어가 서명을 받았다. 미화된 기억일지도 모르겠지만, 200명이 좀 넘는 6학년 중에서 100명이 넘는 친구가 이름을 적었던 것 같다. 이름을 적는 아이들도, 종이에 이름이 채워지는 것을 보는 우리도, 이걸 교장 선생님께 가져다드리면 수학여행을 갈 수 있을 것만 같았다.

이튿날, 나와 몇몇 친구는 A4 용지에 작성한 서명 용지를 들고 교장실 문을 두드렸다. 종이를 받아든 교장 선생님은 너희들 마음을 잘 알겠으니 교실로 돌아가라고 했다.

드라마는 없었다. 우리는 수학여행을 가지 못했다. 이틀 동안 우르르 몰려다니며 서명운동(?)을 벌인 우리의 열망은 금세 다른 재밌거리들로 옮겨갔다.

초등학교 때 수학여행을 가지 못했다는 기억이 되살아난 것은 최근이었다. 함께 일하는 동료들과 경제위기를 기억하느냐는 이야기를 나누다 자연스레 기억이 났다.

열세 살 때 뉴스는 온통 IMF, 경제위기로 가득했다. 내가 다니는 초등학교만 수학여행을 못 간 것이 못내 억울했는데, 동갑인 동료도 수학여행을 못 갔다고 해서 위로가 되었다. 나한테만 일어난 특별한 일도 아니고, 나 혼자만 그 시대를 지난 것 같지는 않아서였다. 동료들은 수학여행을 가고 싶다고 열세 살 어린이가 서명운동을 한 것을 더 재밌어했다.

1999년 그때 서명운동이란 것을 내가 알 리는 없는데, 대통령 후보감을 김대중이라 답하던 친구 덕분에 그런 일을 벌였을 것이다. 20년 전 인생 첫 서명운동을 하자고 제안했던 친구의 이름을 기억해냈다. 페이스북에서 검색해 봤다. 어릴 때 얼굴이 그대로 보인다. 여전히 정치에 관심이 많은 듯했다. 쑥스러워 '친구 요청'은 누르지 못했다.

2000년 - 통영여자중학교

초등학교 6학년 겨울방학이 시작되던 날 전학을 갔다. 중학교 세계는 초등학교와는 사뭇 달랐다. 부산을 떠나 더 작은 도시인 통영으로 이사했지만, 초등학교와 중학교의 세계가 달랐던 탓인지 통영이 더 큰 세상 같았다. 한 학년에 여섯 반이 있었던 초등학교에 비해 열 개 반 정도인 중학교는 확실히 더 큰 세계였다.

학교를 마치면 집이 아닌 학원으로 곧장 가는 삶이 시작되었다. 한 반에 50명이 넘는 큰 학원 영어 수업은 교과서 내용을 달달 외우는 것이었다. 자리에서 일어나 교과서를 암송하다가 틀리면 자리에 앉고 다음 사람이 이어 가는 식이었다. 학교와 학원에서 가르치는 대로 배우며, 공부도 곧잘 하는 모범생으로 살았다.

매주 월요일 아침, 전교생이 운동장에서 조회를 했다. 반별로 길게 줄을 섰다. 반장이었던 나는 맨 앞에 서 있었다. 국기에 대한 경례를 하고, 애국가를 부르고, 교장 선생님 말씀 차례였다. 훈화 말씀이 그 날은 짧았다. 전교 회장 후보들 유세가 있는 날이었다. 교장 선생님만 말하는 무대였던 구령대 위에 후보로 나선 언니들이 교장 선생님과 나란히 서 있었다. 유세하러 나온 모습은 복도에서 마주치던 모습과 달라 보였다. 선생님은 아니지만 학생이라는 느낌이 들지도 않았다. 체구가 작은 한 후보가 유세를 시작했다.

"제가 전교 회장이 된다면 두발자율화를 하겠습니다."

3학년 언니의 카랑카랑한 목소리가 내 귀를 가득 채웠다. 당연하다 생각했던 '귀밑 3cm' 세상이 갈라지고 있었다. 언니 뒤에 큰 빛이 번쩍이는 것 같았다.

엥~ 두발자유가 진짜 된다고?

한 번도 생각하지 못한 걸 자신 있게 말하는 언니가 대단해 보였다. 구령대 위에 있는 언니는 900명이 쳐다보고 있었지만 조금도 떨지 않았다.

그 언니가 회장으로 당선되었다. 몇 개월 뒤, 내가 다니고 있는 중학교는 정말 두발자율화를 선언했다. 파마나 염색까지 허용된 것은 아니었다. 그래도 귀밑 3cm 세상이 무너질 수 있다는 것 자체가 신기했다.

열네 살의 나에게 전교 회장 언니는 가능할 거라 생각지도 못한 것을 공약으로 선언한 사람이었고, 심지어 그 선언을 실현해 낸 멋진 사람이었다. 2000년에 우리 학교뿐만 아니라 전국에서 청소년들이 두발자유를 외치는 행동을 했다는 것은 나중에 알았다. 두발자유를 위해 노력하고 있는 다른 사람이 있다는 걸 알았다면 전교 회장 언니가 덜 멋져 보였을까? 단지 머리카락을 자유롭게 기를 수 있게 해 주었기 때문은 아니다. 언니 덕분에 선거에 나서고 공약하고 이를 실현하려고 애쓰는 것에 '정치'라는 이름을 붙일 수 있었다. 지금도 멋진 언니로 기억하는 이유다. '정치'는 사회 교과서와 시험지에 죽은 낱말로 누워 있지 않고 구령대 위에 생기발랄하게 서 있었다.

2004년 - 통영여자고등학교

고등학생이 되고 신문을 읽기 시작했다. 속독 능력을 키워서 수능 점수를 잘 받기 위해서였다. 나중에는 좋은 대학에 들어가기 위해 읽었다. 당시 '7차 교육과정'에서는 수능뿐만 아니라 논술도 잘하는 인재가 되어야 했다.

한자에 영 자신이 없던 나는 한글 글씨체가 가장 예쁜 신문을 골랐다. 《한겨레》는 학교 선생님들이 추천한 신문이기도 했다. 논술을 대비하려면 사설을 읽으라고 했지만, 독자 투고가 제일 읽기 편했다. 익숙하지도 않은 경제나 국제 관련 기사는 끝까지 읽는 것 자체가 고역이었다. 한 문단 읽고 핸드폰 한 번 쳐다보기를 반복했다. 낯선 단어도 많고 사건의 맥락을 잘 알지도 못하니, 집중력이 금방 흐려지는 것이 당연했다. 그럼에도 서울로 대학을 가고 싶다는 열망은 지루한 신문 읽기를 이겨냈다. 6개월쯤 지났을 무렵, 신문 한 부를 처음부터 끝까지 쉬지 않고 읽을 수 있게 되었다.

친구들이 나에게 턱을 까딱거리며 눈을 지그시 감았다. 수업 대신 잡담을 할 수 있는 질문을 던지라는 신호였다.

"샘~ 이라크 파병에 대해서 어떻게 생각하세요?"

첫사랑 이야기도 흥미를 잃은 우리에게는 선생님 성향에 맞춤 질문을 하는 영악함이 있었다. 우리는 정치 이야기하는 것을 좋아하는 선생님한테만 질문을 던졌다. 수업보다 세상 돌아가는 이야기가 더 재밌기도 했다.

1년쯤 시간이 지나자 이제는 잡담하고 싶어서라기보다 정말 재밌어서 정치 이야기가 궁금했다.

"샘~ 지금 국회 난리 났는데, TV 계속 보면 안 돼요?"

정치 이야기에 가장 너그러운 선생님의 수업 시간만 기다리던 날이었다. 그날은 뭔가 사달이 날 것 같았다. 며칠 동안 TV 앞에 열 명 남짓이 항상 모였다. 쉬는 시간마다 뉴스를 봤다. 대한민국 헌정사상 최초로 대통령 탄핵소추안이 발의됐다고 연일 떠들고 있었고, 곧 의결할 참이었다. 궁금해서 TV를 끌 수가 없었다.

근현대사 수업 시간. 우리는 TV를 끄지도 않고, 선생님이 교실에 들어서자마자 조르듯 물어본 것이다. 지금 현대사에 중요한 일이 벌어지고 있으니 실시간으로 지켜보자고 설득해 볼 생각이었다. 선생님도 궁금하셨는지 고개를 끄덕이며 허락하셨다.

노무현 대통령 탄핵소추안을 의결하는 TV 화면 속 국회는 어지러웠다. 머리끄덩이를 잡고 멱살을 잡는 몸싸움이 벌어지고 있었다. 제자리에 앉아 있는 국회의원은 한 명도 없었다. 종이, 신발, 손에 잡히는 것이 무엇이든 의장석을 향해 던지고 있었다. 어떤 국회의원들은 경호원처럼 국회의장을 둘러쌌다. 탄핵소추안이 가결되었다. 누군가는 바닥에 쓰러졌다. 누군가는 바닥에 주저앉아 혼이 나간 모습으로 울부짖었다. 또 누군가는 박수를 치며 회의장을 나갔다.

여고생들은 숨죽인 채 난리 통을 지켜봤다. 교실에서도 울음소리가 들렸다. '어떡해, 어떡해' 하며 눈물을 훔쳤다. 좋아하는 정치인이 통곡하는 모습을 보더니 따라 우는 것이었다. 항상 들뜬 목소리로 정치 이야기를 해 주던 선생님도 평소와 달랐다. 말없이 그 모습을 지켜볼 뿐이었다. 이 광경이 내게는 액자 속 액자를 보고 있는 것 같았다. TV 속 온몸으로 싸우는 정치인들, TV 밖 훌쩍거리는 친구, 말 없는 선생님. '하- 진짜 정치 대단하네.' 이 모든 장면을 전지적 작가 시점으로 관망하고 있었다.

매일 신문 한 부를 거뜬히 읽게 된 즈음, 텔레비전 시사프로그램도 즐겨 봤다. 《PD 수첩》, 《추적 60분》, 《그것이 알고 싶다》. 정치, 사회 문제는 흥미진진한 읽을거리, 볼거리였다. 친구들은 뉴스를 보다 이해가 안 되는 장면이 있으면 내게 물어봤다. 나는 시사 뉴스 진행자처럼 무슨 일이 있었는지, 무엇 때문에 싸우고 있는지 신나게 이야기하곤 했다.

교무실 선생님 책상 위에는 작은 탁상달력이 놓여 있었다. 전국교직원노동조합 로고가 박혀 있는 달력이었다. 80명 선생님 중 50명 정도가 전교조 조합원이던 학교여서 볼 수 있는 풍경이었나 보다. 교무실을 드나들며 선생님들 면면을 알고 있었고, 전교조 선생님들이라면 정치 이야기를 편하게 해도 되겠다고 생각했다. 지금처럼 전교조가 법외노조가 아니었고 탄압을 받지도 않을 때였다.

2004년, 안팎으로 정치적인 대화가 낯설지 않은 생활로 무르익고 있었다. 정치를 잘 아는 위치에 있으려면 어떻게 하면 될까? 사람들이 모르는 진실을 파헤치며 사회에 고발하는 기자가 되고 싶었다. 멋지고 능력 있는 커리어 우먼을 꿈꾸며 그동안 대학 1지망 칸에 써넣는 학과는 경영학과였다. 기자가 되려면 무슨 과를 지망해야 하지? 알아볼까? 기자가 더 멋지고 능력 있는 커리어 우먼 같은데? 괜찮네.

노무현 대통령 탄핵소추안이 가결되던 날, 나의 대학 지망 학과가 바뀌었다. 신지혜

나를 움직인 말들

신지혜

"네 인생 최초의 기억은 뭐야?"

친한 언니가 물었다. 사람의 첫 번째 기억은 그 사람을 이루는 기질을 드러낸다고 했다. 생소한 질문이었지만, 재빨리 최초의 기억을 찾아서 나를 이루는 기질은 무엇일지 같이 얘기해 보고 싶었다.

곰곰이 시간을 거슬러 문득 어떤 장면이 떠올랐다. 서너 살 때쯤이었던 것 같다. 햇볕이 따뜻했던 날, 막 걸음마를 뗀 동생이 발가벗은 채로 마당을 돌아다니고 있다. 나는 살금살금 동생에게 다가가 볼을 쿡 찌르고 까르르 웃는다. 사진으로도 본 적 없고 누가 나에게 이야기해 준 적도 없던 장면이다.

인생 최초의 기억에 동생이 등장하다니. 놀라웠다. 우리는 썩 사이 좋은 남매는 아니었기 때문이다. 기억을 더듬어 보니 어릴 때는 동생과 꽤 사이가 좋았다. 아니, 내가 동생을 참 예뻐했다. 초등학교에 막 들어갔을 때 힘들게 100원씩 차곡차곡 모아 문구점에 가서 내 것 대신 동생 선물을 사 준 적도 있다. 나는 또래에 비해 키가 컸고 동생은 또래보다 한참 작았다. 동생과 같은 초등학교를 다닐 때는 학년 초에 일부러 동생 반으로 가서 준비물을 전해 주는 게 연례행사였다. 이렇게 큰 누나가 있으니 작다고 우리 동생 괴롭히지 말라는 신호였다.

초등학교 때까지 동생을 잘 보살폈는데, 언제부터 사이가 서먹해진 걸까?

또 다른 기억이 떠올랐다.

"지혜야, 엄만데, 엄마가 오늘 조금 늦을 것 같다. 밥솥에 쌀 씻어

났으니까 밥만 좀 해 줄래?"

　엄마는 늦을 때면 종종 전화를 걸었다. 열 살에 압력밥솥으로 밥하는 법을 배웠다. 치이익~ 소리가 나기 시작하면 속으로 20까지 세고 불을 끄면 된다. 타지 않게 밥을 잘 해 놓으면 엄마가 돌아오자마자 저녁을 함께 먹었다.

동생 밥 좀 챙겨 줘라

　"지혜야, 엄만데, 동생 밥 좀 챙겨 줘라."

　혼자 압력밥솥 뚜껑도 힘들지 않게 열 수 있게 되었을 즈음 엄마의 말이 바뀌었다. 나는 쌀을 씻어 밥을 안치고 아침에 먹었던 반찬을 꺼내 동생을 불러 같이 먹었다. '그래, 얘는 아직 어리니까 보살펴 줘야지.' 나는 동생에게 밥 차려 주는 대견한 누나였다.

　중학생이 되고부터는 "동생", "밥" 소리만 들어도 짜증이 났다. 나는 열 살부터 밥도 할 줄 알았고 혼자 잘 챙겨 먹었는데, 열두 살이나 먹은 동생에게는 왜 밥하는 법을 가르치지 않는 걸까? 전기밥솥에 있는 밥을 알아서 꺼내 먹으면 되는데 왜 매번?

　불만을 토로하면 돌아오는 말은 언제나 "누나니까"였다. 세상에! 동생은 몇 살이든 얻어먹는 존재인가? 혼자 피시방도 갈 줄 알고 좋아하는 비비탄 총은 제 용돈으로 사서 놀 만큼 커 버린 동생이었다.

밥 차려 주라는 말을 들을 때마다 나는 그냥 넘어가지 않았다.

"지혜야~ 동생 밥 좀 차려 줘라."

"싫은데."

"알았다. 먼저 밥 먹고 있어라. 동생 좀 바꿔 봐."

"알겠다."

내 태도가 바뀌자 엄마는 동생에게 누나 밥 먹을 때 밥 퍼서 같이 먹으라고 했다. 동생도 내가 자기 밥 차려 주기 싫어한다는 걸 알았다. 동생과 나는 따로 밥을 먹을 때도 자주 있었다. 가족들은 나를 동생 밥 차려 주라는 말도 남녀차별로 받아들이는 예민한 사람으로 보았다. 나는 자기 밥 먹을 때 동생 밥그릇과 수저 하나 더 놔 주는 것도 싫어하는 인정머리 없는 애가 되어 버렸다. 그러거나 말거나, 나는 동생 밥 차려 주라는 말도, "누나니까"라는 말도 듣기 싫었다.

그 말은 곧 "여자니까"로 바뀌었다. 여중과 여고를 다녔지만 학교에서 "여자라서"라는 말은 들은 기억이 없다. 그 말을 제일 많이 들었던 곳은 집이었다. 고3 여름이 되자 "여자니까"로 시작하는 충고가 쏟아졌다. 한창 대학 수시 원서를 쓰는 시기였다.

"안정적인 직업을 가져야지. 결혼하고 애 키울라믄 여자는 선생님 되는 게 최고다. 일찍 퇴근하고, 방학 때마다 놀러 가고, 얼마나 좋노. 사범대 가라. 우리 집 여유도 없는데 국립대 사범대 가면 엄마 소원이 없겠다."

"그럼, 동생은 무슨 대학 가야 되는데?"

"걔는 남자니까, 가고 싶은 데 잘 쓰겠지. 근데, 여자는 지혜
야……"

여자는 선생님이 최고다

화딱지가 나서 참을 수가 없었다. 동생은 남자라서 가고 싶은 대학
에 원서 쓰고 나는 여자라서 사범대를 가야 된다니!

우리 집은 동생 밥 차려 주라는 것 빼고는 나에게 여자로서 한계
를 지우지 않는다고 생각했다. 차별 때문에 힘들어하는 친구들 이야
기를 들으면서 우리 집은 안 그래서 다행이라고 생각했는데 착각이
었다. 생각해 보니 부모님은 동생과 내가 성별이 바뀌어서 태어났으
면 더 좋았을 거라며 아쉬워하기도 했다. 나는 낯가림도 별로 없고
학기마다 반장을 하는 적극적인 성격이었고, 동생은 정반대였다. 여
자가 활발한 게 뭔 흠인가? "여자니까"라는 말에 지기 싫었다.

"싫다고~! 나는 서울로 갈 거라고~! 사범대 쓸 바엔 대학 안 갈
거다."

짜증 내면서 소리를 지르고 말았다. 서울로 대학 가고 싶어서 내가
얼마나 공부를 열심히 했는데. 문제가 안 풀리면 《수학의 정석》을 확
던졌다가도 다시 주섬주섬 책을 펼치고 포기하지 않았는데. 매일매
일 《사회과부도》 속 서울 지도를 보면서 하기 싫은 공부를 참고 꾸

역꾸역했는데. 억울해서 미칠 것 같았다.

속 안 썩이고 착한 첫째 딸이라고 자랑하던 딸이 화가 잔뜩 나서 대든 것이다. 엄마는 공부 잘하는 딸이 대학을 가지 않겠다는 말에 충격을 받고 난감한 표정으로 머뭇거렸다.

"니 서울 가면, 학비도 비싸고, 집값도 비싼데, 용돈은 또 어떻게 주노?"

"그동안 나 장학금 받은 거 하나도 안 썼다며. 처음에만 도와주면 내가 어떻게 해볼게. 용돈도 안 받을게."

서울이 아니면 대학을 가지 않겠다고 바득바득 우긴 덕이었을까? 결국 엄마는 항복했다. 단, 조건이 붙었다. 나중에 공무원 시험 보는 데 도움이 되도록 행정학과가 있는 대학으로 원서를 쓰는 것이었다. 서울만 갈 수 있다면 아무래도 좋았다. 한 달 동안 전쟁을 하면서 "여자니까"라는 말로 쌓은 견고한 성벽을 부순 기분이었다.

2005년 9월, 드디어 논술시험을 보러 가는 날이 되었다.

시험은 아침 아홉 시. 통영에서 첫차를 타도 시간에 맞춰 갈 수가 없었다. 엄마와 나는 모텔비를 아끼려고 심야버스를 탔다. 새벽에 도착해서는 지하철이 다닐 때까지 서울고속버스터미널 근처 찜질방에서 잠깐 눈을 붙였다. 잠을 설쳐 피곤한데도 정신은 말간 느낌이었다. 긴장보다는 시험을 잘 봐서 얼른 서울로 대학을 가고 싶은 기대가 더 컸다.

지하철역에서 대학교 입구까지는 5분이 걸리지 않았다. 도대체 경쟁률이 얼마나 되는 걸까? 넓지 않은 인도에 사람들이 붐볐다.

기대와 달리 대학교 정문은 으리으리하지 않았다. 공사 중인지 회색 판넬이 세워져 있었고 바닥엔 길을 따라 천이 깔려 있었다. 예비대학생을 맞이하는 현수막들이 판넬에 붙어 있었다. 환영한다고, 시험 잘 보라고, 합격해서 동아리에 가입하라는 내용이었다.

눈에 띄는 현수막이 있었다. 정문에서 한참을 떨어져 있어도 보이는 현수막을 보면서 눈을 의심했다. 내가 제대로 본 것이 맞나?

일반이 아니라 이반입니다

헉 소리가 나도 모르게 나왔다. 여자중학교와 여자고등학교에 다녔으니 "이반"이라는 말을 알고 있었다. 동성애자를 뜻하는 말이었다. 중학교 때 이반이라는 말이 번지면서 이반 문화가 유행이었다. 주변 남학교 학생을 좋아하는 대신 같은 학교 언니를 팬처럼 좇아다니는 문화도 있었다. 같은 학교 안에서 누가 누굴 좋아한다고 소문이 돌면 놀림감이 되었다. 이반을 상징한다고 알려진 옷차림과 머리 스타일이 유행하기도 했다. 이반은 흔한 말이 되었다. 그런데 선생님들은 이반이라는 말에 호들갑을 떨었다. 두발자율화를 시행하게 된 후, 이반 머리 스타일은 하지 말라고 하거나 이반인지를 묻는 설문조사를 하기도 했다. 이반 문화는 학교에서 금기된 문화가 되면서 점점 사그라졌다.

중학교와 고등학교에서는 호들갑을 떨며 쉬쉬하던 말이 현수막에 큼지막하게 쓰여 있고 정문에 걸려 있다니! 대학은 금기가 없는 곳인가? 선생님들을 보면서 뭘 그렇게까지 호들갑을 떠나 싶었던 내게 대학은 너무 신기한 곳이었다. 성 소수자 동아리가 있다는 것도, 누가 봐도 큰 글씨로 '동성애자 이리 오세요' 홍보하는 문구를 현수막으로 붙일 수 있다는 것도 신기했다. 현수막에서 본 "이반"은 대학 생활을 더 궁금하게 만들었다.

두리번거리며 시험장으로 갔다. 엄마는 주변이 눈에 들어오지 않는 것 같았다. 나 대신 엄마가 긴장을 했나 보다. 서울 진학을 허락해 주고 먼 길까지 함께 와 준 엄마 때문이었는지 현수막 때문이었는지, 이 대학에 꼭 합격하고 싶었다.

논술시험도 날 도와주려는지 마지막 문제의 지문을 보는데 느낌이 좋았다. 여성문제를 논술 시험 문제로 내는 이 학교가 마음에 쏙 들었다.

> 몇 십 년 동안 5급 이상 여성 공무원 비율이 너무 낮았기 때문에, 5급 이상 여성 공무원 비율이 40% 이상 되려면…….

답안지를 작성하며, 그동안 내가 여성문제에 관심이 많았다는 걸 깨달았다. 고등학교 1학년 때, 쉬는 시간마다 친구들과 학교 주변에 그득한 변태를 퇴치하는 방법을 찾는다며 시뮬레이션하고 놀았다. 고등학교 2학년 토론 수업 때, 혼전 동거의 긍정적인 면을 매우 흥분하며 주장했다. 여성에게만 혼전 순결을 강요하는 문화가 말도 안 된다고 생각했다. 유림들이 한복 입고 갓을 쓴 채로 호주제 폐지 반대를 외치는 것을 보면서, 자식을 낳으면 꼭 내 성을 따르게 하고 싶었다. 왠지 나에게 딱 맞는 학교에 시험을 보러 온 것 같았다.

수능 한 달 전, 나는 대학에 합격했다. 정문에 "일반이 아니라 이반입니다" 현수막이 걸려 있는 학교에서의 대학 생활은 어떨까? 나의 미래가 기분 좋게 궁금했다. 신지혜

결혼은 제 자아실현이
아닌데요?

용혜인

가슴 잘 간수하는 방법

초등학교 3학년 때부터 가슴이 나오기 시작했다. 2차 성징이 빠르게 온 편이었다. 자고 일어나면 책상 밑에서 눈을 뜰 만큼 온 방안을 굴러다니는 잠버릇을 가진 나로선 자는 게 문제였다. 굴러다니다가 엎드리기라도 하면 가슴이 아파서 잠에서 깨야 했으니까. 가슴이 나온다는 건 잘 때 신경 쓸 일이 많아졌다는 거였다.

그게 다였다. 하지만 엄마는 달랐다. 엄마는 내가 가슴이 나오기 시작하면서부터 '딸 가진 엄마'의 마음을 이해하게 된 것 같았다. 가슴이 커지면서 여성이 겪을 수 있는 좋지 않은 일들을 끝없이 떠올리며 당부와 염려를 멈출 줄 몰랐다.

"심란해. 엄마는 니 가슴이 세상에서 제일 걱정이야. 항상 조심해야 해."

"붕대를 감아 볼까?"

"축소 수술도 가능하대."

내가 엄마만큼 걱정했다면 우리 둘은 손잡고 병원에 갔을지도 모르겠다. 하지만 온갖 걱정 근심은 엄마의 몫이었고, 나는 가슴을 잘 간수해야 한다고 신신당부를 들으면 고개를 끄덕일 뿐이었다.

주변 시선을 의식하게 된 것은 초등학교 5학년 때였다. 우리 학교는 아래층은 저학년, 가장 높은 층은 6학년이 사용했다. 한두 개 반은 더 높은 학년과 같은 층을 썼다. 내가 속한 5학년 5반이 그랬다. 계단과 화장실, 복도에서 6학년들과 종종 마주치곤 했다.

"6학년 오빠들이 얘기하는 가슴 큰 애가 너래."

어느 날 친구가 귓속말로 은밀하게 말했다. '나 가슴 큰 게 뭐 비밀이라고 귓속말을 하지?'라는 생각이 들었지만, "가슴 큰 애"라고 불린다는 걸 안 후로 학교생활이 달라졌다. 복도에서 마주치는 6학년 오빠들이 신경 쓰이고, 마주치는 사람이 다 내 가슴을 보는 것 같아 어깨를 움츠리고 다녔다. 이야기 한 번 해 본 적 없는 사람들에게 '가슴'으로 기억되고 있다니! 가슴에 대한 시선을 알게 된 이후로 가슴을 잘 간수하는 것은 나에게도 중요한 일이 되어 버렸다.

몸은 계속 자라서 스포츠브라 말고 일반 브래지어를 입기 시작했다. 가슴이 나와도 딱히 '예쁜' 속옷에 관심이 없던 내게 브래지어는 그저 가슴 가리개에 불과했다. 가슴이 커지는 속도를 따라잡지 못해 잘 맞지 않는 브래지어를 입고 다녔다. 물론 속옷이 작다는 생각은 하지도 못했다. 6학년 담임 선생님이 그 사실을 알려 주었다. 일기장을 통해 엄마에게 우려의 글을 써 보낸 것이다. 엄마는 새 속옷을 장만했다. 더는 키도 안 커서 옷을 새로 마련할 일은 없는데 속옷은 계속 바꿔야 하다니. 별명이 덜렁이였을 만큼 꼼꼼하거나 세심하지 못했던 내게 가슴을 잘 간수하는 것은 번거롭고 어려운 일이었다.

쉽고 잘하는 것은 뛰어 노는 것이었다. '도둑과 경찰', '다방구', '무궁화 꽃이 피었습니다.' 무엇이든 몸 쓰는 놀이에는 자신 있었다. 체육 시간은 나의 무대였다. 친구들이 9초대를 끊는 반면 나는 8초대라는 것에 은근한 자부심도 있었다. 적어도 중학교 때까지는 그랬다.

고등학교 3학년 체육대회에서 나는 계주 대표로 선발되었다. 좀 자신 있던 피구 시합에 출전해야겠다고 마음먹고 있었지만, 친구들 등살에 떠밀려 어쩔 수 없이 하게 된 것이었다. 우승보다 따라올 상품이 중요했던 친구들의 결정이었다. 가슴이 점점 커지면서, 더 정확하게는 점점 가슴에 너무 신경이 쓰이면서, 달리기는 싫어하는 운동이 되었다. 뛰기 시작하면 제멋대로 움직이는 양쪽 가슴 때문에 아프기도 했지만, 싫은 건 그뿐만이 아니었다. 남녀공학에서 여학생들이 달리기를 할 때 남학생들이 어떤 말을 주고받는지 뻔히 알고 있었다. 마치 눈요깃거리라도 되는 듯 자기들끼리 키득거리고 휘파람을 불겠지. 으으.

출발 신호탄이 터지는 순간, 나는 고개를 숙이고 양팔을 몸통에 붙인 어정쩡한 자세로 운동장 반 바퀴를 뛰었다. 내 몸은 지켰지만 순위를 지키지는 못했다. 반 친구들의 계획은 물거품이 되었다. 달리기를 끝내고도 나는 고개를 들지 못하는 상황이 되었다. 달리기가 더 싫어졌다. 세상에서 제일 싫어.

탈안산을 꿈꾸다

"말은 제주로 보내고 사람은 서울로 보내랬다구."

교실에서 곧잘 수다를 떨었지만, 어느덧 고3이 되었고 '가고 싶은 대학' 말고 '갈 수 있는 대학'이 어디인지를 찾아야 했다. 나를 비롯한 대부분의 친구에게 동네에 있는 대학에 가는 것이 가장 현실적인 선택지였다. 서울로 꼭 대학을 가고야 말겠다는 독한 마음을 접는다면, 지옥 같은 고3 생활이라도 조금은 여유를 부릴 수 있을 터였다. 안산에 있는 웬만한 대학에는 갈 수 있으니 말이다.

안산에서 자란 나에게 안산에 있는 대학을 가는 것은 안산에서 취업해서 안산에서 결혼하고 안산에서 아이를 키우는 것을 의미했다. 막연하지만 맹랑한 꿈을 꾸고 있던 나에게 무대가 안산이 될 수는 없었다. 나의 미래는 서울 한복판, 청계천 옆에 하늘로 치솟은 높은 빌딩 어느 사무실에서 빵 하나 입에 물고 야근하는 커리어 우먼이었다. 남자애들보다 더 잘 뛸 자신이 넘치던 때는 경찰이 되어 도시 곳곳을 누비며 범죄자를 잡는 모습을 그려 보기도 했다. 어느 것이 되었든 안산에서 대학을 간다면 그릴 수 없는 미래였다. 서울이든 어디든 대학은 다른 지역으로 가는 것이 나의 목표가 되었다.

독한 마음을 품었고, 지옥 같은 고3 생활을 자청했다. 고2 겨울방학부터 보충학습이 끝나면 학교에 남아 자습을 했다. 야자 시간에 전자사전으로 인터넷 소설과 팬픽을 보던 내가, 영스트리트와 텐텐클

럽을 듣던 내가! 정말 '자율'적으로 '학습'을 하기 시작한 것이다. 꽃 피는 5월, 연애를 시작하는 바람에 잠시 위기가 오기도 했지만, 1년 동안의 수험생 생활을 무사히 보내고 수능을 치렀다.

예년보다 높은 난이도를 자랑하는 이른바 '불수능' 덕분에 평소보다 등급과 표준점수가 올랐다. 수능이 끝나고 집에 돌아와 가채점을 마친 순간, 안산을 벗어나겠다는 꿈은 이룬 것 같았다. 비죽비죽 웃음이 새어 나왔다. 웃음도 잠시, 또 다른 고민이 생겼다.

"그럼 이제 이 점수로 무슨 과에 지원하지?"

"여자는 사범대 가는 게 최고야. 교사가 남자들 사이에서 '1등 신붓감'이잖아. 좋은 남편 만나 좋은 집에 시집갈 수 있고, 애 낳고도 다시 돌아와 일할 수 있고, 나이 들면 꼬박꼬박 연금 나오고. 얼마나 좋아?"

원서 접수를 고민할 때 입시 상담을 하던 선생님을 비롯해 주변 어른들에게 가장 많이 들은 말이었다. 일리가 있는 말이기도 했다. 나를 위한 이야기려니 싶어 고개를 끄덕이다가도 어이가 없어 썩은 미소를 지었다.

'직업은 자아실현의 수단이라면서. 내 자아실현은 결혼 잘 하는 거야? 웃기네. 아- 짜증나!'

고등학생이 되기 전까지 웬만한 남자애들보다 키도 컸고 어딜 가더라도 칭찬만 받는 삶을 살아왔는데 여자는 사범대 가는 게 최고라는 말을 듣고 있자니, 남자애들한테 패배한 인생이 된 것 같았다. 맨

날 야동 얘기나 하고 여자 친구랑 진도 어디까지 뺐는지 친구들한테
다 털어놔 버리는, 철딱서니가 없어도 너무 없어 보이는 남자애들이
떠올랐다.

세상의 가장자리로 밀려나는 기분이었다.

'사회의 중심부는 나를 밀어내고 남자애들이 차지하는 건가? 그들
에게 1등 신붓감이 되라고 사범대를 내게 추천했단 말이지. 하하. 내
인생을 그렇게 둘까 보냐.'

인생을 건 선택을 해야 하는 시기였다. 원서 접수 마감일까지 시간
은 속절없이 흘렀다. 나중에 후회할지 어쩔지는 모르지만 결정은 해
야 했다. 심호흡을 하고 '원서 전송' 버튼을 눌렀다.

'용혜인' 세 글자가 적힌 원서는 세 개 대학의 '사회과학부'에 도착
했다.

정치가 밥 먹여 준 이야기

용혜인

"촛불집회 갔었어?"

"그런 게 있다는 건 알았지, 가 볼 생각은 전혀 안 했는데."

2008년, 인생의 변곡점을 넘었노라 말하는 선배 언니의 촛불집회 때 기억을 고개를 끄덕이며 듣고 있었다.

그 시절 나는 고3이었다. 꼬박 1년이 수험 생활로 꽉 차 있었다. 내 기억은 아주 단출했다. 세상이 그렇게 조용했을 리 만무한데 내 기억 속 그 시간은 무척 잠잠했다.

인터넷을 뒤져 봤다. 숭례문방화사건, 2008 금융위기, 베이징올림픽 한국 야구팀 금메달, 한국 최초 우주인 이소연 우주 비행, 미 대선 오바마 당선 등 굵직굵직한 일들이 많았던 한 해였다. 그랬구나. 하지만 세상을 가득 채운 뉴스들은 안산시 단원구 고잔동에 위치한 고등학교 3학년 교실에서 아무런 파장을 일으키지 않았다.

세상만사는 교실 너머에 두고 산 것 같은데, 그럼에도 내 기억 속에 촛불집회는 남아 있었다. 이상했다. 광화문 촛불집회에 나가는 고등학생도 아니었는데 말이다. 시간을 거슬러 떠올려 보니 "촛불집회"라는 낱말이 또렷이 남은 기억일 뿐이었다. 기억의 장소는 광화문이 아닌 교실이었다.

고3 인생에 정치가 웬 말

2008년 나의 일상은 대략 이렇다. 6시 기상, 7시 20분 학교 도착,

수업 듣고 4시가 되면 청소, 보충수업, 저녁 먹고 야간 자율학습, 11시 하고, 12시 집 도착. '집-수업-야자-집'으로 반복되는 매일이 전부였다.

교복 재킷을 벗고 춘추복과 하복을 섞어서 입는 즈음이었다. 한미FTA 체결에 따라 수입하게 될 미국산 소의 광우병에 대한 우려가 커지면서 촛불집회가 시작되었다. 인터넷과 언론은 촛불집회 뉴스로 가득 찼다. 그와 동시에, 촛불에 참여하는 청소년들, 특히 '촛불소녀'에 대한 사회적 관심이 높아졌다. 교실에서도 광우병 이야기, 촛불집회와 광화문 이야기를 하는 친구들이 있었지만 나와 그들의 거리는 거의 안산에서 광화문까지였다.

신문을 보기는 했지만 《동아일보》와 《조선일보》였다. 사회탐구 선택과목이 '정치'였던 나의 대입 준비 교재 같은 거였다. 우리나라에서 가장 많은 발행 부수를 자랑하는 두 개의 보수 일간지를 열심히 보던 학생이었기에, '광화문 촛불'에 대해 그냥 관심이 없는 것이 아니라 수다 떠는 친구들과 다르게 보고 있었다. '파이를 키우려면 몇몇 분야의 희생은 어쩔 수 없는 것 아닌가?' 생각하는 식이었다. 시사 이슈에 대해 찬반 입장을 정해 선생님과 토론하는 정치 과목 수행평가를 할 때 FTA 찬성 입장으로 준비하기도 했다. 집회에 가는 건 관심 밖이었고 솔직히 '데모'로 세상을 바꾸는 시대는 끝났다고 생각했다. 시위하는 사람들이 너무 과격하고 낡은 사람들로 보였다.

'젊은 사람 = 진보'라는 정해진 공식도 못마땅했다. 아주 예외적으로 젊은 사람인데 보수인 것이 세련되고 합리적인 것이라 생각했다.

'성인이 돼서 투표권이 생기면 한나라당에 투표해야지.' 당시 나는 진지하게 나를 '합리적 보수'라 여겼다.

서울로 대학을 가기엔 고3이 되면서 성적이 계속 떨어지고 있었다. 그 와중에 연애를 덜컥 시작해 버렸기 때문에 공사다망했다. 촛불집회, 광우병 따위는 연애하는 고3 인생에 들어설 자리가 없었다. 정치는 인생사에 관계된 것이 아니라 내 인생을 바꿔 줄 대학 입시 준비에 관계된 것이었다. 야자를 째고 지하철을 타고 부지런하게 서울에서 열리는 촛불집회를 오가는 친구들이 신기하긴 했다. 친한 애들도 아니어서 딱히 관심이 있진 않았지만.

'서로이웃'의 외로운 점심시간

당시엔 블로그 운영이 유행이었다. 나도 아이돌그룹 '신화', 좋아하는 드라마 《대조영》에 나온 멋진 장면을 매주 골라 올리고, 스타크래프트 게이머였던 '정석테란' 김정민 선수의 경기 소식과 사진을 올리며 성실하게 블로그를 운영했다. 다른 친구들도 각자 블로그를 운영하면서 '서로이웃'을 맺었다. 매일 학교에서 만나는 사이지만, 블로그 포스팅을 통해 친구의 관심사나 생각을 알게 되는 건 또 다른 재미가 있었다.

친구들이 야자를 째고 열심히 촛불집회를 나가던 어느 날, 한 친구가 블로그에 촛불집회에 관한 의견을 썼다. 돌아다니는 음모론이 많다며, 인터넷에 올라오는 혹은 촛불집회에서 나오는 많은 이야기에 대해 좀 더 생각해 봐야 한다는 취지의 글이었다. 평화롭던 '서로이웃'들의 관계에 금이 가기 시작했다. 전쟁의 시작은 블로그 댓글이었다.

그때까지만 해도 그냥 흥분한 친구들이 한마디씩 보탠 거라고 생각했고 대수롭지 않은 일로 여겼다. 우리는 수업 시간에는 열심히 공부해야 하는 고3이었고, 쉬는 시간은 쪽잠을 자거나 화장실, 매점에 다녀오는 것만으로도 지나가 버렸기 때문에 이상한 분위기는 없었

다. 어제의 블로그 댓글들은 별일 아닌 것처럼 보였다.

점심시간 종이 울리고 나랑 친한 무리의 친구들은 식당으로 갔다. 급식이 너무 지겨워서 저녁에만 급식을 먹고 점심은 건너뛰고 있던 나는 교실에 남았다. 종이컵에 따끈하게 믹스커피를 타서 홀짝거리며 누리는 혼자만의 시간을 좋아라 했다. 혼자일 줄 알았는데, 블로그에 글을 썼던 그 친구가 빈 교실에 멍하니 앉아 있었다.

"너 밥 안 먹어?"

"응. 배가 안 고프네. 밥 안 먹게."

밥을 안 먹는다면 공부를 한다거나 잠을 자거나 할 법도 한데, 멍하니 두 손을 모으고 앉아 있는 친구가 조금 이상하긴 했다. 그렇다고 먼저 다가가서 수다를 이어 갈 만한 사이가 아니었기에, 짧은 대화를 끝으로 내 자리를 찾아가 앉았다. 블로그상으로는 '서로이웃'이었지만 교실에서 그리 다정한 '이웃'은 아닌 사이였다.

잠자는 시간을 제외하고는 거의 유일하게 혼자 있을 수 있는 점심시간에 나 말고 누가 있으니 괜히 '뻘쭘'했다. 혼자 누리던 한적함이 삐끗하고 있으니 살짝 아쉽기도 했다.

이튿날 점심시간에도, 그 이튿날 점심시간에도, 그 친구는 교실에 남았다. 첫날과 다르게 멍하니 있지 않고 엎드려 있는 것이 차이점이긴 했지만 뭔가 이상했다.

"아, 걔 저번에 올린 블로그 글 때문에 그래."

주변 친구들이 이유를 알려 줬다. 저녁에는 내가 급식을 먹느라 몰랐는데, 저녁도 안 먹는 모양이었다. 블로그에서 키보드 배틀을 벌인 친구들이 아는 체도 안 하고 식당에 갈 때도 자기들끼리 휭하니 가 버려서, 교실에 혼자 남게 된 거였다. '쌩까는' 것은 바로 이런 것이었다.

그 뒤로도 며칠 동안 그 친구는 점심시간에 혼자였다. 같이 밥 먹자고 말 거는 친구들이 생겼지만 여전히 교실에 남았다. 댓글 싸움을 했던 친구들의 외면은 그대로였다.

그 친구의 체중이 한 5kg 빠진 것 같아 보일 즈음, 그제야 친구들은 자기들끼리 밥 먹으러 가는 걸 멈추고 그 애한테 말을 걸었다. 오래도록 혼자였던 그 애는 울기 시작했고 친구들은 등을 토닥여 줬다. 울면서 블로그 글에 대해 사과하자 그들은 다시 친구가 되었다.

덕분에 모처럼 나도 혼자만의 점심시간을 만끽할 수 있었다. 그날 나온 급식을 그 친구는 어떻게 먹었을까?

내가 보기엔 참 이상한 광경이었다. 정치가 뭐길래 저렇게까지 할까? 정치가 밥 먹여 주는 것도 아니고, 미국산 소 좀 수입한다고 해서 옆에 있는 친구랑 학교를 같이 다닐 수 없게 되는 것도 아닌데 말이다. 사실 그 친구에게는 정말 '밥' 문제이긴 했다. 정치는 수능을 위한 선택과목일 뿐이었던 나로선 이상할 따름이었다. 친구들이 '정치적' 문제로 다투고 눈물을 흘리며 화해하는 장면은 낯설고도 인상적이었다.

TV를 통해서나 보는 여의도 국회에서의 정치를 내 생활 가까이에서 발견한 첫 순간이었다. 정치는 사람들 생활 아주 밀접한 곳까지 영향을 미치고 있었다. 한미 간의 외교 문제가 광화문에서 집회를 여는 이유가 되고, 집회에 참여하는 이유와 집회에서 오가는 의견들은 안산의 한 고등학교 교실에서 10대들의 우정을 위태롭게 하는 사건이 되고 말았다. 조금은 이상한 계기로 '정치'에 대한 감각이 점점 생겨나고 있었다. 윤혜

알바에게 천국 따윈 없다

용혜인

한미FTA 반대 촛불집회와 금융위기 같은 굵직한 일들로 세상이 시끌시끌했던 2008년이 저물 무렵, 대학 합격 소식을 들었다. 서울로 대학 가겠다는 목표를 이룬 것이다. 세상 돌아가는 일은 잘 모른 채 세상 다 가진 기분이었다.

'금융위기'라면 신문에서나 접하는 일이었지 나랑은 상관없는 일이라고 생각했다. 시끄러웠다고들 하는 그해, 나는 입시의 세계에서 공부만 하면 됐으니까. 학교-집-학교-집 매일 반복되는 하루하루를 사느라 돈 쓸 시간도 없었고, 일주일에 만 원 받아서 버스카드 충전하는 것 말고는 쓰는 돈도 얼마 없었다. 급식비와 등록금을 내가 내지는 않았으니까 돈 걱정을 몰랐다. 하지만 내가 몰랐을 뿐, 우리 집 사정이 돈 걱정을 안 해도 되는 정도는 아니었다. 사실 사정은 더 나빴다.

대기업 하청의 재하청을 받아 기계를 만드는 작은 회사를 운영하던 아빠는 2008년에 폐업했다. 대기업이 비용을 줄이는 손쉬운 방법 중 하나가 하청업체 계약 해지였다. 언론에서 매일 떠들어 대는 경제위기가 우리 집의 경제위기가 되었다. 온종일 학교에 있어서 잘 몰랐던 그해, 아빠는 집에 있는 날이 더 많았다. 비싼 차를 사게 되었다고 좋아한 것도 잠시, 아빠는 몇 개월 지나지 않아 차를 팔았다. 양평에서 비닐하우스 농사를 준비하느라 돈을 마련해야 했다. 우리 집에 닥친 경제위기를 벗어나기 위해 엄마와 아빠가 얼마나 애쓰고 있는지 헤아릴 만큼 철이 든 건 아니었다.

여러분 제발 쏟지 마세요

수능이 끝나고 나니 남는 게 시간이었다. 갑자기 쏟아지는 여유로운 시간을 채우기 위해서는 돈이 필요했다. 친구 만나는 데도, 데이트하는 데도 돈이 들었다.

기말시험을 보는 동안, 학교가 끝나면 알바를 구하러 동네를 돌아다녔다. 고등학생을 고용하는 가게에는 이미 수시에 합격한 학생들이 일하고 있었다. 새로 알바를 구한다고 써 붙인 가게는 교복 입고 들어서는 나를 보고 학생은 쓰지 않는다고 손을 내저었다. 고3이라 수능이 끝났다고 설명해도 결과는 마찬가지였다. 결국 동네에서 알바를 구하지 못했다.

12월이 되자 마음이 급해져 단기 알바를 알아보기 시작했다. 당장 급한 대로 며칠이라도 알바를 하고 싶었다. 몇 시간의 인터넷 검색 끝에 찾아낸 것은 호텔 알바였다. 까만 머리 망과 구두만 준비하면, 내가 원하는 날을 홈페이지에서 고를 수 있었다. 내가 필요한 날만 골라 할 수 있다니. 동네에서 찾으려던 알바보다 오히려 매력적이라고 생각했다. 일단 토요일과 일요일 이틀 모두 지원했다. 이때까지만 해도 이게 얼마나 무모한 선택인지 몰랐다.

첫 출근은 서울 역삼역에 있는 웨딩홀이었다. 새벽에 일어나 머리를 올리고 구두를 신고 한 시간 반 동안 버스와 지하철을 타고 간 웨딩홀에는 내 또래 혹은 나보다 어려 보이는 수십 명이 모여 있었다.

처음이라 멀뚱멀뚱 쭈뼛쭈뼛 서 있던 나와 다르게 그들은 익숙하게 옷장을 열고 준비된 유니폼으로 갈아입었다. 눈치껏 유니폼을 꺼내 입고 기다리자 매니저가 나타나서 출석을 불렀다. 그리고 신경질 섞인 당부를 했다.

"여러분들이 손님들 코트에 음식을 흘리면 일당보다 세탁비가 더 듭니다. 제발 쏟지 마세요."

당시 최저임금은 3,770원이었다. 하지만 나의 첫 알바 시급은 3,500원. 홈페이지에서 소개해 준 호텔 알바는 열 번을 채울 때까지 수습 시급을 적용하고 있었다. 아침 여덟 시부터 밤 열 시까지 꼬박 열네 시간 동안 음식을 나르고, 포크와 나이프를 닦고, 다음 예식을 세팅하고 나면, 점심시간 한 시간 시급은 빼고 45,500원을 받았다. 비싼 동네 드라이클리닝은 다른 세탁소보다 비싸구나, 생각했다. 강남에 있는 호텔에 오는 손님 외투가 얼마나 비싼지 알 길은 없었다.

열네 시간 동안 스테이크를 적어도 백 개는 날랐던 것 같다. 열아홉 살 첫 알바를 하면서 '스테이크'라는 음식을 실물로 처음 봤다. 접시는 또 왜 이렇게 무거운 건지! 쟁반 한 개에 스테이크 접시가 올림픽 로고 모양으로 딱 다섯 개가 올라갔다. 7만 원씩, 35만 원어치 쟁반을 쉬지 않고 날라야 했다. 코스로 나오는 음식을 나르던 중 가장 행복했던 순서는 종이 상자에 담긴 떡을 나르는 일이었다. 코스의 마지막인 떡은 결혼식의 끝을 알리는 서빙이었다.

오전 열한 시 반 첫 예식을 시작으로, 하루 세 번 치른 예식이 모두 끝나 테이블 위의 모든 것을 치우고 설거지 되어 나오는 포크와 나이프를 다 닦고 나면, 밤 열 시쯤 된다. 매니저가 중간에 도망간 사람이 있는지 확인하기 위해 출석을 한 번 더 부르고 나면 종일 기다리고 기다리던 퇴근이다. 퉁퉁 부어 뽀개질 것 같은 발로 구두를 신고 지하철역으로 가는 동안, 요령이 없으면 몸이 고생한다는 것을 깨달았다.

'운동화 신고 올 걸. 다른 사람들처럼 구두는 가방에 넣어 들고 오는 건데.'

집으로 가는 지하철을 타자마자 구두 뒤축을 접어 신었다. 안산까지는 한 시간을 간다. 30분 정도를 지나니 자리가 났다. 깨질 것 같은 발도 좀 진정이 되고 나니 알바비 생각이 났다. 계산기를 두드려 봤다. 액정에 보이는 숫자 4.5.0.0.0. '사만 오천 원!' 혼잣말하듯 중얼거렸다. 처음으로 직접 일해서 번 돈이었다. 벌써 성숙한 어른이 된 것 같았다. 계산을 마치고 나니 배가 고파졌다. 다섯 시쯤에 밥을 먹었으니 배가 고플 때가 되기도 했고 온종일 힘을 썼으니 기력 보충이 필요하지 싶었다. 예식장에서 날랐던 스테이크 생각이 났다. 가격도 생각났다. 7만 원.

'발이 부서져라 구두를 신고 열네 시간 동안 스테이크를 날랐는데, 내 일당으로는 그 스테이크 하나를 사 먹을 수가 없네. 내가 나른 스테이크만 해도 몇 백만 원어친데!'

태어나 처음으로 모양과 향기를 확인한 스테이크는 내가 번 돈으로 맛을 볼 수 있는 것이 아니었다. 세탁비만 일당보다 비싼 것이 아니었다. 좀 전까지는 어른이 된 것 같았는데, 뿌듯했던 마음은 온데간데없어졌다. 고기는 무슨 고기냐. 집에 도착하자마자 혼자 라면을 끓여 먹으니 하루가 그제야 끝났다.

이튿날 새벽, 일어나 알바를 가야 하는데 도저히 다리가 침대 밖으로 나오질 않았다. 몸살이 났다. 이틀 연속 알바 지원은 무모한 일이라는 걸 그제야 깨달았다. 결국 주말 중 하루밖에 나가지 못했다.

삼백 원을 누구 코에 붙이나

2009년이 되자 시급이 4,000원으로 올랐다. 아직 수습 근무 열 번을 다 채우지 못한 나의 시급도 3,500원에서 3,800원으로 올랐다. 한 시간에 300원씩, 하루 열 시간 일하면 3,000원을 더 벌 수 있었다. 이틀이면 6,000원. 우와!

'밥 한 끼 사 먹을 돈은 더 나오네.'

소소한 것에 감사할 줄 아는 사람이 된 것 같았다. 어차피 받는 돈은 똑같은데 좀 더 편한 곳을 찾고 싶어서 구인 공고를 싹 뒤졌다. 눈에 들어온 곳은 롯데백화점에 있는 씨푸드 뷔페였다. 이번엔 금요일이었고, 주방 보조 자리였다.

'주말 예식장보단 손님이 적겠지? 뭘 날라도 스테이크 접시보다는

가벼울 거야.'

마감되기 전에 냉큼 지원했다. 어떤 경쟁률을 뚫고 '당첨'되었는지
는 모르겠지만, 일하러 오라는 연락에 기뻤다.

손님이 요청하면 우동이나 일본 라멘을 끓여 내는 일이었다. 함께
일하는 직원의 지시에 따라, 작업화를 신고 주방에서 입는 하얀 옷으
로 갈아입었다. 처음 신어 보는 작업화가 너무 딱딱해서 걸을 때마다
발가락이 아프긴 했지만, 주말 예식장보다 확실히 몸은 편했다. 하지
만 이번에는 몸이 아닌 마음이 불편했다. 직원 말을 들어 보니, 내가
맡은 일을 담당하던 직원이 휴가를 가서 알바를 뽑은 것 같았다. 그
는 친절하게 잘해 줬지만 주방장은 일하는 내내 짜증을 냈다. 라멘이
나가는 속도, 면을 휘젓는 타이밍 등을 나무라는 짜증을 30분에 한
번씩 받아야 했다.

'하루짜리 알바한테 시급 3,800원 주면서 뭐 얼마나 대단한 걸 바
라는 거야.'

마음 깊숙한 곳에서 욱하는 말들이 올라왔지만, 꾹 참았다. 나는
일당을 받아야 하는 알바니까. 알바가 끝나기 한 시간 전, 저녁 피크
타임이 지나가고 조금 한가해지자 하루 종일 함께 일한 직원이 물
었다.

"오늘 얼마 받아?"

"시간당 3,800원이요."

손님이 와서 대화가 끊겼다. 잠시 후에 종일 나를 들볶았던 주방장

이 주방 뒤 베란다로 불렀다.

"여기서 좀 쉬어."

앉을 곳이 있는 건 아니어서 가장 아팠던 발을 쉬게 할 수는 없었지만 그래도 행복했다. 특별한 용건이 있는 건 아니었다. 아무래도 주방장은 내가 최저시급보다도 적은 3,800원을 받고 일하는 줄 몰랐던 모양이다. 직원만큼 돈을 주는데 직원만큼 일을 못 하니까 화가 났던 것 같다.

'그래도 3,800원 받는다는 소리 들으니까 좀 미안하긴 했나 보지.'

삐죽삐죽 온종일 서러웠던 마음들이 올라왔다. 카운터에서 출퇴근 시간을 확인하고 집에 가려는데 담당 직원이 불러 세웠다. 내일도 사람이 없어서 그러는데 나와서 일해 줄 수 있냐고 물었다.

"죄송해요. 내일은 약속이 있어서요."

딱히 중요한 약속은 아니었지만, 왠지 내일 약속이 매우 중요하게 느껴졌다. 내일을 걱정하는 직원을 뒤로하고 식당을 빠져나오는데 기분이 이상했다.

진작 좀 잘해 주지.

'꿀알바'까진 아니지만 그래도 할 만하다고 생각했던 알바도 몇 번 있었다. 팔당호에 있는 레스토랑에서 하는 결혼식 알바가 그랬다. 강남의 호텔과 마찬가지로 음식을 서빙하는 알바였는데, 레스토랑을 빌려서 진행하는 야외 결혼식이 있을 때 일일 알바들을 뽑았던 거였

다. 하루에 세 번 예식을 치러야 하는 강남의 예식장에 비하면 예식
도 한 번이고 알바도 많아서 일 자체도 쉬웠다. 예식 전까지 예쁜 팔
당호를 보면서 그날 처음 만난 알바 친구들과 사진 찍으며 놀았다.

"매일매일 이런 알바만 할 수 있으면 진짜 좋을 텐데."

알바노동자로 살며 깨달은 것

대학에 입학하고 나서도 알바는 이어졌다. 등록금을 마련하느라 고
민하면서, 금융위기의 여파가 나의 발밑까지 닥쳐 있음을 처음으로
확인했다. 과외도 했다. 일주일에 며칠은 알바의 날이어야 했다.

내 이름으로 된 은행 계좌를 갖게 된 것도 알바 시작과 함께였다.
첫 알바를 하고 통장에 돈이 찍혔을 때는 뿌듯했지만 그것도 잠시
뿐이었다. 첫 학기 등록금과 입학금 모두 학자금 대출로 내면서 대학
생활을 시작했다. 금융위기의 위협은 학자금 대출 통장에도 찍혀 있
었다. 이자율 7%. 원금 상환 계획을 세우는 것은 아직 현실의 문제
가 아니었지만, 2만 5천 원 정도의 이자는 매달 갚아야 하는 눈앞의
현실이었다.

스무 살, 새로운 시작을 행복하게 누리길 바라던 부모님은 알바와
학교생활로 꽉 짜인 날 보며 무척 미안해하셨다. 가장 예쁠 때, 가장
반짝반짝 빛날 때라는 감각은 있었지만, 현실이 말 그대로 반짝거리

지는 않았다. 맏딸로서 나의 역할은 씩씩한 척하는 거였다. 나름의 역할 놀이라고나 할까?

다채로운 알바 생활이 준 깨달음은 '소용없다'는 거였다. 최저임금 벌기도 쉽지 않을뿐더러 어차피 최저임금 버나 조금 더 버나 별로 다르지 않았다. 그럴 바에는 하고 싶은 거 하고 마음대로 살자! 학자금 대출 이자 갚기 위해서 인생의 에너지를 쓰자니 억울했다. 돈이 얼마나 많아야 돈으로부터 자유로워지는 걸까?

학자금 대출은 다음 학기에도 피할 수 없었지만, 깨달음과 함께 내 생활은 다른 빛깔을 띠게 되었다. 돈은 변함없이 부족해도 마음은 자유로워지기로 했다. 🔵

신지혜

2008년 5월 광화문에서 광우병 쇠고기 수입 반대 촛불시위 2011년 1
월 한진중공업 노동자 김진숙 85호 크레인 위에 올라 정리해고에 반대
하며 309일 동안 고공농성 2011년 6월 서울 강남구 포이동 재건마을에
서 대형 화재 2012년 1월 밀양 765kv 송전탑 건설 반대 이치우 분신자
살 2013년 12월 밀양 765kv 송전탑 건설 반대 유한숙 음독자살 2014
년 4월 전라남도 진도 해상에서 여객선 세월호 침몰로 안산 단
원고등학교 학생 다수를 포함해 304명 사망 2014년 6월 밀
양 765kv 송전탑 반대 농성장 강제 철거 2014년 9월 서울 시
내 소재 대학에서 세월호 유가족 간담회 개최 2015년 1월 쌍
용자동차 해고노동자 오체투지 행진 2016년 5월 서울 서초
동 노래방 화장실에서 여성혐오 살인 발생 2016년 9월 광화

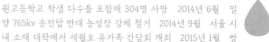

2부

싸우는 여자들

문 민중대회 도중 물대포 진
압으로 농민운동가 백남기 사
망 2017년 3월 고양시청
년기본조례 통과 2017년 10
월 최순실 국정 농단 사태에 분노한 국민들의 광화문 촛불집회 2017
년 12월 박근혜 대통령 탄핵안 통과 2018년 1월 서지현 검사의 검찰
내 성추행 폭로와 함께 '미투운동' 시작 2018년 2월 스쿨 미투운동 시
작 2018년 4월 '베트남전쟁 시기 한국군에 의한 민간인학살 진상규
명'을 위한 시민평화법정 2018년 10월 성균관대학교 총여학생회 폐지

첫차가 다니기 전
광화문에서는

신지혜

동트지 않은 어둠 속에 긴장감이 흘렀다. 경찰들은 곳곳에서 몸을 풀고 있었다. 길바닥에 앉아 이야기를 나누거나 제 할 일을 하고 있던 사람들은 엉덩이를 털며 일어났다.

새벽 네 시가 되면 어김없이 진압이 시작됐다. 이 경찰이 소화기를 뿌리면 저 경찰이 곤봉을 휘둘렀다. 사람들은 뿌연 공기 속에서 입을 틀어막으며 곤봉을 피해 달아났다. 인도에서 지켜보는 사람들 속에서 "미쳤나 봐" 소리가 연신 터져 나왔다. 경찰은 차도에 있는 사람이 모두 인도로 올라가도록 밀어붙였다. 출근길이 막히지 않아야 한다는 이유로 첫차가 다니기 전에 어김없이 진압은 시작됐다. 2008년, 광우병 쇠고기 수입 반대 촛불시위는 낮과 밤의 모습이 사뭇 달랐다.

처음 집회에 가 본 건 2007년, 인연맺기학교 자원 교사를 하면서였다. 4월 20일 '장애인의 날'을 '장애인차별철폐의 날'로 바꿔 부르기 시작했다. 이날 집회가 열린다는 소식을 듣고 학교 수업을 마치고 지하철역까지 냅다 뛰었다. 아침에 내린 비 때문에 에스컬레이터 앞에서 미끄러져 엉덩이가 축축해졌지만 서둘러 발걸음을 옮겼다.

서울역에 도착하니, 처음 보는 광경이 펼쳐져 있었다. 휠체어를 이용하는 장애인이 족히 백 명은 모인 것 같았다. 모두가 피켓을 들고 있고 머리 위로 깃발이 펄럭였다. 피켓을 받아들고, 무대를 바라보고 있는 사람들 틈에 함께 섰다. 여러 단체의 대표자가 나와 장애인등급

제, 부양의무제의 폐지와 장애인교육지원법 제정을 요구하는 발언을 했다. 아직은 구호를 외칠 때마다 머리 위로 주먹을 뻗는 게 어색했다.

자유발언이 끝나고 서울역에서 시작해 국가인권위원회가 있는 시청역까지 행진이 시작되었다. 혼자 어리둥절하고 있는 사이 휠체어를 탄 분들이 앞서 나아갔다. 옆으로도 대열이 늘어났다. 시위대는 경찰 방패에도 겁먹지 않고, 흔들림 없는 눈빛으로 우렁찬 구호를 외치며 거리를 행진했다.

'집회', '투쟁' 이런 말들에 익숙해질 무렵, 가을에는 새로운 자원활동도 시작했다. 거동이 불편한 홀몸 어르신이나 중증장애인의 목욕을 돕는 활동이었다. 자원활동도 하고 집회에도 가면서 내가 알게 되는 사회의 폭이 점점 넓어지고 있었다.

대한민국은 민주공화국이다

해가 넘어가고 이명박 정부의 임기가 시작되었다. 광우병 위험이 있는 쇠고기를 수입한다는 소식에 수많은 사람이 분노했다. 이유도 모른 채 주저앉아 일어서지 못하고 죽어 가는 소의 모습이 《PD수첩》에 방영되었다. 새 대통령이 임기를 시작한 지 100일도 채 되지 않았을 무렵, 촛불시위가 시작되었다. 유아차를 끌고 집회에 참석한 엄마들의 모습이 자주 뉴스에 나왔다.

반면에 나는 처음에는 집회에 가는 게 내키지 않았다. 대학교 3학년이 쇠고기 먹을 일이 많지 않아서일까? 촛불시위가 시작되고 20여 일이 지나서야 나는 광화문으로 향했다.

촛불집회는 의료 민영화 반대, 대운하 건설 반대 등 이명박 정부 반대 집회로 규모가 커졌다. 서울시청부터 광화문까지 거리는 사람으로 가득 찼다. 손에는 촛불과 광우병 쇠고기 반대 피켓이 들려 있었다.

"미친 소 너나 먹어라!"

"아직 18년밖에 못 살았다. 더 살고 싶다."

수십만 명이 신나게 구호를 외치며 함께 행진하고 다시 광화문으로 돌아왔다.

"대한민국은 민주공화국이다. 대한민국은 민주공화국이다. 대한민국의 모든 권력은 국민으로부터 나온다."

<대한민국 헌법 제1조> 노래를 부르며 나도 즐겁게 행진했다.

행진을 마치고 다시 돌아온 광화문은 해방구 같았다. 양쪽 길가에 노점상이 줄지어 있어 어묵, 솜사탕, 번데기 냄새가 사람들 발길을 붙잡았다. 시민들이 만들어 놓은 천막에서 커피나 라면을 제공하기도 했다. 사람들은 거리 곳곳에 모여 팍팍한 삶을 하소연하기도 했고, 공연이나 토크쇼도 열렸다. 자동차만 지나던 도로를 사람들이 가득 채우고 있었다. 그 풍경이 좋아서 촛불집회에 또 갔다. 따스한 봄

날 저녁, 거리에서 수십만의 사람이 자유를 즐기고 있었다.

　그날은 5월의 마지막 날이었다. 밤이 깊어가자, 촛불 든 사람들은 광화문에 머물지 말고 청와대까지 가자고 했다. 이곳에 모인 우리를 대통령이 보고 들으라고 말이다. 행진을 시작했지만 이내 길이 막혔다. 청와대로 가는 모든 골목은 경찰 버스로 막혀 있었다. 버스와 버스 사이는 10cm도 채 되지 않았다. 버스를 크레인으로 들어 올려 그대로 내려놓았나 싶을 정도로 질서정연했다. 사람은커녕 고양이 한 마리도 못 들어갈 것만 같았다. 버스를 치우라고 사람들이 소리를 질러 대도 꿈쩍하지 않았다. 길이 막힌 사람들은 그 자리에 주저앉았다. 광화문에서처럼 노래를 부르고 이야기를 나누며 길을 열어 줄 때까지 버텨 보자는 심산이었다.

　어느샌가 사람들이 버스에 밧줄을 묶어 잡아당기기 시작했다. 길을 여는 방법은 그것밖에 없어 보였다. 버스 앞으로 경찰들이 줄 맞춰 섰고 사람들과 경찰들은 서로 밀며 몸싸움을 시작했다. 나는 멋도 모르고 앞줄에 있었다. 하나 둘, 짧은 주기로 있는 힘껏 밀었다. 경찰은 단단한 방패를 앞세운 채 움직이지 않았다. 방패와 사람 사이에서 나만 깔려 죽을 판이었다. 점점 답답하고 숨 쉬는 게 어려워졌다. 나는 다급하게 "잠시만요" 하면서 움직이지 않는 틈바구니에서 몸을 비틀며 겨우 빠져나왔다. '사람들은 저 압박을 어떻게 견디는 거지?' 나는 경찰을 미는 대신 친구들의 가방을 들어 주며 뒤로 물러나 있었다.

경찰 버스 위로 긴 파이프가 올라왔다. 사람들이 주춤대는 찰나, 파이프에서 물이 엄청나게 쏟아졌다. 대포처럼 센 수압으로 나오는 물이었다. 물대포! 앞줄에 섰던 사람들이 물줄기를 피해 뛰기 시작했다. 물줄기는 포물선을 그리지 않고 사람들을 향해 수직으로 날아갔다. 엄청난 수압에 사람들은 바닥에 미끄러져 나뒹굴었다. 물대포는 초여름에 맞아도 너무 차갑고 또 아팠다. 사람들의 비명에도 경찰은 물대포를 멈추지 않았다. '진압'이라는 표현 그대로였다.

사람들이 흩어지고 모이기를 반복할 때였다. "폭력 경찰 물러가라!" 시민들의 외침을 덮으며 갑자기 까만 공기 중에 하얀 가루가 뿌옇게 퍼졌다. 경찰이 소화기를 뿌린 것이다. 매캐한 흰 가루 속에서 경찰이 곤봉을 휘두르며 튀어나오고 있었다. 사람들은 비명을 지르며 혼비백산했다. 나도 전력을 다해 뛰었다. 고등학교 체력장 이후로 한 번도 뛰어 본 적 없는 속도였다. 어디로 갈지는 명확했다. 나를 잡아들일 이유가 없는 인도로 뛰면 된다. 그런데 옆에 있던 일행들이 보이지 않았다.

"언니!"

다급한 마음에 소리를 질렀다. 경찰과 싸우는 사람 중에 아는 얼굴이 있었다. 인연맺기학교 센터장 언니였다. 미정 언니는 소화기 가루에도 고개를 돌리거나 눈을 피하지 않았다. 한 손은 머플러로 코를 막고 한 손은 내려치는 곤봉을 막으며 경찰에게 항의하고 있었다. 주변 사람들이 흩어진 뒤에 언니는 씩씩거리며 우리가 있는 곳으로 돌아왔다. 다친 곳이 있는지 살피며, 무섭지 않냐고 왜 이렇게 용감하냐고 물었다.

"무서운 것보다 화가 나는 게 더 커! 싸울 땐 아프지도 않아."

언니는 웃으며 답했다. 자기보다 덩치가 큰 남성이 무장을 한 채 때리려 하는데 겁을 먹지 않을 수 있다니. 반사적으로 쏜살같이 도망간 나도 언니처럼 싸울 수 있을까? 부끄러워 고개가 움츠러들었다.

텅 빈 마음

촛불은 쉽게 꺼지지 않았다. 광화문에 '명박산성'이 생겨도, 사람을 골라내 잡아들일 수 있게 물대포에 정체 모를 액체를 섞어도, 사람들의 분노는 쉬이 가라앉지 않았다. 사람들은 6월이 지나 7월이 되어도 거리에 나와 촛불을 들었다.

나는 경찰이 언제 진압을 해 올지 대충 알 것 같았다. 어디에선가 몸을 풀기 시작하고 알아들을 수 없는 구호를 외치며 줄 맞춰 서기 시작하면, 이내 진압이 시작됐다. 사람으로 가득 찬 도로 한가운데 노란 중앙선에 앉아 있다가도 경찰이 눈에 보이기 시작하면 나는 슬며시 일어나 인도로 갔다. 경찰은 늘 차도에 있는 사람이 모두 인도에 올라갈 때까지 무지막지하게 밀어붙였다. 폭력 경찰 물러가라고 소리쳐도 아랑곳하지 않았다.

동이 트면 거리는 삽시간에 자동차로 가득 찼다. 조금 전 아수라장 이었던 곳의 모습이 바뀌면 그때마다 허무함이 밀려들었다. 축제 같은 분위기만 즐기고서 집에 돌아갔더라면 내가 이명박을 혼내 주고 왔다며 의기양양하게 잠들 수 있었을 텐데. 정작 대통령은커녕 나를 막아서는 경찰 한 명도 혼내 주지 못하고는 무기력하게 잠만 뒤척이고 있었다.

불편한 마음을 안고 잃어버린 무언가를 찾는 듯 매일 광장에 나갔다. 경찰과 싸울 용기도 없으면서, 밤을 꼬박 지새우면서까지 싸우고 있는 사람들 옆을 꾸역꾸역 지키고 있는 내 마음은 뭘까? 경찰에 맞서지 못하는 내 몸과 마음이 텅 빈 것 같았다.

장애 어린이들을 만나면서 장애인 차별을 없애자는 집회에 참여해 왔다. 자원 교사로 활동하며 자연스럽게 이어진 것이었다. 장애 어린이들과 같이 춤을 추고 그림을 그리고 악기를 연주하는 매 순간이 즐거웠다. 그런데 이 예쁜 아이들을 키우고 있는 부모들은 거리에서 치열하게 싸우고 있었다. 아이들이 성인이 되었을 땐 시설에 갇히지 않아야 한다고, 모든 국민이 받는 교육을 장애 어린이도 받아야 한다고 절규했다. 부모들은 보건복지부든, 청와대든, 국회든, 법을 바꿀 수 있는 곳이면 어디든지 달려갔다. 막아서는 경찰도 전혀 두려워하지 않고 말이다. 나도 그 길에 함께하고 싶었다. 자원활동에서 만나는 내 짝꿍의 환한 웃음이 어른이 되어서는 더 많아지길 바랐다.

2주에 한 번씩 목욕 보조활동을 가서 한 할머니를 만났다. 할머니는 갈 때마다 냉장고에 있는 요구르트를 꺼내 주며 손주 같아 좋다고, 시간 내서 와 줘서 참 고맙다고 하셨다. 어느 날은 할머니가 움직이지 못할 정도로 허리가 아파 밥을 굶었다는 걸 알게 됐다. 이틀에 한 번이라도 할머니를 찾아가 밥을 해서 차려 드렸다. 내가 못 오는 날에는 밥을 굶을 것이 뻔했다. 아픈 할머니가 배를 곯지 않는 건 한 사람의 선한 마음으로 될 일이 아니었다. 중증장애인이든 몸이 아픈 홀몸 어르신이든 활동보조인이 언제나 곁에 있어야만 했다. '24시간 활동보조'를 요구하는 집회에는 휠체어를 이용하는 장애인이 많았다. 그들은 경찰 방패를 휠체어로 뚫으며 길을 막는 경찰을 혼쭐냈다.

법과 제도를 바꿔 내는 데 경찰과 마주칠 일은 너무 많았다. 경찰이 막아설 때 나는 겁내지 않을 수 있을까? 나는 경찰에 맞서 싸울 용기도 없는데, 내가 법과 제도를 바꿀 수 있는 사람인 걸까. 세상을 바꾸고 싶다는 내 결심은 속은 빈 채 겉만 호기로웠던 건 아닐까.

스물두 살, 대학교 3학년 여름방학을 보내고 있었고, 진로를 결정해야 할 시간이 다가오고 있었다. 경찰과 정면으로 맞서는 사람들 모습은 내게 계속 질문을 던졌다. 세상을 바꾸기 위해 각오해야 하는 것은 무엇일까. 나는 그게 무엇이든 감당할 수 있을까.

사람은 꽃이다.
우리는 꽃이다.
노동자는 꽃이다.

용혜인

신입생 오리엔테이션을 끝낸 후에도 바쁜 날이 이어졌다. 3월에 등록금 인상 반대를 위한 전체 학생 총회를 진행하고 여름 초록농활을 준비하면서 매일 선후배들과 만나는 시간을 보내고 있었다. 3학년이었던 나는 과 학생회장이었다.

"이제 여름이야"라는 말로 인사를 건네던 6월 초. 자주 가던 학교 앞 대성순대에서 친하게 지내던 선배, 동생과 술국에 막걸리를 한잔 하고 있었다.

"희망버스라는 게 있대. 우리도 갈까?"

막걸리가 두 병쯤 비었을 때, 누군가 말했다. 정리해고 때문에 싸우고 있는 노동자들을 지지하기 위해 전국에서 사람들이 모인다고 했다. 검색해 보니 "김진숙"이라는 분이 타워크레인 위에서 농성하고 있었고 그 아래에서 타워크레인을 지키는 한진중공업 노동자들이 있었다. 지금 생각해 보면 부끄럽지만, 사실 그때는 사명감보다는 한 번도 가 본 적 없는 부산에 간다는 생각에 들떴다.

'부산이라니!'

6월 11일 아침, 버스가 출발하기로 한 서울시청 광장으로 향했다. 한두 대 정도 출발할 거라 생각했는데 꽤 많은 버스가 기다리고 있어서 놀랐다. 버스만큼 사람도 많았다. 서로 인사를 나누고 짐을 싣고 버스를 안내받느라 시끌시끌한 광장의 에너지는 나를 더 설레게 했다. 마치 여행 떠나는 기분으로 우리는 버스에 올랐다.

점심시간을 포함해서 부산역까지 여섯 시간이 조금 넘게 걸렸던 것 같다. KTX를 타면 두 시간 반, 비행기를 타면 50분이면 도착하는 곳이지만, 처음 가 보는 곳이라 그런지 별로 멀다거나 오래 걸린다는 생각도 안 했다. 주변 자리의 청년들과 인사를 나누고 전체 버스 탑승자들과 자기소개 시간을 갖고 휴게소에 들러 간식거리도 사고, 잠깐 자고 일어나니 부산이었다.

부산의 첫인상은 서울과, 정확히는 내가 사는 동대문구와 비슷한 느낌이었다. 학교 근처로 놀러 온 친구들이 "여기도 서울이야?"라고 말할 만큼 높은 건물이 거의 없는 회기역 모습과 비슷했기 때문이다. 강남이나 여의도처럼 초고층 빌딩들이 줄지어 있지는 않지만 적당히 번화하고 사람 많은 도시. 부산 맛집을 검색할 여유도 없이 우리는 나누어 주는 분홍 손수건을 목에 둘렀다.

영도에 있는 한진중공업 조선소까지 행진을 시작했다. 초행길이었던 나는 부산역이 부산 어디쯤 있는지 몰랐다. 한진중공업 조선소까지 얼마나 걸어야 하는지도 몰랐고, 한진중공업이 영도에 있는지도 몰랐다. 더 심하게 이야기하자면, 영도가 섬인지도 몰랐다.

구호도 함께 외치고 부산 대로변 구경도 하면서 한 시간쯤 걸었을까, 해가 거의 다 넘어가서 날이 어두워졌다. 눈앞에 커다란 다리가 나타났다. 바다의 짠 내가 물씬 풍겼다.

"영도대교만 건너면 이제 다 온 거야."

'아! 영도의 '도'가 '섬 도'구나! 여기 바다네!'

다리를 건너가면서야 깨달았다.

전국에서 희망버스를 타고 모인 사람들의 행진은 영도대교를 건너 한진중공업 정문을 지나 김진숙 씨가 올라가 있는 85호 타워크레인 앞까지 이어졌다.

"저기 저 크레인 위에 사람이 있대."

함께 간 선배가 길 건너편 공장 안쪽을 가리키며 말했다. 보고 있자니 고개가 뻐근해질 정도로 까마득한 높이였다. 크레인 가장 꼭대기에 김진숙 씨가 있었다. 담벼락을 사이에 두었을 뿐, 우리는 바로 그의 옆에 있었다. 행진 참가자들은 한진중공업 담벼락을 따라 인도 위로 자리를 잡았다. 지금까지 차도로 행진했는데 다 와서 왜? 인도로 올라서려니 영 비좁았다.

"인도로 올라가면 재밌는 일이 시작될 거야."

같은 버스를 타고 부산에 오면서 선배라 부르기로 한 대학생사람연대 회원이 웃으며 말했다.

사실 나는 한진중공업 앞에 도착한 순간부터 내일 아침 버스가 서울로 출발할 때까지 도대체 뭘 하면서 밤을 보내야 하는지 막막했다. 집회를 한다는 건지, 알아서 밤을 새우면 되는 건지, 프로그램은 몇시까지 준비되어 있는지, 잘 곳은 있는지. 부산으로 출발할 때의 설렘은 온데간데없고 이제 뭘 하며 시간을 보내야 하는지 걱정이 앞섰다. 내 속도 모르고 옆에 서 있던 그 선배는 뭔가 알 수 없는 이유로 신나 보였다.

공장 안으로

담벼락에 기대 잠시 쉬던 그때, 갑자기 하늘에서 사다리가 내려왔다.

이게 무슨 해님 달님 전래동화 같은 상황이람?

올려다보니 공장 안쪽에서 베이지색 벙거지에 마스크를 쓰고 스머프 색 작업복을 입은 사람들이 사다리를 내리고 있었다. 도대체 지금 무슨 일이 벌어지고 있는 건지 이해가 되지 않아 멍하니 보기만 했다.

"어서 올라오세요!"

사람들이 어느새 사다리를 오르고 있었다. 혼자 남겨질세라 서둘러 사다리를 타고 담벼락을 넘었다. 공장 안에는 이미 많은 사람이 들어와 있었다. 담을 넘어온 사람들과 사다리를 내리던 사람들은 크레인 근처 넓은 공터에 모여 환호하고 있었다. 고등학생 때 야자를 뺄 때도 담벼락이 아닌 정문으로 당당하게 나가던 내가 담벼락을 넘다니! 이유 모를 해방감에 나도 같이 환호했다.

스머프 색 작업복을 입은 사람들은 파업 중인 한진중공업 노동자들이라고 했다. 곧 사람들은 공장 정문 쪽으로 뛰어가기 시작했다.

"우리도 가자!"

일행의 외침에 나도 같이 뛰기 시작했다. 고등학교 3학년 체육대회 이후 달리기를 정말 싫어했지만, 이때만큼은 신이 나서 열심히 뛰었다. 정문 안쪽 넓은 공간에 담을 넘어온 사람이 모여들었다. 정문 앞에는 노란 헬멧을 쓴 남성들이 우리 쪽을 바라보며 줄지어 서 있었다. 회사에서 고용한 용역이었다. '용역 깡패'라는 존재를 처음 봤는데 이때까지는 그냥 그런가 보다 했다. 샛노란 안전모를 쓰고 멀리 질서 있게 서 있는 남성들이 나에게 큰 위협으로 느껴지진 않았다.

"퍽!"

옆에서 큰 소리가 났다. 바닥에 음료수 캔이 나뒹굴고 있었다.

"위를 봐요!"

누군가가 외쳤다. 음료수 캔들이 포탄처럼 날아오고 있었다. 날아온 캔들은 큰 소리를 내며 바닥에 처박혔고 안에 담긴 내용물을 뿜었다. 사방으로 음료수가 튀어 하마터면 나도 운동화를 적실 뻔했다. 음료수들이 날아오는 방향을 바라보니 노란 헬멧을 쓴 용역들이 있었다. 용역들이 정문을 빠져나가는 시간을 벌기 위해 던지는 거라고 누군가 설명해 줬다. 몇 개의 음료수 캔들이 더 땅으로 처박히고 나서야 용역들은 공장 밖으로 사라졌다.

환호성이 터졌다. 한진중공업 노동자들 얼굴에는 기쁨이 가득했다. 먼저 공장에 들어와 있었던 부산 청년들 이야기를 들어 보니, 희망버스 사람들이 이곳에 들어오기 전에는 용역들이 주인처럼 공장을 차지하고 있었다고 했다. 파업 중인 노동자들은 크레인 아래 좁은 구역에서만 지냈다는 것이다. 크레인 위의 김진숙 씨와 파업 노동자들을 만나기 위해 전국에서 희망버스를 타고 모인 사람들의 힘이 용역들을 공장 밖으로 물러나게 한 것이다. 뭔가 엄청난 일을 해낸 것 같았다.

차오르는 뿌듯한 마음에 자꾸 새어 나오는 웃음을 참지 못하며 김진숙 씨가 있다는 85호 크레인 앞으로 향했다. 김진숙 씨가 조종실 밖으로 나와서 땅을 향해 손을 흔들었다. 아래에 있는 사람들도 그를 향해 손을 흔들었다. 땅 위의 사람들과 하늘 위의 사람이 마주하고 있었다. 설명할 수 없는 전율이 발끝에서 올라오는 것 같았다.

'저 위에서, 저 좁은 곳에서 사람이 살고 있다니. 배터리 충전은 어떡하지. 저 위에서 생리하면 진짜 지옥이겠다. 어떻게 이렇게 오래 저 위에서 살 수가 있지? 저러다 저분이 죽으면 어떡하지?'

파란색 크레인 조종실 안에서 160일을 넘게 생활하고 있다는 말을 듣자, 크레인으로 올랐던 그의 마음을 가늠하기보다 내가 상상할 수 있는 현실적인 어려움들이 먼저 떠올랐다. 그 어려움을 다 감당하면서 저 위에 올라가게 만든 힘은 뭐였을까? 김진숙 씨는 왜 저 모든 것을 감내하고 크레인에 올랐을까? 당시에는 사실 잘 이해되지 않았다.

공장에서의 하룻밤

공장에서 용역을 몰아내고 난 뒤, 그곳엔 한진중공업 노동자들과 그들 곁을 지키는 사람들만 남았다. 어떤 대단하고 특별한 일을 했던 건 아니었다. 모두 그저 먹을 것을 나누고 불을 피우고 이야기를 나눴다. 마치 대한민국이 아닌 다른 공간에 있는 것처럼 밤을 지새웠다. 나도 우리가 부산에 오기 전날부터 공장 안에 갇혀 있던 부산 지역 청년들과 이야기를 나누며 밤을 보냈다. 얼떨결에 담을 넘었던 나처럼 얼떨결에 2박 3일을 여기서 지내고 있는 이야기를 들으며 함께 웃었고, 전날부터 고립되어 있던 부산 지역 시민들과 한진중공업 노동자들의 외로움과 두려움을 헤아려 보기도 했다.

노동절 집회에는 가 봤지만 공장에서 파업을 하고 있는 현장은 처음이었다. 투쟁, 데모, 농성은 옛날에나 했던 거고 TV에서만 보는 일인 줄 알았는데 이 새벽에 내가 그 현장에 있었다.

나라는 존재가, 내가 어딘가에 있다는 것이 누군가에게 힘이 될 수 있다니. 영화 속 한 장면에 있는 것 같기도 하고 시간을 거슬러 역사의 한 장면에 있는 것 같기도 했다. 뭔가 간질간질한 가슴을 안고 사원들이 쓰는 건물에서 잠을 청했다.

아침이 밝았다. 배도 고프고 씻고 싶기도 했다. 그런데 언제 서울로 출발할 수 있을지 알 수 없다는 소식이 들렸다. 경찰들이 우리가 나갈 문을 막고 열어 주지 않고 있었다. 사법 처리에 대한 말들도 나왔다. 수천 명의 인적 사항을 다 적어야 내보내 주겠다고 경찰이 엄포를 놓았다고 했다.

'이렇게 공장 안에서 하룻밤을 더 보내야 하는 건가? 나야 뭐 수업 하루 빼먹는 거니까 괜찮은데, 직장 있는 다른 사람들은 어떡하지? 그나저나 너무 씻고 싶은데.'

시간이 좀 지나자 사람들이 국밥이 담긴 큰 들통 여러 개를 들고 왔다. 뜨끈한 국밥으로 속을 달래고 난 뒤 사람들은 다시 85호 크레인 앞, 김진숙 씨가 있는 곳으로 모였다. 커다란 현수막이 크레인 앞 바닥에 놓여 있었다.

"사람은 꽃이다. 우리는 꽃이다. 노동자는 꽃이다."

경찰이 문을 열기로 했다는 소식이 들렸다. 공장을 떠나기 전, 크레인 위에서 우리를 배웅하기 위해 나온 김진숙 씨에게 다 같이 손을 흔들었다.

작별 인사를 나눈 뒤 우리는 공장 정문이 아닌 동쪽 문으로 향했다. 동문 옆에는 한진중공업 노동자들이 나와서 배웅하고 있었다. 그들은 떠나는 한 사람 한 사람의 손을 잡고 인사했다.

"너무 힘들고 외로웠는데, 동지들의 연대가 큰 힘이 되었습니다. 또 힘내서 싸우겠습니다. 고맙습니다."

나도 모르게 눈물이 왈칵 쏟아졌다.

'우리는 이렇게 하룻밤만 왔다 가면 또 내일의 하루를 살아가겠지. 하지만 어제의 그 용역들과 또 싸워야만 하는, 크레인 위로 올라간 김진숙 씨를 지키겠다고, 부당한 해고에 맞서겠다고 공장 안에서 기

약 없이 있어야 하는 이 사람들의 내일은 어떨까?'

이 사람들을 남겨두고 가는 발걸음에 뭔가 죄스러운 마음이 들었다.

버스에 올라 배터리를 아낀다고 꺼 두었던 핸드폰을 켰다. 트위터에 들어가자 강남구 판자촌 포이동에 큰불이 났다는 소식이 보였다.

'서울엔 불이 나고 부산엔 크레인 위에 사람이 올라 있고. 한국이 이렇게 버라이어티했나?'

착잡했지만 버스에 올라탄 내가 할 수 있는 일은 없었다. 피곤이 몰려왔다. 큰불은 아니겠지, 핸드폰을 끄고 잠을 청했다.

서울에 돌아와 한진중공업에 대해 더 조사해 보았다. 김진숙 씨가 올라가 있는 85호 크레인은 예전에 김주익이라는 한진중공업 노조 지회장이 농성을 하다가 목숨을 잃은 곳이었다. 김진숙 씨의 김주익 추도사 영상이 하나 있었다.

"이럴 거면 민주노조 하지 말 걸 그랬습니다. 박창수, 김주익 그 천금 같은 사람들이 되돌아올 수 있다면."

크레인 위에서 우리에게 환하게 웃던 김진숙 씨가 영상 속에서 오열하고 있었다.

같이 일하던 동료를 잃었던 그 크레인 위에 김진숙 씨는 어떤 마음으로 올라갔을까? 죽음으로 투쟁하는 시대는 끝났다던 노무현 대통령 말이 떠올랐다. 부산을 다녀오기 전 나는 분명 그 말에 고개를 끄덕였는데. 머리가 띵했다.

그 뒤로 몇 차례나 더 이어진 희망버스에 나는 기회가 될 때마다
몸을 실었다. 🔲

강남구청 개새끼

신지혜

2011년 6월 12일 일요일, 장애 어린이들과 여름 캠프에 함께 갈 자원 교사 모집 포스터를 붙이고 있을 때였다. 포이동 인연공부방 교사 대표인 태우 샘에게서 전화가 왔다. 포이동 인연공부방은 내가 담당하고 있는 자원활동 중 하나였다.

"지혜 샘, 마을에 불이 났대."

"갑자기 무슨 말이야? 누구한테 연락받았어?"

이런 장난을 칠 사람이 없다는 걸 알면서도, 짓궂은 장난 같았다. 포스터를 같이 붙이고 있던 은희 언니가 마을 회계를 담당하는 윤호 엄마에게 다급하게 전화를 걸었다. 그분은 평소에 은희 언니를 '딸'이라 불렀다.

"엄마! 마을에 불났어요? 여보세요? 엄마, 들려?"

나와 또 다른 동료는 잔뜩 긴장한 채 귀를 기울이고 있었다.

"일단 바로 갈게. 삼십 분 안에 도착해요."

은희 언니는 전화를 끊고 초조한 눈빛으로 우릴 보며 말했다.

"말을 안 하고 울기만 해. 얼른 마을로 가자."

강남 판자촌

택시를 탔다. 머릿속이 복잡했다. 공부방은 포이동 재건마을에 있었다. 마을에서는, 비싸기로 소문난 도곡동 타워펠리스가 보였다. 타워팰리스는 언제나 환하게 빛이 났다. 너무 어두워서 핸드폰 플래시를 켜야 골목을 지날 수 있는 재건마을과는 달랐다. 골목이라고 부르기에도 민망할 만큼 집과 집은 다닥다닥 붙어 있었다. 나무로 만들어진 집들은 작은 불씨 하나도 위험했다. 담배꽁초 하나만 잘못 버려도 마을 전체가 날아갈 위험이 있었다. 그런 마을에 불이라니. 믿고 싶지 않았다.

강남에 판자촌이 있다고 말하면 사람들은 의아해했다. 잘살기로 소문난 강남에 나무판자로 만들어진 집들이 모여 있는 모습을 상상하긴 어려웠다. 재건마을은 강남에 있는 판자촌 네 곳 중 하나였다. 마을마다 사연은 달랐지만 재건마을은 독재의 역사와 함께여서 더 아픈 곳이었다.

1981년, 사십 명이 넘는 사람이 트럭에 실려 허허벌판으로 끌려왔다. 물도 전기도 없는 서울시 소유의 땅이었다. 트럭에 실려 온 이들은 정부가 도시빈민을 긁어모아 만든 '자활근로대'였다. 이들이 고물을 모아 관리감독관에게 가져가면 고물 무게만큼 돈을 줬다. 땅을 일궈 살면서도 언제나 신발을 신고 잠을 잘 만큼 불안한 삶이었다. 마을 주변에서 범죄가 발생하면 재건마을 주민들이 용의자로 몰리곤 했다. 86년 아시안게임과 88년 서울올림픽 때는 대낮에 나가지도 못했다. 관리감독관이 주민들더러 나라 망신이니 밤에만 돌아다니라고 했기 때문이다.

올림픽이 끝난 어느 날, 감독관은 주민들에게 서류 하나를 내밀었다. 이제 관리와 감독을 받지 않고 자유롭게 살 수 있다고 했다. 글도 모르는 주민들은 기뻐하며 감독관이 써 준 대로 문서에 이름을 따라 썼다. 자활근로대는 역사에서 사라졌고 마을 주민들은 자신들이 일궈낸 땅에서 맘 편히 살기 시작했다. 그러나 2년 뒤 그들 앞으로 날아온 서류에는 서울시 땅을 불법점유하고 있으니 '토지변상금'을 내라는 내용이 담겨 있었다. 30만 원으로 시작된 토지변상금은 해마다 불어났다. 마을 밖으로 이사한 사람들은 그동안 모은 돈을 변상금을 물어내느라 빼앗겼다.

강남구청은 매년 철거 계고장을 보내 재건마을을 없애고 싶어 했다. 서울시도, 강남구도, 국가도 주민을 강제로 이주시켜 만든 마을을 책임지려 하지 않았다. 주민들은 토지변상금에서 벗어날 수 없다는 것을 알고 2003년부터 주거권을 인정받기 위해 싸우기 시작했다. 《PD수첩》에 방영되고 나서 도와주겠다는 사람과 단체도 생겼다. 마을에 어린이와 청소년들이 살고 있다는 것을 알게 되면서 2005년부터 공부방을 운영하기 시작했다. 2009년에는 마을에서 산 지 20년 만에 말소된 주민등록을 되찾았다. 조금만, 조금만 더 애쓰면 마을 문제를 해결할 수 있을 것만 같았다.

"아, 하늘 봐. 완전 시꺼메. 너무 심각한데."

마을에 가까워질수록 초조해서 미칠 것 같았다. 마을은 소방차로 둘러싸여 있었고 헬기가 물을 붓고 있었다. 택시가 더 들어갈 수 없을 것 같아 큰길에서 내려 마을로 달려갔다. 우리를 본 윤호 엄마는 다리 힘이 풀려 주저앉아 울기 시작했다. 마을 주민들은 재활용센터 중 한 곳에 모여 있었다. 곳곳에서 절규 소리가 들렸다. 악에 받친 고함소리도 들렸다. 불을 끄라고. 빨리 끄라고.

소방관은 나무로 만들어진 집 지붕에 올라갈 엄두를 내지 못했다. 거센 바람에 불이 계속 번져 나갔고 한 시간이 지나도 불길을 잡지 못했다.

나는 서둘러 공부방 아이들을 찾았다. 발견한 아이마다 얼굴을 쓰다듬으며 다친 데가 없는지 살폈다. 마을 주민 중에도 다친 사람은 없다고 했다. 일요일이라 집을 비운 사람이 많았다고. 공부방 아이들도, 뉴스를 보고 걱정이 돼 달려온 공부방 교사들도, 하염없이 타는 불을 쳐다보고 있었다. 순간, 플래시가 터졌다.

"애들 찍지 마세요!!! 찍지 말라고요!!!"

여러 번 소리쳐도 몰려온 기자들은 멈추지 않고 아이들의 얼굴을 계속 찍으려 했다. 아이들 중엔 학교 친구들에게 판자촌에 산다는 것을 들키지 않으려 빙 돌아 집에 오는 아이도 있었다. 강남에서 "거지들"이라고 놀림 받지 않기 위해 아이들이 할 수 있는 최대한의 방어였다. 얼굴을 가리기 위해 교사 예닐곱 명이 둥글게 서서 안쪽으로 아이들을 들어가게 했다. 평소엔 청개구리 같던 아이들도 잘 따라주었다.

불은 집 아흔여섯 채 가운데 일흔다섯 채를 완전히 태우고서야 꺼졌다. 공부방 학생들 열네 명 중 열 명이 집을 잃었다. 살기 위해 맨몸으로 뛰쳐나왔던 주민들은 으슬으슬 떨었다. 분노로 가득한 6월 밤공기는 너무 차가웠다.

아이들 곁에 남아

강남구청은 언제 집이 복구될지도 모르는 채로 주변 초등학교 체육관에서 이재민으로 지낼 것을 제안했다. 주민들은 단호히 거절했다. 수십 년 동안 철거 계고장을 보낸 강남구청이었다. 주민들 모두 마을에서 벗어나면 강남구청이 이때다 싶어 다신 주민들이 발을 못 딛게 할 것 같았다.

다행인지 컨테이너를 올려 만든 3층짜리 마을회관은 불타지 않았다. 여성은 1층, 남성은 2층, 그리고 공부방 학생들과 교사들은 3층에서 잠을 자기로 했다. 큰일을 겪은 아이들 곁에 누구라도 있어야 할 것 같았다. 우리는 화재로 집을 잃어 본 적은 없었으니까.

선생님 한 명과 아이들을 3층으로 보내고, 나와 다섯 명 정도의 교사는 마을회관에서 조금 벗어난 곳에 모여 앉았다. 사방이 좀 조용해지고 나서야 놀란 마음을 진정시킬 수 있었다. 당장 다음 날은 월요일이었다. 아이들 학교는 어째야 하나. 가방도, 옷도, 속옷도, 교복도 없이 맨몸으로 나온 아이들이었다. 언제 집이 지어질지도 알 수 없었다. SNS로 마을의 상황을 알리고 모금을 하기로 뜻을 모았다. 3층은 좁으니 집에 가서 잘 사람은 자고 각자 맡은 일을 마친 후 다시 만나기로 했다. 나는 아이들과 함께 마을에 남았다.

포이동 재건마을 주거복구공동대책위가 꾸려졌다. 아이들 삶이 안정되려면 마을 문제가 해결되어야 했다. 나도 대책위 회의에 들어가 조직팀을 맡았다. 마을을 돕고 싶어 방문한 사람들을 응대하고 마을에서 자원활동할 사람들을 모았다. 그동안 5백 명에 가까운 교사가 포이동 인연공부방을 거쳐 갔다. 많은 이가 힘을 보태고자 했다. 마을 소식을 뉴스로 접한 사람들도 십시일반 주민들을 도우려 마을에 찾아왔다. 나는 공부방 아이들을 위해 모금을 하고 아이들 생활을 챙기면서도 마을에 찾아온 사람들에게 마을의 역사와 강남구청의 대처, 마을 주민들이 원하는 바를 설명해 주었다.

아이들이 학교에서 돌아오면, 나는 공부방 선생님들이 숙제를 봐주고 준비물을 함께 챙기고 밥을 먹을 수 있게 안내했다. 매일 밤 아이들과 이야기를 나누며 필요한 것이 무언지, 함께 지내는 데 불편함이 없는지 물었다. 나 말고도 세 명의 교사가 마을에서 함께 살았다. 교사 대표인 태우 샘과 이전에 교사 대표였던 주혜, 한별. 우리 넷은 일주일에 한 번씩 돌아가면서 집에 가 쉬다가 마을로 돌아왔다.

"지혜 샘~, 지혜 샘은 아빠에요."

"왜?"

"샘은 맨날 늦게까지 일하고 후원금 모아서 우리 필요한 것도 사

주고 용돈도 주잖아요."

"그럼 주혜는?"

"주혜 샘은 엄마! 주혜 샘은 우리 밥도 해 주고, 아침에 학교 가는 것도 챙겨 주고, 빨래도 해 주잖아요."

열두 살 여자아이들이 재잘재잘 말을 걸어왔다. 아이들은 우리가 뭘 하는지 정확하게 다 알고 있었다.

"한별이는?"

"할아버지요! 맨날 마을 공사하고 우리한테 잔소리해요!"

"하하하! 태우 샘은?"

"음, 삼촌이요. 태우 샘은 친구처럼 우리랑 놀아 줘요."

스물대여섯의 우리는 아이들이 붙여 준 호칭에 쑥쓸해하면서도 내심 좋아했다. 오래전, 가시를 바짝 곤두세운 고슴도치 같았던 아이들은 가까이 오지 말라며 가위를 던지거나, 말을 건네도 아예 무시하고는 했다. 공부방에서 공부하는 걸 가장 싫어하는 아이들을 보면서 고민만 쌓이던 여러 밤이 지나, 이제 아이들은 우리에게 '가족' 호칭을 붙여 준 것이다.

주거 복구와 불법 건축물

불이 난 지 한 달쯤 지났을까? 강남구청은 정말 아무것도 하지 않앗다. 임대주택으로 가라는 공문만 몇 차례 보낼 뿐이었다. 장마 때문에 화재 잔재에서는 악취가 났다. 공동생활이 한 달 동안 이어지자 아픈 사람이 늘어 갔다. 열두 살 민아는 스트레스성 위염에 걸렸다. 대책이 필요했다. 마을 주민들과 주거복구공동대책위는 직접 화재 잔재를 치우고 집을 짓기로 했다.

그즈음 덩치 좋은 이들이 마을 주변을 맴돌았다. 강남구청에서 고용한 용역 깡패들이었다. 우리는 '주거 복구', 강남구청은 '불법 건축물'이라 불렀다. 집을 짓기 시작하면 강남구청이 고용한 용역 깡패들이 부술 게 뻔했다. 용역 깡패가 언제 어떻게 쳐들어올지 몰라 아이들에겐 친구들과 놀다가도 꼭 밤 열 시까지는 마을로 돌아오라고 신신당부를 했다. 아이들도 마을 주변에 누가 맴도는지 알고 있었다.

"선생님, 용역 들어와서 선생님 때리려고 하면 우리 뒤에 숨으세요! 설마 우린 애들인데 치지 않겠죠."

"무슨 소리야, 용역 들어오면 작은 애들이랑 마을회관 3층에서 문 잠그고 있으라니까."

공부방에서 제일 덩치가 좋은 준기가 한 말이었다. 감동적이었지만, 고등학생 준기와 이런 대화를 해야 한다는 건 서글펐다.

강남에 판자촌이 있다는 것에, 열 명의 아이들이 화재로 집을 잃었다는 것에 많은 사람이 가슴 아파했다. 주거 복구 비용으로 1억 원에 가까운 돈이 모였다. 자재들을 사 모으고 마을 주민들이 회의도 하며 집 지을 계획을 세웠다.

8월 초, 복구 작업을 시작했다. 1호는 공부방이었다. 몸이 좋지 않은 어르신들이 임시로 거주할 집 세 채도 함께 지었다.

집을 지은 첫날, 용역 깡패가 언제 올지 몰라 마을 입구나 마을회관 꼭대기에서 망을 보며 지켰다. 밤새도록 노래 공연을 하면서 사람들에게 함께 지켜 달라고 했다.

아침 여섯 시, 40명가량 용역 깡패가 마을 입구에 들어섰다. 밤을 새운 탓이었을까, 덩치에 주눅이 들어서일까, 가슴이 쿵쾅댔다. 마을을 지키기 위해 같이 밤을 새운 50여 명의 사람이 서로 팔짱을 낀 채 긴장하며 대치했다.

"여기가 어디라고 와! 당장 못 꺼져!"

환갑의 우 고문님이 용역 깡패들에게 물을 끼얹으며 소리 질렀다. 팔짱을 끼고 서 있던 우리도 꺼지라고 같이 소리쳤다. 30분 정도 실랑이를 했을까, 용역 깡패는 순순히 돌아갔다.

주거 복구를 시작하고 일주일 동안은 아무 일이 없었다. 가슴을 쓸어내리며, 공부방 청소년들과 망설였던 제주 여행을 떠났다. 화재가 나기 전에 아름다운재단 지원사업에 선정되었는데, 불이 나고 여행을 가야 하나 망설였다. 두 달 동안 공동생활 하면서 스트레스 받고 있는 아이들에게는 단 며칠이라도 마을을 벗어나는 게 중요할 것 같았다. 교사 셋과 여덟 명의 청소년들이 제주로 떠났다. 아이들 모두 처음 간 제주도 여행에 즐거워했다. 경비를 아끼기 위해 찜질방에서 자고 대중교통을 이용하며 고된 여행을 했지만, 누구 하나 불평하지 않았다.

제주 여행이 끝나기 이틀 남은 날 새벽이었다. 불이 난 지 딱 두 달이 되던 날 새벽 다섯 시, 문자메시지가 왔다. 공부방 말고 다 부서졌다고. 망치와 해머를 든 150여 명 용역 깡패가 순식간에 모든 걸 부쉈다고.

결국, 오고야 말았다. 나는 지금 뭘 할 수 있을까? 자는 아이들을 깨워야 하나? 무슨 좋은 소식이라고. 좀 있으면 일어나야 할 시간인데 굳이 깨우진 말자.

두어 시간 지나 아이들을 찾으니 모두 한데 모여 있었다.

"샘, 용역 깡패가 와서 다 뿌셨대요."

"응, 나도 소식 들었어. 너희들은 어떻게 알았어?"

"민아랑 수지가 무섭다고 전화했어요."

청소년 여행 지원사업이라 초등학생 세 명은 마을에 있었다. 마을 회관 3층에서 주민들 비명, 해머로 부수는 소리, 수많은 욕설을 온몸으로 들었을 것이다. 얼마나 무서웠을까. 용역 깡패가 집을 부숴도 제주에 있는 우리가 할 수 있는 일은 없었다. 아이들에게도 치유의 시간이 필요할 것 같아 남은 계획은 다 취소하고 예쁜 바다가 있는 협재해수욕장에서 쉬기로 했다. 아이들은 금세 괜찮아지는 것 같다가도 이내 마을 이야기를 꺼냈다.

"선생님, 내일 마을 갔는데 진짜 다 부서져 있으면 어떡해요?"

"공부방 말고는 다 그렇게 됐대."

"저는 군인이 되고 싶은데요, 그럼 투쟁하는 사람들 도와줄 수 있어요?"

말문이 턱 막혔다. 너희들 마을을 쑥대밭으로 만들고 너희들 가족을 다치게 만든 게 강남구청이라고, 너희들을 지원하고 돌봐야 할 국가기관이 너희 삶을 파괴하고 있다고 말할 순 없었다.

여행을 마치고 김포공항에 내려 마을로 가는 길, 매봉역 4번 출구를 나오자 아이들은 긴장하기 시작했다. 또다시 폐허가 된 마을을 직접 보는 것은 더 힘든 일이었다. 마을 입구에 들어서자 아이들은 제각기 가족들을 찾아가 부모의 몸을 살폈다. 주민들 몸에는 멍 자국과 파스 붙인 자국이 선명했다.

그날 이후 아이들 네이트온 대화명을 자주 살피게 됐다. 아이들은 종종 내게도 털어놓지 못하는 마음을 대화명으로 표시하기도 했다. 3차 주거 복구를 시작하려는 때, 공부방에서 가장 과묵한 친구의 네이트온 이름이 바뀌어 있었다.

💬 강남구청 개새끼

그때, 분명 아이들에게 국가는 없었다.

＊포이동 마을 분들 이름은 실명이 아님을 밝혀 둡니다.

바닥에 코를 박는 개미들

신민주

등산 배낭에 초콜릿, 음료수, 과자를 가득 챙겼다. 오전 일곱 시. 아직 해가 뜨지 않아 바깥은 어둑어둑했다. 찬 공기를 힘껏 들이마시며 산 위를 바라봤다. 저 위에 할머니들이 있었다. 할머니들에게 과자와 음료수를 전달하는 게 우리의 임무였다. 신발 끈을 질끈 묶고 사람들과 산길을 오르기 시작했다. 산길은 가팔라서 먼저 올라간 사람이 손을 내밀어 잡아당겨 주지 않으면 올라가기 어려웠다. 서로의 손을 잡아주며 낑낑거리며 산비탈을 올라가면서도 사람들은 말이 없었다. 고요한 산, 침묵 사이로 바삐 걸음을 옮기는 소리만 들렸다. 밀양의 산길은 서울의 길거리보다 추웠다. 추워서인지, 비장한 분위기 때문인지, 온몸에 소름이 오소소 돋았다.

산 중턱이었다. 난데없이 어디서 나타났는지 모를 경찰들이 몰려오기 시작했다.

"뛰세요!"

누군가 외쳤다. 일제히 그 말에 따라 사람들이 산길을 달리기 시작했다. 그러나 현장에서 잔뼈가 굵은 경찰들이 더 빨랐다. 정신을 차려 보니 우리는 완전히 경찰들에게 포위되어 있었다.

"할머니들을 만나야 해요. 이제 곧 해가 떠요."

"당뇨가 있는 분들이에요. 간식을 전달해야 해요."

"왜 산길을 막는 겁니까! 여긴 통행로예요!"

"초콜릿이 무기에요? 무기냐고요!"

사람들이 경찰 앞에 서서 소리를 질렀다. 경찰은 묵묵부답이었다.

계속 화를 내다가 누군가가 경찰을 밀기 시작했다. 그 사람들을 보고 다른 사람들도 낑낑거리며 경찰이 길을 비키도록 몸으로 밀었다. 그렇지만 우리는 50명이었고 경찰은 수백 명이었다. 경찰을 밀던 사람 중 한 사람이 오히려 경찰에게 밀려 산비탈을 굴렀다. 사람들이 비명을 질렀다. 흙바닥에 굴러 만신창이가 된 사람을 보니 눈물이 나올 것 같았다. 소리치고 발을 구르고 넘어지고. 아수라장이었다.

사람들이 경찰과 소리를 지르고 몸싸움을 하는 모습을 보는데 구역질이 났다. 사람들이 없는 맨 뒤로 가서 나무를 잡고 섰다. 조금 떨어져서 사람들을 보는데 우리가 개미같이 느껴졌다. 작고 어리고 몇 안 되는 개미가 검은 옷을 입은 견고한 벽과 싸우고 있었다. 까맣게 우리를 둘러싼 경찰, 산비탈을 구른 사람, 오도 가도 못하는 상황. 순간 우리가 만나러 가는 할머니들은 몇 배 더 많은 경찰을 대면하고 있겠다고 생각했다.

몇 시간이 흘렀을까. 우리는 지고 말았다. 그날은 송전탑 공사 부지에 있는 할머니들을 만나러 갈 수 없었다.

"내려갈 거니 길을 비켜 주세요."

그때까지 아무 대꾸도 하지 않았던 경찰들이 길을 내주었다. 산길을 오를 때보다 더 깊은 침묵이 우리를 감쌌다. 아무도 아까의 상황을 설명해 주지 않았다. 나도 덩달아 마음이 무거워져서 말을 꺼내지 못했다. 산 아래에 도착해서, 나는 사람들이 울고 있다는 것을 깨달았다.

밀양 765kv 송전탑 건설 공사가 중지와 재개를 거듭했다. 수년째 마을 주민들은 농사일을 제쳐두고 송전탑 반대 시위와 농성을 해 왔다. 비용이 많이 든다는 이유로 송전선을 땅에 묻는 지중화 작업도 폐기되었다. 서울에서 쓸 전기를 초고압으로 전달하기 위해 거대한 철탑이 밀양의 산과 마을에 꽂히고 있었다. 송전탑이 들어서는 땅과 주변에서는 농사를 지을 수 없었고, 산에 있는 나무들이 잘려 나갔다. 생계를 잃고 고향을 잃은 마을 주민들은 송전탑 건설 찬성과 반대로 나뉘어 싸우기 시작했다. 누군가는 송전탑을 짓는다는 소식을 듣고 스스로 목숨을 끊었다. 이 이야기가 모두 딴 세상 얘기처럼 느껴졌었다. 그 산길을 오르기 전에는.

구역질이 나고 온몸에 소름이 돋는 것, 무섭고 두렵고 눈물을 흘리는 것, 작은 개미처럼 쪼그라드는 것, 아무 말도 꺼내지 않는 검은 벽을 마주하는 것, 그리고 최소한의 인간적인 도움도 줄 수 없게 만드는 것. 그것이 국가폭력이었다. 2013년 밀양 산길에서 나는 몸으로 겪었다. 그 이후 자주 밀양에 갔다. 농촌활동으로도 가고 긴급 연대 활동으로도 갔다. 경찰과 싸울 때도 있었고, 농사일도 도왔고, 송전탑 반대 문화제에 참여하기도 했다. 주민들과 함께 웃고 함께 울면서 깊은 정이 들어 버렸다.

"하나님 도와주소서. 부처님도 도와주소서. 우주 공에 자중하신 산신령님 도와주소서. 이 송전 철탑 막아 주소서. 애타는 할머니 도와주소서."

부북면에 사는 여든 살 박 할머니는 편지를 써서 사람들에게 나누어 주었다. 그러나 그 편지는 농성장이 무너지고 송전탑이 들어서는 것을 막을 수 없었다.

농성장을 강제로 철거한다는 소식에, 우리가 만나지 못하고 돌아온 산 위 공사 부지에 있던 할머니들은 웃통을 벗고 나체로 시위를 하기 시작했다. 나체 상태면 경찰이 잡아가지 못한다는 말을 믿었기 때문이다. 그러나 2014년 6월 11일, "행정 대집행"이라는 이름으로 농성장은 무참히 철거되었다. 농성장 천막 안에 사람들이 가득 있었지만 경찰은 사람이 깔리든 말든 농성장을 무너뜨리고 나체의 할머니들을 잡아갔다. 철거를 끝낸 경찰들은 비명과 눈물이 가득했던 무너진 농성장 자리 앞에서 V자 모양으로 손을 들고 기념사진을 찍었다. 끔찍했다.

행정 대집행이 있던 날 나는 밀양에 없었다. 새벽 아비규환 속에서 할머니들이 잡혀가는 모습을 뉴스로 보며 펑펑 울었다. 그 자리에 내가 없다는 것이 죄송스러웠다. 폰 화면을 붙들고 울고만 있는 내가 답답했다.

2015년 1월, 가만히 서 있어도 손끝이 저린 추위 속에 나는 사람들과 함께 아스팔트 도로 위에 엎드려 있었다. 두 손끝, 이마, 가슴, 무릎, 발이 땅에 닿도록 절을 하는 자세를 "오체투지"라고 불렀다. 쌍용자동차 해고노동자들과 함께 전원 복직과 정리해고, 비정규직

철폐를 위해 오체투지를 하는 날이었다. 흰색 민복을 입고 바닥에 엎드려 있으려니 뼈마디가 아플 정도로 추웠다. 행진 대열은 세 발자국을 걷고 엎드리기를 반복하며 청와대로 향하고 있었다. 횡단보도에서 오체투지를 하려고 엎드렸는데 경찰들이 달려왔다.

"횡단보도에서 오체투지를 할 수 없습니다."

이상했다. 이미 행진 신고를 청와대까지로 했고, 오체투지를 해서 가겠다고 전달해 놓은 상태였다.

"무슨 소리예요. 이미 다 신고해 놨는데! 횡단보도에서 걸어가라는 건 무슨 말씀이에요."

경찰들은 들은 척도 안 하고 횡단보도에 엎드려 있는 사람들을 한 명씩 들어 횡단보도 건너편으로 던지기 시작했다. 난데없이 짐짝처럼 던져진 사람들은 비명을 지르기 시작했다.

"차라리 죽이세요. 먼저 간 스물여섯 명처럼 여기서 죽을게요. 차라리 죽으라고 말씀하세요."

옆에 엎드려 있던 쌍용자동차 해고노동자가 외쳤다. 2015년 1월에는 벌써 스물여섯 명의 노동자가 정리해고 사태 이후 스스로 목숨을 끊거나 생을 마감한 이후였다. 울부짖는 소리가 들리고 손이 경찰들 발에 이리저리 밟히고 있는 와중에 침과 발자국으로 얼룩진 횡단보도 바닥이 보였다. 더러운 바닥에 코를 박고 엎드려 이 사회 가장 밑바닥을 마주하고 있었다. 짐짝처럼 던져지는 존재, 울며 소리쳐도 아무도 대꾸해 주지 않는 존재, 그저 귀찮은 존재로, 사람이 아닌 짐짝 신세가 되어 나뒹굴고 있었다. 횡단보도에 엎드려 있는 사람들 중 나만큼 어린 사람이 별로 없었기 때문인지, 내가 두려움으로 부들부들 떨고 있어서였는지, 갑자기 어떤 경찰이 손을 잡아 주었다. 그게 너무 모멸적이고 화가 나서 온 힘을 다해 버둥거리며 나를 던지려는 경찰에게서 벗어나려고 애썼다. 그들은 몸부림치는 나를 횡단보도 건너편으로 던졌다.

눈물이 나와 차마 고개를 들어 사람들을 볼 용기가 없었다. 엎드려서 소리를 삼키며 우는데, 나와 같이 던져진 사람들이 아이처럼 흐느끼며 우는 소리가 들렸다. 경찰은, 국가는, 사회는 한 번도 그 자리에 나동그라진 쌍용자동차 해고노동자들 손을 잡아 준 적이 없었다. 다른 사람들이 모두 짐짝처럼 던져져서 도착하기를 기다리며 함께 울다가 다시 3보 1배 오체투지를 시작했다. 아직 눈물이 마르지 않은 얼굴로 걸음을 떼는데, 지금 이 흐느낌 소리가 하나의 의식처럼 여겨졌다. 가장 밑바닥에서 사람들이 다시 존엄을 되찾기 위해 더러운 것들을 씻어 내는 소리 같았다.

횡단보도에 다다를 때마다 던져지기를 몇 번째, 광화문 근처에 도착하자 경찰이 길을 막았다. 이미 집회 신고를 해 놓은 곳이었는데도 더는 오체투지를 할 수 없다고 말했다. 우리는 항의하며 경찰 앞에 엎드렸다. 비켜 줄 때까지 그 자리에 엎드려 있겠다고 했다. 경찰도 비켜 줄 생각이 없는지 교대를 하며 계속 그 자리에 서 있었다. 해가 지기 전에 엎드렸는데 어느새 깜깜한 밤이 되어 있었다. 우리는 엎드려 있다가 쉬다가 다시 엎드리기를 반복하며 그 자리에 있었다. 손가락이 꽁꽁 얼고 발가락을 움직일 수 없을 만큼 추웠으나 별 도리가 없었다.

밤 열한 시쯤 되었을까, 경찰이 방송으로 최후통첩을 했다.

"지금 해산하지 않으면 모두 연행합니다."

저 멀리 경찰기동대가 발맞추어 움직이는 것이 보였다. 사람들이 술렁거렸다. 정말 다 잡아갈 모양이었다.

"연행되기 좀 그러면 학생, 뒤에 나가 있어도 돼요."

옆에 있던 분이 어쩔 줄 모르고 당황해하고 있는 나에게 귀띔해 주었다. 춥고 무섭고 잡혀가기 싫어서 고민하다 결국 일어나 사람들에게서 멀리 떨어졌다. 부끄러움과 서러움이 몰려왔다. 사람들이 여전히 엎드려 있는 모습을 바라보니 왈칵 눈물이 났다.

비겁한 선택을 하고 말았다. 엎드려 있는 다른 동료들이 내가 없는 자리를 온전히 책임져야 했다. 멀리 도망가지도 못한 채 나는 바닥에 엎드린 사람들을 보며 엉엉 울었다. 하루 종일 울고 웃고 서로를 다독였던 사람들과 떨어져 손이 닿지 않는 곳에 나는 서 있었다.

다행히 아무도 연행되지 않았다. 인도에 엎드려 있는 사람들을 잡아갈 수 있는 법적 근거는 없었다. 통첩은 물러나기를 원하는 경찰의 경고일 뿐이었다. 그 순간, 밀양에서의 끔찍했던 장면과 내가 없던 농성장에서 끌려간 할머니들이 머리에 스쳤다. 비겁한 선택을 반복하고 후회하는 일들이 지겨웠다. 나는 부끄러운 기억들을 더듬으며 다시는 도망치지 않겠다고 다짐했다. 너무 쉽게 사람들 손을 놓아 버리는 세상에서 더는 도망칠 수 없었다.

바닥에 납작 엎드려야 하는 사람들, 무너진 잔해 밑에서 나체로 끌려 나와야 하는 사람들이 이제는 사라져야 했다. 멀찍이 떨어져서 아픈 가슴을 움켜쥐는 일을 그만두자. 가끔 집회에 나가는 것이 아니라 평생을 보고 이 일을 해야겠다. 사회운동가가 되어야겠다. 🔲

가만히 있으라

용혜인

시험 기간 아침이었다. 열 시 반에 서양정치사상 전공 수업이 있었다. 수업 시간보다 일찍 도착한 나는 후배들과 과실에 모여앉아 수업을 기다렸다. 입으로는 서로 대화를 나누지만, 우리 눈은 저마다 스마트폰에 고정되어 있었다.

"수학여행 가는 배가 침몰했다는데요?"

과실 가운데 놓인 공용 책상에 긴 다리를 꼬고 앉아 있던 후배가 말했다.

"근데 다 구했대요."

안도의 한숨을 내쉬었다. 핸드폰으로 검색해 보니 "단원고 학생 325명 전원 구조"라는 뉴스가 떴다. 단원고. 학교 이름이 익숙했다. 중학교 3학년 때 안산에 새로 생긴 학교였다. 평범한 남색, 빨간색 교복이 전부였을 때 독특한 재질과 디자인의 교복을 입는 그 신생 학교에 가고 싶어 하는 친구가 많았다.

'다 구했다니 다행이네. 수학여행 망해서 속상하겠다.'

큰 사고로 수학여행을 망쳐 버린 고등학생들을 안타까워하며 수업에 들어갔다. 오후 수업까지 마치고 나오니 세상이 뒤집혀 있었다. "전원 구조"는 오보였고, 정확한 탑승자 숫자조차도 파악되지 않는다고 했다. 사고 났다는 배는 엄청나게 컸는데? 그 큰 배가 넘어가는 데 한참 걸릴 텐데? 어떻게 이렇게 많은 사람이 실종될 수 있지? 탑승자 숫자는 왜 정확하게 파악이 안 되는 거지? 들려오는 소식은 모두 의문투성이였다.

얼마 지나지 않아 세월호는 완전히 침몰했다. 기다림의 시간이 시작되었다. 그날 이후로 모두의 관심사는 '세월호'였다. 인터넷 포털 뉴스 창과 TV 뉴스는 세월호와 관련한 소식들로 24시간 채워졌다. TV 뉴스는 세월호가 침몰해 있는 현장 생중계 장면을 앵커들 배경으로 사용했다. 그것이 얼마나 잔인한 것인지 깨달은 건 나중이었다.

4월 20일 새벽 전까지만 해도 몇 명이라도 구조되었다는 소식이 들려올 거라 믿었다. 저렇게 큰 배가 넘어갔는데, 안에 몇 명이라도 살아 있겠지. 정부가 저렇게 많은 인력과 헬기, 함정, 조명탄 등을 동원한다는데 몇 명이라도 구조하겠지. 눈물의 가족 상봉, 이런 식으로 언론들은 보도하겠지. 박근혜 정부에 매우 비판적이었지만 그래도 그렇게 믿었다. 정부에서 열심히 구조 작업을 하고 있다는 뉴스들을 보며 안타까운 마음을 안고 일상으로 돌아갔다. 정말 단 한 명도 구조하지 못할 거라고는 상상도 못 했다.

4월 19일에서 20일로 넘어가는 새벽, 나는 시험공부를 하고 있었다. 아리스토텔레스가 지겹기도 하고 슬슬 잠이 오기도 해서 핸드폰을 집어 들고 SNS를 켰다. 그 새벽 시간에 세월호 실종자 가족들이 진도대교를 건너고 있었다. 박근혜 대통령을 만나러 간다는 소식이었다. 속속 올라오는 현장 영상 속에는 실종자 가족들만이 아니라 가족들을 막아선 수많은 경찰이 있었다. 가족들은 "우리 애를 살려 내라"며 눈물범벅을 하고 소리치고 있었다.

'왜 막지? 경찰이 왜 나오지? 실종자 가족들은 왜 대통령을 만나

러 간다는 거지?'

무언가 잘못되어 가고 있다는 생각이 들었다. 그날 이후로 세월호에 대한 소식을 찾아보는 것을 멈출 수 없었다.

4월 19일 선내에서 첫 시신 수습이 이루어졌다. 그 후 계속해서 시신 수습 소식이 이어졌다. 물 밖으로 머리를 내민 세월호 선수의 모습을 앵커 뒤에 화면으로 쓰는 게 그제서야 끔찍해 보였다. 사람들이 목숨을 잃어 가고 있는, 혹은 이미 목숨을 잃은 채로 수습을 기다리고 있는 바로 그 장면을 실시간으로 전국에 송출하고 있었던 것이다. 죽음을 생중계하고 있었다. 잔인함에 몸서리를 쳤다.

이러시면 안 됩니다

언론에서는 "가만히 있으라"라는 선내 방송에 대한 이야기들이 나오고 있었다. 인명 피해를 크게 만든 원인으로 선내 방송을 지목했다. 퇴선 명령이 있었으면 대부분 살 수 있었을 거라는 지적과 함께. 온종일 기사를 검색하고 뉴스를 보고 있었다. 이유를 알 수 없는 무기력함이 무겁게 나를 짓눌렀다. 뭐라도 하지 않으면 내가 미쳐 버릴 것 같았다.

친구들과 이야기를 나누다가 가장 먼저 해야 할 일을 찾았다. 추모하는 것이었다.

노란 리본을 묶은 국화를 들고 침묵 행진을 하기로 했다. 사고를 참사로 만든 가장 큰 이유를 쓴 종이를 들기로 했다. "가만히 있으라." 청와대 게시판과 페이스북에 침묵 행진을 제안하는 글도 올렸다.

집에 가는 길, 친구로부터 전화 한 통을 받았다.

"혜인아. 너 이거 하면 심하면 기소될 수도 있고, 더 심하면 구속될 수도 있어. 괜찮겠어?"

기소, 구속. 내 인생에 한 번도 생각해 보지 않은 무시무시한 단어들이 들려 왔지만, 뭐 별일이야 있을까 싶었다. 걱정하는 친구에게 씩씩하게 답했다.

"괜찮아, 뭘 그런 걸 가지고."

'기소, 구속될 만큼 엄청난 일을 하는 것도 아닌데'라는 말은 속으로 삼켰다.

4월 30일 두 시, 친구들과 홍대 입구에 모였다. 평일 오후였지만 인터넷에 올린 포스터를 보고 오신 분도 꽤 계셨다. 그날 '가만히 있으라' 행진은 홍대에서 시작해 명동을 지나 서울시청 광장까지 이어졌다. 희생자들을 추모하기 위해 합동 분향소가 마련되어 있던 시청 광장에 이르러서는 퇴근 후 분향소를 찾은 시민들이 함께하면서 행진 참가자가 2백 명까지 늘어났다. 시청 광장에서 종각 근처 광교까지 행진하면서 이전 홍대와 명동에서는 없었던 일이 벌어졌다. 정보과 형사가 말을 걸기 시작한 것이다.

"용혜인 씨, 이러시면 안 됩니다. 이러시면 안 된다고요!"

도대체 뭐가 안 된다는 건지? 침묵 행진인데 자꾸 말을 거는 형사에게 짜증이 났다. 본체만체 대꾸하지 않았다. 진도에서 실종자 가족들을 막아섰던 경찰들이 떠올랐다. 도대체 이 사람들은 왜 자꾸 세월호 참사에 마음 아파하는 사람들을 막아서는 걸까?

행진은 청계천 광교에서 끝이 났다. 집에 가는 지하철을 타러 광교 횡단보도에 서서 신호를 기다리고 있는데, 친구와 내 앞에 은색 스타렉스 한 대가 멈춰 섰다. 나는 신경 쓰지 않고 친구와 오늘 행진을 마친 소감을 이야기하고 있었다. 예상보다 훨씬 많은 사람이 침묵 행진에 함께했고 그들 마음도 우리와 같다는 생각이 위로와 용기가 되었다고. 그런데 뭔가 이상했다. 내가 서 있는 횡단보도 신호등은 분명 빨간 불인데 이 차는 가지 않고 계속 서 있었다.

'뭐야, 왜 안 가고 그냥 서 있는 거지?'

새까만 창문 안에서 작은 빨간 점이 깜빡였다. 두 명의 남성이 보였다. 한 명은 손에 카메라를 들고 있었다.

"어? 저 사람들!"

나도 모르게 스타렉스 창을 향해 손가락질을 했다. 당신들 누구냐고 따져 물었어야 했는데, 그때의 나에게는 그런 주변머리가 없었다. 내 행동을 눈치 챈 듯 차가 움직이더니 우리 앞을 지나쳐서 조금 떨어진 곳에 다시 멈춰 섰다. 내가 막 쫓아가자 스타렉스는 다시 출발하더니 그대로 시야에서 사라졌다. 그때서야 기소와 구속을 이야기했던 친구 말이 실감 났다. 실종자 가족들을 막아섰던 경찰들, 나를 쫓아오던 정보과 형사, 스타렉스 안에서 나를 촬영하던 수상한 남성들. 그날부터 나는 집에 들어갈 때와 나올 때, 어딘가로 이동할 때, 주변을 살피는 버릇이 생겼다. 은색 스타렉스 1120. 지금도 차와 남자들의 정체는 미스터리로 남아 있다.

한 번 할지 여러 번 할지 정하지 않고 시작한 침묵 행진을 우리는 계속하기로 결정했다. 행진에 참석하지 못하지만 함께하고 싶은 사람들을 위해 현장 소식을 알리는 페이스북 페이지도 만들었다. 국화, 리본, 피켓 값을 감당할 수 없어서 후원 계좌도 열었다. 응원은 뜨거웠다. 늘어나는 행진 물품을 준비하고 유가족들에게 물품 지원도 할 수 있었다.

행진에 함께하는 사람들이 많아지는 만큼 언론의 관심도 커졌다. 전화를 끊으면 또 다른 전화가 오고 문자도 쌓여 있어서, 수업에도 못 들어가고 온종일 전화와 문자에 답하기도 했다. 행진에 참여해 자유발언으로 추모의 뜻을 전했던 이들의 마음을 전하고자 최대한 노력했다.

사과는 빠르고 정확하게

몇 번의 침묵 행진이 있고 난 후, 힘들고 우울한 날들을 보내고 있었다. 정부는 유가족에게 사과할 마음이 조금이라도 있는 건지, 사고 원인은 제대로 찾을 건지, 답답하기만 했다. 하루는 무거운 기분을 털어 내기 위해 친구들과 동묘앞역 근처 식당에 모여 밥을 먹고 있었다.

"유가족들이 서울로 오고 있다는데?"

한 친구가 말했다. SNS를 켜 보니, 세월호를 교통사고에 비유한 보도국장에게 항의하고 사과를 받기 위해 유가족들이 KBS로 오고 있다는 소식이 눈에 들어왔다. 우리는 밥을 먹다 말고 서둘러 택시를 타고 여의도로 향했다.

도착하자마자 마주한 건 말 그대로 아수라장이었다. 이미 KBS 앞은 경찰 차벽으로 둘러싸여 있었다. 버스와 버스 사이는 수십 명의 경찰이 막고 있었다. 그들 앞에 선 유가족들 손에는 영정이 들려 있었다. 사진 속 희생자들은 유가족들 머리 위에서 경찰 차벽과 경찰들을 내려다보고 있었다. 사진 속 눈들을 마주할 자신이 없었다. 눈물이 왈칵 쏟아졌다. 어떤 유가족은 의경들을 붙잡고는, 사진 속 이 아이가 내 딸이라고, 사과만 받으면 된다고, KBS 안으로 들여보내 달라고 울부짖었다. 어떤 유가족은 차벽 위로 올라갔다.

"어떡해!!!"

너무나 위험천만하고 아찔한 상황에 발을 구르며 소리를 질렀다.

"혜인아. 침착해야 해. 유가족들이 있잖아. 네가 흥분하면 어떡해."

같이 간 친구가 나를 붙들고 말했다. 얼마나 시간이 흘렀을까? 혼란스러운 상황이 조금 진정되고 유가족들은 질서 있게 자리를 잡았다. 유가족 대표 몇 명이 KBS 안으로 들어갔다. 잠시 후 나온 유가족 대표가 말했다. 모두가 숨죽였다.

"KBS는 사과하는 것을 끝내 거부했습니다. 사과할 수 없다고 합니다. 이제 우리가 믿을 것은 박근혜 대통령뿐입니다. 대통령 님을 만나러 청와대로 갑시다."

공권력은 여기서 이렇게 유가족들을 막아서고 있는데 믿을 것은 대통령밖에 없다는 말을 듣고 있으니, 비현실적으로 느껴졌다. 유가족들은 영정을 품에 안고 안산에서 타고 온 버스에 올랐다. 그들의 배려로 나와 내 친구들도 그 버스에 탈 수 있었다.

그런데 항상 카메라를 메고 다니는 친구가 버스에 타자 유가족들이 항의하기 시작했다.

"기자는 버스 타지 마세요. 제대로 보도도 안 하잖아요!"

"기자가 우리 버스를 왜 타요!"

기자가 아니라고 설명하고 나서야 노여움이 풀렸고 친구는 자리에 앉을 수 있었다.

문득 언론에 보도되지 않던 4월 19일 밤 진도대교가 떠올랐다. 청와대에 가면 뭐가 달라질까? KBS도 이렇게 차벽으로 꽁꽁 싸매고 막는데 대통령은 과연 유가족들을 만나 줄까? 장례 치르고 정신도 없을 유가족들은 왜 이 밤에 이러고 있어야 하는 걸까? 화가 치밀었다. '사과는 빠르고 정확하게'를 친구들과 농담처럼 이야기하곤 했는데, 현실 세계에선 참 어려운 일이었다.

청와대로 향한 버스는 목적지에 도착하지 못했다. 길은 이미 경찰 차벽으로 막혀 있었다. KBS에서 한 차례 거절당한 유가족들은 청와대에서 또다시 거절당했다. 버스에서 내려 청와대 가는 길목 청운동 동사무소 앞 길바닥에 주저앉았다. 유가족들은 박근혜 대통령을 만나겠다며 꼬박 밤을 지새웠다. 화장실을 가거나 바닥에 앉아 있을 때, 유가족들은 단 한 순간도 영정을 품에서 내려놓지 않았다. 시민단체에서 가져다준 담요들을 둘렀지만 5월 초의 밤은 너무 추웠다.

사람들은 청와대 앞에서 단원고 학생들이 사고 당시 선내에서 찍었던 영상들을 공개했다. 죽음을 직감하지 못한 학생들은 복도에 모여서 탈출 명령을 기다리며 카메라를 향해 웃으며 말했다. "엄마 사랑해~" 여기저기서 울음이 터져 나왔다. 나도 울음을 참기 힘들었다. 지옥 같은 밤이라고 생각했다. 죽으면 지옥 간다는 말은 다 거짓말 같았다. 평범하게 살아가던 이들이 어느 날 갑자기 '유가족'이라는 딱지를 달고 여기 청와대 앞 지옥에 앉아 있었다.

날이 밝았다. 한겨울의 복판에 있는 것 같은 추위는 사라지고 햇볕이 따뜻했다. 사람들은 담요를 치우고 손으로 햇빛을 가리거나 부채질을 했다. 청와대에서는 어떤 답변도 없었다. 울며 밤을 지새우느라 몸도 마음도 지쳐 있던 나는 길바닥에 앉아 고개를 푹 숙인 채 핸드폰으로 뉴스를 보고 있었다. 유가족을 막아선 차벽 너머 청와대에서 박근혜 대통령이 '긴급민생대책회의'를 주재하고 있다는 뉴스가 눈에 띄었다.

"개자식들."

욕이 저절로 튀어나왔다. 믿을 건 박근혜 대통령뿐이라고 청와대에 찾아온 유가족들을 차가운 길바닥에서 밤을 지새우게 해 놓고, 자기들은 따뜻하고 시원한 청와대 안에 앉아서 소비심리 위축 같은 소리나 하고 있었다. '짐승만도 못한 놈'이라는 말은 이럴 때 쓰는 거였다. 아직 시신조차 찾지 못한 유족들이 진도체육관에서 매일매일 죽은 가족을 기다리고 있고, 장례를 치르고 충분한 애도와 치유의 시간조차 갖지 못한 유가족들은 대통령만 믿는다고 길바닥에 앉아 있고, 갑작스러운 대형 참사에 온 국민이 슬픈 마음들을 표시하고 있는데.

세월호가 침몰한 지 한 달도 채 지나지 않았다.

'박근혜가 국민 50%의 지지를 받고 당선됐으면 확률적으로 여기 영정을 안고 앉아 있는 유가족 중 절반은 박근혜 후보한테 투표했다는 건데. 투표만 끝나면 입 싹 닫는다는 말이 이런 거였구나. 그놈의 돈, 돈, 돈. 세월호도 일본에서 헐값에 사온 배라고 했지. 직원들은 알바들이고 비정규직이라고. 돈 더 벌려다가 수백 명이 죽었는데 그 와중에 또 돈타령이야. 개자식들. 아니 개만도 못한 자식들.'

머릿속에서 수많은 분노의 말이 쏟아졌다. 너무 화가 나서 몸이 바들바들 떨리는데 이 분노를 쏟아낼 곳이 없었다. 나는 유가족도 아니고 그저 참사에 마음 아파하는 사람 가운데 하나일 뿐인데, 국가가 어느 날 갑자기 가족을 잃은 사람들을 취급하는 태도에 가슴이 터져 버릴 것 같았다.

세 시 반쯤이 되자 어젯밤 여의도 KBS에선 코빼기도 비치지 않았던 KBS 길환영 사장이 나타나서 사과했다. 고까웠다. 대통령이 거절한 국민이 되어 버린 유가족들은 오후 네 시가 넘어서야 안산으로 돌아가는 버스에 몸을 실었다.

그해 가을, 친구가 걱정했던 기소가 실제로 이루어졌다. 당사자인 나에게 공소장이 당도하기도 전에 언론 보도를 통해 기소 사실을 알게 되었다. '집회 및 시위에 관한 법률 위반과 일반교통 방해 혐의.' 하나는 무죄, 하나는 유죄로 판결이 났다. 2017년 2심 재판부는 반대로 판결했다. 무죄로 판결 난 집회 및 시위에 관한 법률 위반을 유죄로 판단하고 벌금을 선고했다. 세월호 참사를 추모한 침묵 행진을 죄라고 판단하는 법원에 수긍할 수 없었다. 재판은 대법원으로 옮겨갔고 2년이 지나도록 계류 중이다. 세월호 참사의 진실 규명도 '가만히 있으라' 행진 재판도, 끝날 줄을 모른다. 🔲

'정치적'이라서 불허합니다

신민주

"정치적인 행사는 학교에서 할 수가 없어요. 세월호 유가족은 외부인이기도 하잖아요."

처음에는 잘못 알아들은 줄 알았다. 설마 하는 생각에 되물었을 때, 나는 전화기 건너편에 앉아 있는 사람이 진심으로 말하고 있다는 걸 알았다. 이 사람들은 세월호 유가족이 학교에 오는 것을 정말로 막을 생각인가 보다.

"강의실 사용은 어려울 것 같아요. 강의실 이용을 불허합니다."

조교는 제 할 말을 끝내고 전화를 끊었다. 곧 컴퓨터 속 강의실 대여 신청 사이트에 "대여 반려"라는 문구가 떴다. '대. 여. 반. 려.' 입으로 우물거리며 읽고 있는 내 얼굴이 불타는 것처럼 뜨거워졌다. 나는 너저분한 과 학생회실 한쪽 벽에 설치되어 있는 컴퓨터 앞에 앉아 있었다. 언성을 높이며 싸우다 말없이 모니터를 보고 있는 내가 이상했는지, 후배 한 명이 다가와 내 얼굴을 살폈다. 참으려고 그랬는데 눈물이 찔끔 났다.

"불허합니다"라는 말이 가슴에 꽂혀 시리고 아팠다. "세월호 유가족을 불허합니다"라고 말하는 것 같았다.

정치적, 뭘까?

세월호 피해자 유민 학생의 아버지가 46일의 단식을 마친 지 한 달 정도 지난 때였다. "시체 팔아 돈을 벌고 있다"라며 온갖 악성 댓글이 떠돌았다. 매일같이 세월호 참사에 대한 진상규명을 요구하는 집회가 열렸다. 유가족들은 농성을 시작했다. 나와 친구들은 수업을 포기하고 매일 광화문으로 향했고, 수많은 사람이 동조 단식을 시작했다. 무겁고 절박한 광화문을 둘러싸고 악성 댓글과 나쁜 소문이 가득했다. 애도와 요구를 혐오와 폭력이 덮어 버리는 것은 아닌지 답답했다. 세월호 참사가 일어나고 6개월이 채 되지 않았던 2014년 9월이었다.

세월호 유가족들과 함께 학교에서 세월호 참사에 대한 진실을 알리기로 했다. '직접 만나러 가자. 만나면 생각이 달라지겠지. TV 보도나 기사가 아니라 눈앞에서 목소리를 들려준다면, 사람들은 정의로운 선택지를 택할 거야.' 우리는 그렇게 믿었다. 이화여대, 고려대, 건국대, 동국대 등 열여덟 개 대학에서 '세월호 유가족 국민 간담회'를 개최하기로 했다.

처음부터 행정실에서 "정치적"이기 때문에 강의실 대여를 불허한다고 말하지는 않았다. 세월호 유가족 간담회에 교수가 참여하는지 물었다.

"교수가 참여하느냐 하지 않느냐에 따라서 강의실 대여 승인이 나는 기준이 달라지나요?"

"정확히 어떠한 행사인지 알아야 대여가 가능합니다."

행정실 조교는 뚱딴지같은 대답을 했다. 교수가 오면 '이상한 행사가 아님'이라는 보증서가 발급되기라도 하는 것일까? 교수가 참가하면 되고 학생만 참가하면 안 되는 이유가 있기라도 한 모양이었다. 한참 실랑이를 하다 결국 교수님 성함을 말했다. 그러자 행정실 태도가 돌변했다.

"정치적 문제가 섞여 있어 '본부'에 여쭈어보아야 할 것 같습니다."

'세월호 유가족 국민 간담회'를 한 번도 정치적 문제라고 생각해보지 않았다. '정. 치. 적. 문. 제.' 다섯 글자가 머리에 맴돌았다. 맴돌기만 할 뿐 이해할 수 없었다. 본능적으로 무엇인가가 꼬이고 있다고 직감했다.

"강의실 대여에 대한 규정이 있어요? 그건 어디서 볼 수 있나요?"

"솔직히 없어요. 그냥 우리끼리 약속이죠."

20분 후, 행정실 조교는 전화로 강의실 사용 불허를 전했다. 과방에서 훌쩍훌쩍 울고 나니 이번에는 머리끝까지 화가 났다. 자기들끼리의 약속을 이유로 세월호 유가족들을 불허한다니, 괘씸했다.

학교의 주인은 학생이라고 떠들어 댈 때는 언제고. 정치적인 게 안되면 정치외교학과는 왜 만들어 놓은 거야?

그냥 세월호 유가족이 오는 게 싫어서 이것저것 핑계를 붙이는 것 같았다. 거기까지 생각이 미치자 화가 나서 견딜 수 없었다. 학교를 이겨 먹고 싶었다. 그래, 차라리 이번 기회에 본때를 보여 줘야겠다.

'학교 얼굴에 제대로 먹칠을 하자!'

짜릿했던 첫 기자회견

일단 진상을 규명해야겠다는 생각이 들었다. 학교가 나중에 조교 개인의 생각이라고 거짓말을 할지도 모르니까. 벌어진 일과 내 생각을 단톡방에 올리고 친구들을 기다렸다. 함께 행정실로 달려갔다. 우리는 행정실 문을 여는 순간 녹음 버튼을 눌렀다.

"행정실장과 면담을 하려고 왔습니다."

행정실장은 여유만만이었다. 그는 높다란 캐노피로 가린 내부 공간으로 우리를 불렀다. 우리는 급해 죽겠는데, 그는 느릿느릿 걸어서 둥그런 책상을 마주하고 의자에 앉았다. 아주 귀찮다는 태도였다. 어린 것들이 뭘 어쩌겠냐고 생각하는 것 같았다. 우리는 행정실장이 앉자마자 물었다.

"강의실 대여 관련 규정은 어디에 있죠?"

"규정은 학생이 따질 필요가 없습니다."

어이가 없어서 말문이 막혔다.

"행정실이 강의실 빌려주는 것까지 학칙이나 규정에 담으면 법과 사상에는 맞는지는 모르겠는데, 좋은 사유는 아닐 것 같습니다."

결국, 자기 마음대로 정했다는 말이었다. 그는 한참 동안 강의실을 돈 내고 빌리는 기업들 얘기를 늘어놓았고, 우리는 짜증 나고 급한 마음에 바로 본론을 꺼냈다.

"정치적인 이유 때문에 강의실 신청을 반려한다는 말이 무슨 뜻이에요?"

그는 잠시 고민하다가 대답했다.

"세월호 사건은 이미 정치 이슈화되었고, 그러한 정치 이슈가 된 대화의 자리를 왜 우리 학교 강의실을 빌려서 하려고 하는지 납득이 안 됩니다."

예상하긴 했지만, 행정실장의 뻔뻔한 태도에 기가 막혔다. 학교는 아무래도 학생들을 등록금 내는 봉이라 생각하는 모양이었다. 어쨌든 그래도 우리는 목적을 달성했기에 별 항의 없이 행정실을 나왔다. 증거는 확보되었으니 이제 이것을 터트릴 시간만 남았다.

태어나서 처음으로 보도 자료라는 것을 쓰기 시작했다. 내친김에 문과대 행정실 건물 앞에서 기자회견도 하기로 했다. 우리는 "정치적이라서 안 된다"라는 말을 멋지게 반박하는 글을 써서 읽기로 했다. 어떻게 논리적으로 말할지 머리를 맞대고 궁리했다.

> 짧게는 4년, 길게는 10년 동안 우리가 이곳에서 이야기하고, 토론하고, 생각하는 모든 것들, 하루하루 '정치적' 활동을 하고 고민하는 것 역시 우리가 대학으로부터 보장받아야 할 '교육'받을 권리라고 생각합니다.

그리고 마지막 문장은 프란치스코 교황의 말을 써넣었다.

인간의 고통 앞에 중립이란 존재할 수 없습니다.

보도 자료를 뿌리자 기자들에게서 연락이 오기 시작했다. 기자회견 날을 정했다. 수업에 잠깐 들어갔던 나는 기자들이 끊임없이 전화하는 탓에 출석 체크만 마치고 강의실을 튀어나와 기자회견을 준비했다. 벤치에 앉아 몇 시간 동안 전화를 받은 후, 나는 우리가 엄청난 일을 저질렀음을 알게 됐다.

약속한 시각, 한 무리의 사람이 분주하게 차에서 내렸다. SBS,《한겨레》,《경향신문》등 내가 알고 있는 언론사는 다 온 것 같았다. 대충 세어 봐도 스무 명이 훌쩍 넘었다. 정신이 하나도 없는데 기자회견 10분 전이 되어 버렸다. 멀리서, 급하게 뽑은 플래카드를 들고 오는 친구들이 보였다. 007 작전이 따로 없었다. 샛노란 블라우스를 입고 샛노란 플래카드 앞에 서니 가슴이 쿵쾅쿵쾅 뛰었다. 들고 있는 마이크에 내 심장 소리가 들릴 것 같았다. 떨리는 목소리로 입을 뗐다.

"안녕하세요. 세월호 유가족 간담회를 준비하고 있고, 이번 강의실 대여 불허 판정을 받은 유학동양학과 신민주입니다."

인사를 하고 고개를 들자 한 기자의 카메라가 보였다. 카메라 귀퉁이에 노란 리본이 달랑거리고 있었다. 눈물이 찔끔 나올 것 같아 말을 잠시 멈추었다.

순간 정신이 번쩍 들었다. 내가 하고 있는 일이 무엇인지 알 것만
같았다. 나는 지금 진실을 알리고 있는 것이다. 세월호 유가족에게
'아웃'을 외친 학교를 규탄하고, 진실을 알리는 목소리들을 막으려는
사회에 항의하고 있는 것이다. 마음을 다잡고 준비한 발언을 잘 끝냈
다. 매우 '정치적'으로.

기자회견 마무리는 행정실장에게 항의 서한을 건네는 것이었다.
스무 명 넘는 기자가 뒤따르고 나는 마치 전투를 하러 가는 대장처
럼 뚜벅뚜벅 걸어 행정실로 향했다. 웅성웅성하는 사람들에 둘러싸
여 문을 벌컥 열자, 행정실장의 뜨악한 표정이 보였다. 제대로 한 방
먹인 것 같았다.

"이게 무슨 일이야! 다 나가!"

행정실장이 소리를 질렀다. 그 순간 카메라 플래시가 터졌다. 행정
실장은 두 손을 주머니에 꽂은 채 우리를 노려봤다.

난리 통 중에 나는 항의 서한을 읽기 시작했다. 멋지게 읽어야 하는
데, 소리를 지르고 있는 행정실장이 무섭기도 하고 엄청난 짓을 저질
러 버렸다는 생각이 들어 목소리가 자꾸 떨렸다. 눈을 질끈 감았다.

'지면 안 돼.'

호흡을 가다듬고 또박또박 항의 서한을 끝까지 읽었다. 뿌듯했다.

기자회견이 끝난 후, 보도된 뉴스를 보며 우리가 드디어 학교를 이
겨 먹은 것 같아서 기분이 몹시 좋았다.

비겁한 놈 대신, 정치하는 놈

　세월호 유가족 간담회는 학교 정문 앞에서 하기로 했다. 학교의 부당함에 저항하기 위해 선택한 장소다. 가을이 무르익었고, 대성전 은행나무가 노랗게 하늘을 가리고 있었다. 쌀쌀해진 날씨와 오가는 차들이 주위를 산만하게 만들었지만, 정문 앞은 학생으로 가득 찼다. 유가족들과 학생들은 함께 울고 함께 웃었다.

　우리는 다음 해에도, 그다음 해에도 세월호 유가족 간담회를 개최했다. 매번 학교는 "공간 대여 불허"라고 전해 왔다. 정치적이어서 불허한다는 말 때문에 된통 욕을 먹은 학교는 온갖 수법을 동원했다. 어떤 해에는 외부인이 출입하는 행사라서 안 된다고 했고, 다른 해에는 돈을 내야 한다고 말했다. 성균관대 세월호 유가족 간담회는 그래서 항상 정문에서 진행되었다. 우리는 매번 지독하게 저항했고 지독하게 항의했다. 세월호 유가족 간담회를 3년 하고 나니, 보도 자료와 대자보 쓰는 것에 도사가 되어 있었다.

　학내에서 기자회견을 하면 교직원들이 뛰어나와 소리를 질렀고, 그것이 잘 안 먹히자 학교 관리자들은 경비원을 들볶았다.

　"학교가 너무 괴롭혀서 말이지. 대자보를 떼 주면 안 되겠냐?"

　정치적인 이유가 아니라 근무 사정을 이유로 간청하는 경비원들이 안타까워서 대자보를 철거하게 되었다. 학교가 너무 싫었다. 학교는 '몹시' 정치적으로 행동했다.

학교와 전쟁을 치르면서 깨달았다. 중립적이라는 말은 번지르르한 거짓말에 불과하다는 것, 정치적인 사항은 우리 삶 속에 언제나 있다는 것, 정치하는 학생회와 정치할 수 있는 학교가 몹시 필요하다는 것. 중립을 외치는 공간에 서 있는 이들은 언제나 침묵을 선택했다. 학교도, 학생회도, 교수도, 마찬가지였다. 침묵이 도움이 되었던 적이 없었다. 정치하지 않겠다고 외치는 것이 매우 정치적인 말이라는 사실도 알게 되었다.

몸속 뜨끈한 어디쯤에 "정치"라는 말이 또렷하게 새겨졌다. 나는 '정치적' 인간으로 변하고 있었다. 비겁한 놈이 될 바에는 정치하는 놈이 되는 게 낫겠다는 생각이 들었다. 학교와 학생회와 교수가 미웠지만, 덕분에 정치를 배웠다. 내가 하고 싶은 정치는 자기 밥그릇 때문에 네가 옳으니 내가 옳으니 싸우는 정치가 아니라 세월호 유가족과 함께하는 정치였다. 행정실장 얼굴에 항의 서한을 내민 것처럼, 기어코 정문 앞에서 세월호 유가족 간담회를 연 것처럼. 침묵하고 있는 정치판에 깽판을 놓고 싶었다.

세월호 유가족 간담회를 3년 동안 이어 왔더니 욕먹는 게 더는 두렵지 않았다. 인간의 고통 앞에 중립을 외치는 대신, 나는 정치를 하기로 했다. 신민주

당당히 산재를 신청하는 법

신민주

버블티를 만드는 법은 간단하다. 음료 베이스를 만들고, 타피오카 펄을 뜨거운 물에 넣어 해동시킨 후 채로 건져서 넣으면 끝이다. 그렇지만 인생에는 늘 사소한 실수가 따라붙기 마련이다. 정확히 말하면 내 실수도 아니었다. 단지 가게가 너무 바빴고, 싱크대 위 선반이 너무 좁았으며, 그 선반 위에 올려놓은 물건들이 수시로 떨어졌다.

끓는 물에 넣어 둔 타피오카를 싱크대에 들고 가서 건지려는 순간, 선반 위에 올려놓은 믹서기 볼이 떨어졌다. 생각할 겨를도 없이 떨어지는 믹서기 볼을 팔로 막았다. 믹서기는 팔에 부딪힌 후 쿠당탕하고 싱크대로 떨어졌다. 하필 그 순간 타피오카가 들어 있는 끓는 물이 채가 아니라 내 팔에 쏟아졌다.

"앗 뜨거!"

손목이 뜨끔했다. 팔목이 시큰거렸지만, 난 프로였기에 웃으며 걱정하는 다른 알바를 안심시켰다. 알바를 하다가 어디에 부딪혀서 멍들거나 뜨거운 것에 닿는 것은 자주 일어나는 일이었다. 다시 일을 시작했다. 손님들이 길게 줄을 서 있었고 빨리 음료를 만들어야 했다.

화장실에 갈 시간이 난 것은 30분이 지난 후였다. 확인해 보니 팔에 작은 물집이 올라와 있었다. 차가운 물로 열을 식히다가 매장으로 들어왔다. 화상 연고가 있었으면 좋았을 텐데, 매장에는 그 흔한 후시딘 하나 없었다. 매장을 뒤지며 연고를 찾다가 손님들이 또 몰려와서 일단 주문을 받았다. 팔이 얼얼했지만 별일 아니라 생각했다. 나는 프로니까.

일은 밤 열두 시가 넘어 끝났다. 응급처치도 못 한 채 이미 다섯 시간이 지났다. 집에 도착해서 씻고 팔 상태를 다시 살펴봤는데 조금 심상치 않았다. 하나였던 작은 물집은 팔목 전체에 오돌토돌 올라와 있었다. 인터넷에 돌아다니는 '혐짤' 사진과 비슷했다. 샤워하고 물기를 닦았는데도 팔목에 찐득찐득한 것이 묻어 있었다. 물집이 터진 모양이었다. 팔목이 뜨겁기도 하고 아프기도 하고, 뭐라 설명하기 어려운 상태였다.

네이버에 "화상 당했을 때"라고 검색했다. 지식인에 보니 "충분한 보습이 필요해요"라고 쓰여 있었다. 어떤 사람은 "소독해야 해요"라고 하고 어떤 사람은 "열기를 식혀 줘야 해요"라고 했다. 다 조금씩 맞는 말인 듯해서 얼음찜질부터 시작했다. 그런데 집에도 보습이나 소독에 필요한 마땅한 연고가 없었다. 자고 일어나면 낫겠지 싶어 침대에 누웠지만 통증 때문에 잘 수 없었다. 다시 일어나 휴지로 진물을 닦아 냈다.

별 방도가 없어 고민하다 언니에게 카톡을 보냈다. 이미 새벽 두 시여서 다른 가족들은 모두 잠들어 있었다. 언니는 아르헨티나에서 공부하고 있으니 내 연락을 받을 수 있을 거라 생각했다. 언니가 사진을 보내 달라 해서 팔 사진도 보내 주었다.

> 멍청아 빨리 엄마 깨워서 병원 가!

엄마를 깨우기 조금 미안하기도 하고 별일 아닌 것 같기도 했지만 언니가 엄마에게 전화를 걸기 시작하는 바람에 엄마를 깨울 수밖에 없었다.

"엄마 나 팔이 아픈 것 같아."

엄마가 내 팔 상태를 보더니 바로 아빠를 흔들어 깨웠다.

"아이고, 아이고! 빨리 응급실에 가자."

"별일 아닌 것 같은데, 죽을 만큼 아프지도 않고."

그러나 엄마 아빠는 '극대노'했다. 그때까지는 둘 다 너무 유난이라고 생각했다. 엄마와 아빠는 집 밖에 나갈 때까지, 미련하다며 조퇴하고 집에 오지 않았다고 화를 냈다. 집에 있는 붕대로 대충 팔을 감은 후 집에서 가장 가까운 응급실로 향했다. 차에 타서 팔 사진을 찍어 SNS에 올렸다.

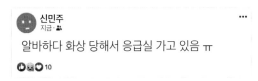

그땐 좀 철딱서니가 없었다. 우연히 우리가 간 병원은 화상 전문 병원이자 산재 전문 병원이었다. 차례는 금방 돌아왔고 의사와 마주

앉았다.

"자연치료는 이미 늦은 것 같고 피부를 전체적으로 벗겨 내야 할 것 같아요. 많이 아플 거라 마취제를 먼저 맞는 게 나을 것 같습니다."

음, 예상한 것과 상황이 좀 다르게 돌아갔다.

"안 벗겨 내는 방법은 없나요?"

의사가 단호하게 대답했다.

"네. 모두 벗겨내야 합니다."

"아픈데 조금만 참으세요."

정신을 차리기도 전에 간호사가 다가와 주사를 놓고 내 팔을 잡았다. 나는 아직 마음의 준비가 끝나지 않았는데. 그 순간 간호사는 약물이 잔뜩 묻어 있는 거즈를 들고 와 물집이 가득한 팔에 빡빡 문지르기 시작했다. 눈을 질끈 감았다.

"아, 너무 아파요!"

간호사는 조금만 참으라는 말만 했다. 마취제는 영 효과가 구렸다. 실제로는 일 분 정도만 문질렀지만 한 시간이 넘게 흐른 것처럼 느껴졌다. 팔이 너덜너덜해진 느낌이었다. 껍질이 모두 벗겨진 시뻘건 속살이 보였다.

"적어도 이틀에 한 번씩은 병원에 오셔야 해요."

새벽 세 시가 넘어서야 우리 가족은 병원 밖으로 나왔다.

다쳤으면 나오지 마세요

잠시 잠이 들었다가 일어나니 알바에 갈 시간이었다.

"절대 물 닿으면 안 되니 주의하세요. 가급적 아르바이트 가지 마시고요."

의사 선생님 말이 생각났지만 별수 없었다. 당일 알바를 취소하는 것은 매너 없는 일이었다. 어제와 똑같은 일과를 시작했다. 똑같이 일하고, 똑같이 늦은 밤 술 마시고 와서 커피를 주문하는 손님에게 커피를 만들어 주고, 똑같이 업무시간보다 조금 늦게 퇴근했다. 마감 시간 열두 시는 지키지 못했다.

이튿날, 매니저에게 전화를 걸었다.

"매니저님. 저 알바 하는 신민주인데요. 말씀드릴 것이 있어서 전화했어요."

매니저는 나와 나이 차가 별로 나지 않는 여성이었다. 나는 일하다가 화상을 당했고 산재보험 처리를 해야겠다는 뜻을 전했다. 그 시기에 알바노동자에 대한 권리를 요구하는 운동이 한창이었고, 그건 나에게 너무 당연한 요구였다.

'다쳤으면 산재를 신청해서 병원비를 받아야지. 그건 당연한 거지.'

어차피 병원비는 공단에서 내는 거고 가게에서 내는 것도 아니었다.

"잠시 사장님에게 말씀드린 다음에 연락드릴게요."

일이 이상하게 돌아갔다. 매니저가 10분 후 전화를 걸어 뜻밖의 소식을 전했다.

"민주 씨. 죄송한데요. 저희가 민주 씨를 기다려 줄 수 없을 것 같아요."

그게 무슨 소리냐고 묻자 매니저가 매우 난처하다는 듯이 다시 말했다.

"민주 씨가 회복할 때까지 우리가 기다려 줄 수 없을 것 같아요. 그만 나와도 될 것 같아요."

"사장님께 전화해 볼게요."

곧바로 사장한테 전화를 걸었다. 사장은 아주 뻔뻔하게 나오기로 결정한 모양이었다.

"아니, 너가 다쳐서 자르는 게 아니고 일을 못 해서 자르는 거야. 그러게 일을 잘하지 그랬어."

나는 주말 알바였기에 매니저, 점장, 사장님과 단 한 번도 함께 일한 적이 없었다. 심지어 나와 함께 일하는 다른 알바는 나보다 한참 초짜였기 때문에 내가 일을 가르쳐 주고 있는 상황이었다. 일을 못 해서라니! 본능적으로 눈치를 챘다. '사장이 나중에 문제 생길까 봐 간을 보고 있구나.' 통화 녹음 버튼을 누르고 차근차근 사장님 말을 반박했다. 사장님의 샤우팅도 덩달아 시작되었다.

"산재 처리 해 달라고? 나보고? 넌 알바생인데? 야, 너 보험사에 청구하면 돈이 얼마나 올라가는데. 내 보험료 할증이 얼마나 되는지 알아? 너 같은 애 처음 본다. 가게에 민폐를 끼친 주제에 어디서 당당하게 산재를 요구해? 여태까지 2년 동안 이렇게 다친 애 너밖에 없어. 그럼 그걸 미안하게 생각하는 게 우선이어야지!"

듣고 있는데 눈물이 핑 돌았다. 그럼 산재를 당당하게 요구하지 않고 미안하다 빌면서 부탁해야 하는 건가? 다친 것도, 실수한 것도, 내 잘못은 아니었다. 선반이 조금만 넓었으면 그 바쁜 매장에 두 명 일하지 않고 세 명이 있었으면, 이런 일이 없었을 것이다.

죽기보다 출근하기 싫었지만 산재 인정은 받아내야 했다. 병원에 왔다 갔다 하면서 산재 신청 준비를 했다. 노무사를 찾아가 상담도 무료로 받았다.

"사장의 동의가 필수는 아니에요. 그냥 신청서 넣어도 돼요. 도와줄게요."

그 말이 위안이 되었다. 병원에서 일하는 노무사도 서류 만드는 것을 도와주었다.

"사장이 그렇게 행동하면 안 되는 거 알죠? 들어 보니 그 가게 4대 보험 가입 안 돼 있는 것 같은데. 돈 몇 푼 되지도 않는데, 참. 그리고 알바 아직 나가요? 유급휴가 나오니까 쉬세요. 보니까 의사도 일 나가지 말라고 해 놨더만."

그 노무사는 왠지 화가 난 것처럼 보였다. 내가 그 병원에서 산재를 신청하는 사람 중 가장 어리고 가장 돈을 못 버는 사람이라 안타까워하는 것 같았다. 그는 내 이야기도 잘 들어주고 서류 작성도 하나부터 열까지 자세하게 알려 주었다.

여러 서류를 준비하다 보니 시간이 빨리 흘렀다. 어느새 사장을 직접 마주해야 하는 출근 날이 다가왔다. '만나서 산재 인정도 받고 의사가 알바에 나가지 말라 했으니 쉰다고 말해야지.' 안 된다고 할 것이 뻔했지만 속이라도 후련하게 내 뜻을 전해야겠다고 마음먹었다. 사장님이 나를 위해 만들어 놓은 이벤트는 생각지도 못했다.

10만 원짜리 존엄

출근하자마자 사장님이 근로계약서를 내밀었다. 사장에 점장까지 총출동한 상황이었다. 산재 신청 동의의 조건이라고 했다. 앞으로 6개월 동안 주말 알바 일을 하라는 거였다. 언제 그만둘지 모르는 알바라고 생각했는지, 하루라도 안 나오면 한 달 치 월급을 안 줄 거라고 으름장을 놓았다. 하루를 빼먹으면 한 달 월급을 빼겠다는 말이 근로계약서에 쓰여 있었다. 계약서가 아니라 사실상 각서였다.

"저 이거 못 써요. 그리고 의사가 최소한 2주는 쉬라고 했어요. 내일부터 안 나올 거예요."

화가 났다. 나는 여기 일을 하러 왔던 거지 노예가 되기 위해 온 것은 아니었다.

사장은 또 고래고래 소리를 지르기 시작했다. 악쓰는 소리는 귓전을 울리고, 미칠 것 같았다. 눈물이 나지도 않고 마음이 오히려 차분해졌다.

'이런 취급 받고 여기 일할 필요 없어. 나는 노예가 아니니까. 정당한 권리를 주장하는 것도 중요하지만…… 그냥 그만하고 싶다.'

거기까지 생각이 미치자 입을 떼고 말했다.

"저 관둘래요."

"잘 생각했다."

모멸감에 몸이 부들부들 떨렸다. 그들은 결국 듣고 싶은 말을 내가 해서 기뻐하고 있었다. 갑자기 화해 모드라도 된 듯 점장과 사장은 지금까지 고생했다고 말했다.

그들을 뒤로한 채 탈의실에 갔다. 잠금장치가 없는 탈의실, 창고를 겸하는 탈의실, 옷을 갈아입고 있으면 아무 생각 없이 교대 준비를 하던 점장님과 알바가 들어왔던 탈의실, 바깥에서 누가 볼까 봐 마음을 졸이며 옷을 갈아입어야 하는 탈의실, CCTV가 있을 것만 같았던 탈의실. 가게에서 가장 모멸적인 공간에서 모멸적인 알바가 끝났다.

탈의실에서 옷을 갈아입고 있는데 사장이 들어와 봉투를 건넸다. 봉투에는 10만 원이 들어 있었다.

"치료비로 써. 그동안 고생했고. 아이구 많이 아팠겠네. 팔 좀 보자. 붕대도 했구나."

그 돈을 사장 얼굴에 집어 던지고 싶었다. 병원비만 30만 원 넘게 나왔는데 '택도 없는' 돈이었다. 이를 앙 물고 눈물을 참았다.

"저 돈 안 받아요. 안 받을 거예요."

돈을 돌려주고 가게를 나왔다. 사장과 점장이 나를 볼 수 없는 곳까지 가서 쪼그려 앉아 펑펑 울었다. 10만 원 먹고 떨어져라? 의도가 뻔히 보였다. 내 존엄이 10만 원짜리라니, 비참했다.

복수는 나의 것

활동하고 있던 노동조합에서 도와주겠다고 연락이 왔다. KBS 방송국 기자와 나를 연결해 주었다. 녹음 파일을 정리해서 기자에게 넘겼다. 며칠 후, 기자와 함께 알바를 했던 카페 앞으로 향했다. 우리는 카페 안으로 쳐들어갈 생각이었다. KBS라 쓰인 큰 카메라도 두 대나 동행하고 있었다. 마침 안에 점장이 일하고 있는 것이 보였다.

"안녕하세요. KBS 기자 OOO입니다. 점장님 이분 기억하시죠? 여기서 일하셨고 산재 처리해 달라고 했다가 해고 통보를 받았다고 하던데요. 잠시 이야기 나눌 수 있을까요?"

점장은 벙찐 표정을 지었다. 기자와 웃음기 없이 서 있는 나를 보고 그제야 상황 파악이 된 듯 소리를 지르기 시작했다.

"여기 왜 들어오시는 거예요! 당신 기자 맞아? 기자 아니지! 당장 나가, 당장 나가!"

점장이 기자 자존심에 스크래치 내려고 작정을 했나? 그 말에 기자 표정이 돌변했다.

"기자 맞고요, 점장님 무슨 말씀을 하시는 건가요. 이 학생 기억 안 나요? 이 팔 안 보이세요? 이렇게 다친 거 보고 아무 생각 안 드세요?"

기자와 난 '꿍짝'이 잘 맞았다. 나는 바로 붕대를 풀어 시뻘겋게 껍질이 벗겨진 팔을 점장에게 내밀었다.

점장은 고개를 돌리더니 창고로 들어가 버렸다. 열심히 전화 통화를 하는 것 같았다. 점장이 나올 생각을 안 해서 우리는 가게 밖으로 나갔다.

5분쯤 지났을까, 사장님 번호로 전화와 문자가 쏟아지기 시작했다.

> 정말 미안하다. 그렇게 마음의 상처를 받았는지 몰랐다. 민주야 잠깐 통화 가능할까? 미안하다고 얘기하고 싶어서 그래.

사장님 늦었어요. 10만 원을 내밀기 전에, 각서를 쓰게 하기 전에, 애초에 다쳤다고 연락을 했을 때 잘 하셨어야지요.

프랜차이즈 본사에서도 문자와 전화가 오고 난리가 났다. 모든 문자와 전화를 '씹었다.' 다들 소 잃고 열심히 외양간을 고치는 중이었다. 인생은 실전이고 복수는 나의 것이었다. 뉴스는 대문짝만 하게 방송되었다. 몹시 만족스러웠다.

팔목에는 커다란 흉터가 남았다. 흉터를 없애고 싶어서 피가 날 때까지 박박 문질렀던 적도 있다. 흉터를 바라보면 모멸감에 치를 떤 기억이 나고, 사장 목소리가 떠올랐다. 10만 원 든 봉투 기억도 났다.

그렇지만 '띵동' 소리와 함께 산재보험금이 드디어 입금되었을 때, 흉터는 영광의 상처가 되었다.

인생 참! 망했어요.

용혜인

《노 멘토링, 노 힐링, 노 답, 절망라디오》시작합니다. 사연 읽어 주시죠.

- 저는 4층짜리 건물에 월세를 살고 있습니다. 맨 아래는 자동차 시트를 만드는 작은 가게고요, 그 위로 세 층은 월세 집입니다. 보증금 100만 원에 월 17만 원이죠. 2층과 3층 계단 사이에 있는 보일러 위에는 비둘기가 살아요. 계단 옆에는 곳곳에 금이 가 있어요. 엄청나게 허름한 건 아니지만 70년대 세워진 건물이라고 해요. 여튼 그런 분위기에요.

여기 살게 된 지 이제 겨우 한 달이 되어 갑니다. 공과금 납부 고지서를 찾으려고 우편함을 뒤졌습니다. 수취인 이름만 다른 여러 장의 편지들이 우편함에 가득 차 있었어요. 대부분 돈을 내라는 대부업체의 편지들이었습니다. 두 명의 이름 앞에 한 손으로 집기도 어려울 만큼 편지가 한가득. 100에 17짜리 방에 사는 사람들의 처지란 무엇일까라는 생각이 들었어요. 방금은 올라오는 길에 2층 부부가 싸우는 소리를 들었습니다. 돈 문제인 것 같았어요. 계단을 올라오는데, 그 집에 놓인 핑크색 아기 신발 또 비둘기 먹으라고 견과류를 뿌려 놓은 거랑 문 앞에 가득 쌓여 있던 맥주 캔들, 자꾸 그런 게 막 생각이 나면서 마음이 아팠어요. 비둘기를 챙기는 착한 사람이 왜 화를 낼까요. 그 분홍색 신발의 아이는 어떻게 자랄까요?

제 집에는 기초생활수급자 택이 붙어 있어요. 제 건 아니고 전에 살던 사람 건가 봐요. 그 사람은 월세가 밀리다가 도망을 갔대요. 집주인은 집 계약한 사람끼리 지킬 제일의 미덕은 월세를 밀리지 않는 거라고 했어요. 집주인은 이 동네에 원룸 세 채 가지고 있어요. 전에 이 집에서 살고 있던 사람은 어떻게 살고 있을까요?

- 월세 밀려 본 적 있어요?

- 월세 한 번 정도는 다 밀려 본 적 있지 않나요?

- 저는 다섯 달 밀려 봤거든요. 그래서 보증금을 다 까먹고 돈을 내고 쫓겨난 적 있어요.

- 보증금도 모자라서 돈까지 내고. 와! 그랬군요.

- 다섯 달 동안 일을, 아니 네 달 동안 일을 안 했더니. 집에서 중국 드라마만 봤어요. 그 당시에 봤던 게 《신조협려 2008》이라고. 재밌어요. 꼭 보세요.

- 허허.

- 월세 얼마였어요?

- 500에 40 살아 봤어요. 비쌌죠. 힘들었어요.

- 저는 300에 20 살아 봤어요. 살아 봤던 월세 중에 제일 쌌던 집이었어요. 자고 나면 민달팽이가 숟가락에 올라와 있고.

- "나는 300에 20 아래 살아 봤다", 없습니까?

- 경매하나요? 하하하.
- 제일 싼 집인 것 같네요.
- 축하드립니다. 짝짝짝.

처음에는 충무로에 있는 한 반지하 사진관에서 녹음했다. 한쪽에서는 사진관 주인이 컴퓨터게임을 하고 있고 한쪽에서는 향초 파는 언니가 향초를 만드는 공간이었다. 어둑하고 노란 조명에 은은한 향기가 감도는 사진관 가운데에 테이블을 놓고 마이크와 카메라를 설치했다. 내가 맡은 코너는 뒷부분이었기 때문에 먼저 녹음하는 사람들을 떨리는 마음으로 지켜봤다. 오디오에 웃음소리가 들어가지 않도록, 재밌는 말들이 나오면 숨을 죽여 소리 없이 웃어야 하는 게 가장 어려운 일이었다.

고구마 백만 개 먹은 것 같은 사연들을 매주 읽고 있었지만 우리는 슬로건 그대로 "노 멘토링, 노 답"이었다. 여러 가지 사연을 읽고 우리끼리는 딴 얘기를 하다가 낄낄거리고 있었다. "노 힐링"이라 말했지만, 망했다고 말하고 들어주는 것만으로 아주 조금 위로가 되었던 듯하다. 사실 위로나 해결 방안 같은 건 없을뿐더러 애초에 안 하기로 했고 절망적 상황을 그대로 방송으로 내보낼 뿐이었다.

동시에 왁자지껄 말하는 바람에 편집하기엔 손도 댈 수 없이 절망적인 상황을 만들던 초보 수준은 조금 벗어나고 있었다. 그럼에도 사진관에서 녹음하는 팟캐스트 방송은 녹음 전용 스튜디오에서 제작한 것보다 음질이 안 좋을 수밖에 없었다. 오디오 감독 겸 피디의 고생이 이만저만이 아니었다.

의논 끝에 합정역 근처에 있는 스튜디오를 빌렸다. 처음으로 스튜디오에 갔던 날, 그냥 노래하거나 사회 볼 때 사용하는 마이크가 아니어서 모두들 감동했다. TV나 뮤직비디오에서 가수들이 녹음할 때 쓰던 검은 망사 달린 금색 마이크였다. 한 번 녹음할 때 2~3만 원 돈을 더 들이면 훨씬 편하고 조용하고 교통과 시설도 좋은 곳에서 좋은 음질의 팟캐스트를 녹음할 수 있었다. 역시 돈이 좋긴 좋네.

나는 <뉴스 헬> 코너를 진행했다. 한 주간의 절망적인 뉴스를 모아서 브리핑하는 코너였다. 인천공항에서 벌어진 현실판 올드 보이. 자살하기 위해 《중고나라》에서 사기를 치고 '피해자에게 죄송하다'는 유서를 남기고 정말 자살한 스물아홉 살 청년. 목욕탕 다녀온다고 집을 나가서 매일 마트를 돌며 물건을 훔치고 그걸 팔아 1억 8천만 원을 빚 갚는데 쓴 사람. 취업에 실패했지만 부모에게 취업했다고 거짓말하고 대출받아 생활하다가 결국 자살한 청년……. 사람들이 많이 보는 언론들에는 이런 사연들이 잘 보도되지 않는다. 지역 경찰서에서 나온 이야기들을 소규모 온라인 언론사나 지역 언론사가 보도할 뿐이었다.

일주일에 한 번 있는 녹음을 준비하면서 내가 했던 일은 이런 작은 언론사들의 홈페이지를 돌아다니는 것이었다. 포털사이트에서 몇 가지 키워드로 매일 뉴스를 검색했다. "자살", "안타까움을 자아냈다", "비관" 같은 단어로 검색하는 게 나의 오전 일과였다.

개학에 잘 적응하기 위해 초등학생들이 방학 2주 전부터 연습을 한다는 뉴스까지 크고 작은 '헬 뉴스'들이 있었지만, 자살 뉴스가 가장 많았다. 통계 속에 '하루 평균 몇 명'처럼 숫자로만 존재하던 이들의 이야기들을 하나하나 접했다. 각자에겐 각자의 삶이 있고 그 삶은 또 수많은 사람의 삶과 연결되어 있는데, 그 개별 인격들을 인터넷 창으로나마 마주한다는 것은 감정적으로 너무 어려운 일이었다. 명을 다하지 못한 사람들 장례를 다시 치르고 있는 것 같았다. 마음엔 검은 휘장이 무겁게 드리워졌다. "자살률 1위 국가", "청년 사망 원인 1위가 자살인 나라" 같은 표현들로 문제의 심각성을 전하는 활자의 무게와 아주 달랐다.

《절망라디오》에는 청취자들의 망한 사연을 받아 소개하는 <절망상담소>라는 코너가 있었다. 게스트와 함께 여럿이서 사연을 읽고 사는 얘기를 하는 코너였다. 처음에는 자신의 망한 사연을 누가 보낼까 생각했는데, 예상보다 많은 사람이 매주 사연을 보냈다.

편의점에 와서 전화번호 주고 자길 만나 주면 사이다값을 내겠다며 그 자리에서 다 마시고 버티는 40대 동네 아저씨 때문에 공포에 시달렸던 20대 초반 알바 여성. 몇 달 동안 고생 끝에 음원을 냈는데 음원 수익이 18,000원 들어왔다는 인디 뮤지션. 하혈을 하는데 병원비 5만 원이 걱정돼서 병원 문 앞에서 돌아온 여성. 남자 친구가 군대를 갔는데 그동안 남자 친구 아버님이 남자 친구 명의로 핸드폰을 개통해서 '폰 깡'을 했고 그 빚을 갚아야 해서 군대에 말뚝 박았다는 곰신. 갖가지 망한 사연이 끊이지 않았다. 대출 못 받는데 어떡하냐, 대출받았는데 어떡하냐, 대출받았는데 직장을 못 구하니 어떡하냐…… 돈 때문에 망한 이야기는 특히 많았다.

해가 바뀌고 나는 메인 DJ를 맡았고 "용 DJ"라는 별명과 함께 캐리커처도 생겼다. 《절망라디오》에 소개된 사연을 그림으로 그려서 카드 에피소드를 만들었다. 페이스북 페이지에 올리기도 하면서 《절망라디오》는 절망을 일상으로 사는 이들에게 조금씩 알려졌다. 청년들이 살아가는 모습을 날 것 그대로 다루는 우리의 방식은 눈길을 끌었다. 언론사에서 취재 요청이 오고 일본 NHK에서 제작한 다큐멘터리에 소개되기도 했다.

일주일에 한 번 녹음이었지만 정신 차리면 어느새 녹음 날이 돌아왔다. 녹음이 없는 더 많은 날은 청년 정치단체에서 활동하며 지내고 있었다. 청년에게 '노 답'인 사회에 대한 분노는 더 단단해져 갔다. '헬 조선', '수저계급론' 같은 신조어들이 청년들 사이에서 많이 쓰이기 시작했던 2015년, 청년들 감성에 숟가락을 올리는 기성세대가 너무 꼴 보기 싫었다.

"노동시장을 개혁해야 청년 일자리가 해결됩니다"라고 적힌 정부 포스터에는 드라마 《미생》에서 장그래 역할을 맡았던 임시완 씨가 웃고 있었다. "임금피크제로 자녀에게 일자리를." 새누리당의 현수막이 거리에 나붙었고, "노동 개혁은 우리 딸과 아들의 일자리입니다"라고 적힌 홍보물이 신문과 곳곳에 게시되었다. 이른바 진보 진영에서는 "정규직 임금 빼앗아 청년 일자리 만든다고? 헐!", "세대 갈등 부추기는 임금 삭감 철회하라", "노동자-청년 이간질 중단하라" 등의 구호가 적힌 피켓을 들고 박근혜 정부의 정책을 비판했다. 그 어느 곳에도 '청년'들 삶은 없는 것 같았다. 청년들이 왜 힘들다고 말하는지 그 이유에 대한 분석도 없었다. 그냥 각자의 주장에 '청년'이라는 단어를 넣어 공방을 주고받을 뿐이었다.

　청년 낙타가 바늘구멍 통과하는 게 힘드니까 이미 바늘구멍 통과한 중년 낙타의 바늘을 뺏어다 주겠다는 새누리당이나, 중년 낙타의 바늘을 지키기 위해 청년 핑계 대지 말라고 외치는 진보 진영이나, 나에겐 별로 다를 게 없었다. 바늘구멍 통과하는 게 지옥이면 바늘구멍 크기를 늘려 더 이상 바늘구멍이 아니게 만들거나 바늘구멍을 통과 안 해도 잘살 수 있게 해야지, 바늘 돌려 막기가 뭐람.

　아무것도 해결할 의지가 없는 이들에게 나와 내 친구들 삶이 인질처럼 끌려다니는 것이 싫었다. 기존의 해결책과 전혀 다른 방식의 해결책으로 '기본소득'이 필요하다는 운동을 해야겠다고 생각했다. 그렇지만 깃발 들고 거리에 나가 외치는 것이 다일까? 고민을 촘촘히

해 보기로 했다. 정답을 제시하는 것보다 청년들의 절망을 있는 그대로 드러내는 기획이 필요하지 않겠냐는 제안에 고개를 끄덕였다. "아프니까 청춘이다"라고 말하는 꼰대들의 어설픈 위로도, "임금피크제 해야 청년들 일자리가 생겨"라고 이야기하는 기성 정치의 답도 노 땡큐였기에.

나와 내 친구들, 그러니까 청년들이 경험하는 절망에 대해 담담하게 이야기하는 팟캐스트 《노 멘토링, 노 힐링, 노 답, 절망라디오》는 그렇게 시작되었다. 《절망라디오》는 우리에겐 '집회'였다. 광장에서 모이는 집회만이 집회가 아니라. 각자의 시간과 공간에서 살아가며 느끼는 절망, 불합리, 분노에 관해 이야기하고 나누는 《절망라디오》는 같은 시대를 살아가며 같은 감각을 공유하는 이들을 만날 수 있는 광장이었다.

- 오늘의 《절망라디오》 여기서 마치겠습니다. 그럼 모두들 있는 힘껏 살아남으시길 바랍니다.

고양시 블랙리스트

신지혜

고양시로 이사했다. 학교를 졸업할 때까지는 학교 가까이 살았다. 일을 시작하며 직장 근처로 이사를 하는 건 자연스러운 결정이었다. 일하는 단체 사무실이 고양시로 옮겼고, 나도 삶터를 옮겼다.

이사하면서, 정착하고 싶다는 새로운 욕구가 생겼다. 부산에서 13년, 통영에서 6년, 서울에서 6년. 단단한 뿌리 없이 뭔가 떠도는 느낌이었다. 고양시로 이사를 가면 골목마다 단골집도 만들어 오래 살고 싶었다. 시립도서관이 가까운 빌라촌 골목에 가지런하게 지어진 집들이 있고 그중에 내가 사는 작은 공간도 있었다. 골목은 조용했지만 무섭지 않았다. 서울에서 살 때는 깊은 골목에 있는 집에서 사는 것이 무서워 대로변에 살았다. 불안을 피하기 위해 자동차 소음을 베고 자는 생활은 편안하지 않았다. 가로등 불빛과 차 다니는 소리가 사라지니 깊은 잠을 자는 날이 늘었다. 소소하지 않은 소중한 행복이었다. 서울로 대학을 가겠다고 기를 쓰고 우겨서 서울 생활을 시작했지만, 이제 서울 생활은 끝난 듯하다. 다시는 서울로 가지 않을 것 같았다.

동네에서 일하고 동네에서 놀다 보니 소소하게 단골 가게들이 생겼다. 자주 가는 국숫집, 밥집, 술집이 생기니 인사 나누는 사람들이 늘어나고 우리 동네에 애정이 더 생겼다.

동네일에도 나서기 시작했다. 동네에서는 '개발'이 가장 큰 문제였다. 봉우리를 깎아 도로를 내고 산을 없애 골프장을 더 지으려고 했다. 차도 없고 골프도 못 치는 나뿐 아니라 많은 사람에게는 맑은 공기가 더 중요했다. 환경단체, 정당, 동네 사람이 모여 해결 방안을 찾는 자리에 지역 주민으로 참여하게 되었다. 함께 머리를 맞대고 일을 벌이는 것도 재밌었다. 행정 관청과 다투는 일은 집회가 열린 도로에서 경찰과 다투는 일과 달랐다. 경찰은 겁나지만 공무원은 겁나지 않았다.

동네에서 이일 저일 하다 보니 아는 사람들이 점점 늘어났다. 어린이들과 허물없이 지내려고 별명을 쓰는 작은 도서관에서 보드게임 수업을 할 기회가 생겼다. 그곳에서 지역신문사에서 오래 일한 "로켓단"이라는 별명을 쓰는 기자를 알게 되었다.

서울보다 먼저 추워진 초겨울 늦은 오후, 고양시청 앞 카페에서 로켓단과 만나기로 했다. 소개해 주고픈 사람들이 있다고 했다. 로켓단은 지역에서 취재차 많은 청년을 만났다. 일하고 노는 삶터가 고양시가 아니라 서울인 청년이 많았기 때문에 지역에서 활동하는 청년은 항상 취재 대상이 되었다. 로켓단이 만난 청년들은 서로를 몰랐다. 지역에서 활동하는 청년들이 연결되면 시너지 효과가 날 거라 기대하며 한자리에 불러 모은 것이다.

여섯 명의 청년이 서먹한 인사를 나눴다. 또래라서 그랬는지 어색함은 금방 사라졌다. 수다가 이어지고 공통점을 발견하고는 얘기가 더 흥거워졌다. 우리의 공통점은 고양시를 떠나고 싶지 않다는 것, 그리고 고양시에서 재밌는 일을 만들어 보고 싶다는 것이었다. 한 사람씩 돌아가면서 자기소개 겸 하고 싶은 일을 길게 발표하기로 했다. 쌀쌀한 겨울밤이 깊어지도록 꽤 오랜 시간 동안 수다인 듯 토론인 듯 이야기가 이어졌다.

고양시청년기본조례

우리는 따로 또 같이 고양시에서 활동하며 저녁이면 술잔을 기울이는 사이가 되었다. 함께 시간을 보내면서 우리가 공통된 고민을 품고 있다는 걸 알게 되었다. 청년 문제가 심각하다며 언론에서 목청 높여 이야기하고 있었다. 우리는 청년 당사자로서 청년이 겪는 문제를 함께 헤쳐 나가고 싶었다. 열심히 살아도 불안하고 노력해도 보상받을 수 없는 세상이 뭔가 잘못됐다고 생각했다. 고양시 곳곳에서 외로워하고 있을 청년들을 만나서 서울로 가지 말고 고양시에서 우리랑 같이 재밌게 놀면서 살자고 하고 싶었다.

서울에 있다는 '청년허브'가 부러웠다. 서울시 예산으로 청년 단체들을 지원하고, 청년을 연구하고, 청년들이 만날 수 있게 다리 역할을 하는 곳이었다. 우리에게도 서로를 이을 다리가 필요했다. 고양시장에게 무작정 요구한다고 될 일이 아니었다. 동네에서 공무원들과 계속 씨름하는 일을 해 보니 무엇이 필요한지 금방 알았다. 조례가 필요했다. 조례가 있어야 예산을 만들 수 있었다. 예산이 있어야 공간을 짓든 청년 모임을 지원하든 할 일이었다. 2016년 총선을 앞둔 2월, 우리는 '고양 청년네트워크파티'를 만들었다. 가장 먼저 할 일은 「고양시청년기본조례」를 만드는 것이었다. 당사자로서, 직접.

2016년 총선이 끝난 여름 내내, 조례 제정을 위해 연구했다. 연구는 나를 포함해서 네 명이 함께했는데, 2년 전 초겨울 고양시청 앞에서 만났던 이들이었다. 우리는 다른 지역에는 청년에 관한 조례가 있는지, 고양시에 사는 청년들의 실태는 어떠한지, 「고양시청년기본조례」는 어떤 방향으로 만들어져야 할지를 연구했다.

고양시에 사는 청년의 실태를 조사해 보겠다고 무작정 여름 뙤약볕 거리에 나갔다. 아침 일곱 시, 대화역 앞에서 서울로 나가는 버스를 기다리는 사람들한테 설문조사 하나 해 줄 수 있느냐고 물었다. 조사에 응해 주겠다는 사람들에게 우리는 더 무례한 질문을 던졌다.

"저 혹시 나이가 어떻게 되세요? 만 19세에서 34세 사이 청년을 대상으로 하는 설문조사거든요."

한여름에 일일이 설문조사를 할 수 있을까. 이렇게 땀을 흘렸다간 연구가 끝나기 전에 탈진할지도 몰랐다. 다른 방법을 고민하던 찰나, 고양 시민을 대상으로 설문하는 팀에서 도와주겠다는 연락이 왔다. 관청과 다투기만 했는데 도움을 받는 건 처음이었다. 305명을 설문으로 조사하고 13명을 만나 심층 인터뷰를 할 수 있었다. 한두 시간 동안 인터뷰는 신났지만, 인터뷰 시간의 딱 세 배가 드는 녹취 풀기는 고역이었다.

3개월 동안 네 사람의 피땀 눈물 모아 「2016 고양 청년실태조사 연구보고서」를 완성했다. 우리끼리만 알고 넘어갈 수 없었다. 정당 관계자, 시의원, 다른 지역 청년활동가 들을 한데 모아 조사 결과를 발표했다. 고양시 청년의 84%가 "과거보다 계층 이동이 어려워졌다"라고 응답했다. 34% 청년이 주거비용을 가장 부담스러워 하고 있었고, 일하고 있는 청년 60%가 정규직이 아니었다. 무엇을 포기하고 사느냐는 질문에 내 집 마련, 출산, 결혼, 꿈과 희망을 순차적으로 뽑았다. 보고회에 참석한 사람들은 그제야 청년기본조례가 필요하다는 걸 인정하는 것 같았다. 일자리만 문제가 아니라 청년들의 삶 전반이 불안정하구나, 삼포 세대가 멀리 있지 않구나.

연구와 조사를 끝냈으니 이제 정말 조례를 만들 차례였다. 조례를 만들 권한을 가진 건 시의원이지만 우리 중에 시의원은 없었다. 주민 2%의 서명을 받아 주민발의로 할 건지, 시의원이 발의하도록 할 건지, 방법도 정해야 했다. 두 가능성 모두 열어 두고 고군분투를 시작했다. 고양시, 고양시의원, 각 정당과 대화를 나눠야 했다.

제 일처럼 애써 주는 정치인은 역시 없었다. 자꾸 우리를 피하는 것만 같은 고양시장에게 공문을 보내 겨우 미팅도 했다. 요구 사항은 크게 세 가지였다. 청년정책위원회를 설치할 것, 청년전담부서를 마련할 것, 청년거점공간을 마련할 것. 이런 내용이 담긴 조례가 필요했다. 고양시 청년들이 선거 때나 들러리를 서는 것이 아니라 고양시에서 함께 살아가는 주체적인 시민이 되기 위해서였다.

이듬해, 우리는 공청회를 열어 우리 요구를 담은 고양시청년기본조례 초안을 공개했다. 나는 그날 사회를 맡았다. 참석한 약 50명의 얼굴을 찬찬히 살펴보는데, 뭉클했다.

'몇 개월 고생 끝에 조례가 이렇게 만들어지는구나!'

곰곰이 돌이켜보니 의회라는 제도 속에 내 목소리를 들여놓는 흔치 않은 경험을 하고 있었다. 연구를 시작한 지 10개월째 드디어 2017년 3월 「고양시청년기본조례」가 만들어졌다.

블랙리스트? 우리가?

막상 조례가 시행되기 시작하자 조금씩 삐걱거리기 시작했다. 우리가 모르는 사이에 청년전담부서가 생겼다고 했다. 공개 채용을 요구했던 우리의 기대는 바사삭 부서졌다. 왜 다시 청년들 목소리가 배제되는 걸까. 청년도 고양시의 주체적 시민이라는 게 지켜져야 허울뿐인 조례로 남지 않을 텐데. 청년정책위원 모집 공고 내용도 이상했다. 공고문은 '빽' 있는 청년들만 찾고 있었다. 국회의원, 도의원, 시의원, 지자체장, 학교장 등의 추천서가 선택 사항이라면서 100점 만점에 10점의 점수가 배정되어 있었다. 구리게 돌아가고 있었다.

청년을 핫바지 취급하는 고양시가 괘씸했지만, 조례를 만들기 위해 가장 애썼고 누구보다 고양시 청년들을 만나고픈 우리는 괘씸한 마음을 접고 청년정책위원에 지원해 보기로 했다.

결과를 기다리고 있는데, 예전에 포이동 인연공부방에서 자원활동을 했던 교사에게서 전화가 왔다. 오랜만의 연락이라 반갑게 전화를 받았다.

"지혜 샘, 내가 고양시 청년정책위원 외부 심사위원으로 회의를 다녀왔는데요, 시의원들이랑 사이가 많이 안 좋았어요?"

"응? 그게 무슨 말이에요? 시의원들 한 명 한 명 만나 얘기 나눠 가면서 조례 제정까지 엄청 애써서 한 건데!"

"나도 그렇게 알고 있었는데, 심사위원 중에 한 시의원이 고양청년네트워크파티가 압력단체라면서, 시장실도 점거했다고 엄청 부정적인 말을 고압적으로 하는 거예요. 근데 고양시 공무원들이 아무 말도 안 해요. 분명히 사정 잘 모르는 외부 심사위원들한테 엄청 영향을 주는 말인데."

"하아, 진짜 어이가 없네. 시장실 점거한 적도 없고, 무슨 압력을? 샘, 제가 고양청년네트워크파티에서 이 얘기를 나눠 봐야 할 것 같은데요, 혹시 저희가 기자회견이나 문제를 제기하게 되면 증언 좀 해줄 수 있어요?"

조심스럽게 물었다. 우리가 시끄럽게 굴면 그에게 불이익이 돌아갈 수도 있었다.

"그럼요, 그럴게요. 청년 관련해서 다른 심사도 많이 했지만, 진짜 이런 적은 처음이었어요. 연락 주세요."

예상은 했지만 역시나 조례 만들려고 사방팔방으로 뛰어다녔던 사람은 모두 심사에서 떨어졌다. 우린 분노에 치를 떨었다.

문제의 시의원에게 분노의 화살이 쏠렸다. 고양시장실을 점거했다느니 음해하는 것에도 열 받고, 조례 만드는 걸 반대하지도 않았으면서 속으로는 우리 욕을 해 댔을 것이라 생각하니 분했다. 시의원도 아닌 것들이 조례 만든다고 나대는 게 꼴 보기 싫었던 걸까. 우리가 연구해서 조례 만들 명분도 만들고 시의원이 발의하도록 초안도 만들었는데. 손 안 대고 코 푼 다음에 휴지 갖다준 사람을 나무라는 꼴이었다.

고양시청 앞에서 기자회견을 열었다. "#블랙리스트"라고 쓴 피켓을 들었다. 심사하는 자리에서 고양시청년네트워크파티를 콕 집어서 악감정을 쏟아부었다고 하니, 블랙리스트라는 말에도 무리가 없었다. 기자회견에서 발언하는데 너무 화가 나서 손이 부들부들 떨렸다. 전해 들은 말들이 문제의 시의원 목소리로 들리는 것 같았다.

고양시는 우리가 기자회견을 한다는 소식을 듣고 시청 출입문 셔터를 내렸다. 언젠가부터 시청 앞에서 기자회견을 하면 항상 그랬다. 불만 있는 시민들은 시청으로 들어오지 말라는 거냐고 대들 듯이 마이크를 잡고 말했다. 우리를 시끄러운 존재 취급하지 말라고, 고양시 청년기본조례에서 가장 중요한 대목은 청년도 사회구성원임을 명시한 것에 있다고 말이다.

시민의 이름으로 요구하는 정치는 고양시청 앞에 내려진 셔터처럼 언제든 막힐 수 있는 것이었다. 직접 의원이 되지 않는 한, 정치는 수많은 셔터와 싸워야만 하는 일이었다.

고양시 국회의원 선거에 나가 봤던 나는 한동안 우리끼리 술자리에서 자주 외쳤다.

"서러워서, 진짜! 당선되어야겠어!"

백만의 광장에서
끌어내린 것들

신민주

이른바 '최순실 게이트'가 터졌다. 백만의 시민이 거리로 쏟아졌다. 세월호 참사 때 외쳤던 "박근혜 퇴진" 구호를 그때의 열 배가 넘는 시민이 외치고 있었다. 시작은 이화여대 시위였는데 얼마 지나지 않아 전 국민이 광화문으로 뛰쳐나오고 있었다. 이런 광경이 처음이라 하루하루가 낯설었다. "운동권은 안 돼!"라고 얘기했던 엄마 아빠도 시위 인증샷을 찍어서 나에게 보냈다. 학교에서 피켓을 만들다가 편의점에 가서 뭘 사 먹으면 편의점 점장님이 응원한다고 말했다. 세상이 진짜 바뀌려는 모양이었다.

참 기특한 소리 하고 있네

우리는 혜화동 마로니에공원 앞에 있었다. 인도에 커다란 무대가 세워졌고 수많은 대학생이 맨바닥에 앉아 있었다. 서울대학교와 동국대학교 총학생회장이 무대에 서서 큰소리로 무언가를 외치고 있었다. 11월, 제법 추운 날씨였는데도 그득그득 학생들이 모여 있었다. 대충 봐도 1,000명은 되어 보였다. 고려대학교, 서울대학교, 연세대학교, 동국대학교……. 좀처럼 볼 수 없었던 총학생회 깃발이 잔뜩 펄럭이고 있었다. 무대에서 누군가가 발언하면 보고 있던 대학생이 환호했다.

"여러분 오늘, 박근혜 대통령 끌어내립시다! 대학생이 앞장서겠습니다.”

“대학생들이 앞장서겠습니다. 80년대도, 90년대도 청년과 청소년이 앞장서서 세상을 바꿨습니다.”

발언대에 오르는 사람들 이야기는 비슷했다. 민주주의, 최순실, 헌정 유린, 박근혜라는 단어가 꾸준히 반복되었다. 대학생이 앞장서겠다는 말도 그만큼 반복되었다. ‘인권네트워크 사람들’이라는 단체에 속한 나와 친구들도 그 자리에 꾸준히 참석했다. 연단에 오른 학생들에게 박수는 보냈지만 대학생이 앞장서겠다는 말이 마음에 들지 않았다.

‘대학생이라고 유난 떠는 것 같아.’

말만 안 꺼냈지 친구들과 나는 조금씩 그렇게 생각하고 있었다. 행진을 할 때면 맨 뒤에서 우리는 “백만 중에 천 명도 안 되는데 뭘 앞장서겠다는 거야”라고 궁시렁거렸다. 대학생이 대단히 위대하고 대단히 똑똑해서 백만이 넘는 시민을 통솔할 수 있다고 믿는 것 같이 느껴져서 재수 없었다. 물론 그런 생각을 하는 우리도 대학생이긴 했다.

“지금 같은 때에 이렇게 거리에 나오다니. 기특한 학생들이야.”

광화문 행진을 할 때면 우릴 보고 나이 든 분들이 했던 말이다. 기특하다고 말하는 건 자주 있는 일이었다. 자신이 젊었을 때 했던 일들에 대한 일장 연설이 있기도 했다. 다른 대학생들은 그 말에 웃으면서 감사하다고 했지만 우리는 그다지 감사하지 않았다. 오히려 그런 말을 하는 아저씨들을 째려보며 끝까지 대꾸하지 않았다. 엄마 아빠, 편의점 점장님과 사장님도 집회에 나온 판에 뭐가 기특하다는 것인지 이해할 수 없었다. '아저씨나 잘하세요'라는 말이 목 끝까지 올라왔다. 똑같이 광장으로 향하고 있는데 누구는 기특한 사람이 되는 게 우리는 몹시 마음에 들지 않았다. 애초에 기특하다는 말 자체가 아랫사람에게 하는 말 아닌가? 대단한 사람이라도 된 것처럼 대학생이 앞장서겠다고 말하는 대학생들도, 젊은 우리를 하대하며 기특하다는 '어른'들도 싫었다. 우리는 그때부터 좀 싸가지가 없었다.

집회가 끝난 후 오랜 시간 동안 친구들과 '기특한 대학생'에 대한 불만을 토로하며 일상과 분리된 광장에 대해 이야기했다. 백만 시민이 나왔다는데 우리는 여전히 최저임금 6,030원 알바를 하고, 남자는 여자를 때리고, 사장은 노동자를 착취하는 세상에 살고 있었다. "이용에 불편을 끼쳐서 죄송합니다." 안내 방송을 들으며, 파업을 죄송해 하는 지하철을 기다려야 했다. 광장에서 일상의 부조리와 문제를 이야기하지 않는 것이 답답했다.

'명문대생', '자랑스러운 OO대학교 학생' 타이틀을 내려놓고 싶었다. 하루하루 고단한 일과를 끝내고 세상을 바꾸겠다며 광화문에서 촛불을 드는 평범한 사람들 속에서 "젊고 똑똑한 대학생도 이곳에 나왔어요"라고 말하는 사람이 되기 싫었다. "대학생들이 앞장서겠습니다!"라고 호기롭게 말하지만 "아이고 귀여운 소리 하고 앉아 있네"라는 반응을 들어야 하는 처지도 싫었다. 친구들도 비슷한 생각이었다. 새로운 세상을 위한 약속을 하는 공간에서 나이, 학력, 사는 지역, 장애, 성별, 가진 것 따위로 서로를 나누지 않아야 한다는 생각이 들었다.

그 이후로, 아저씨들이 우리에게 다가와 무용담을 늘어놓을 때면 "청년들끼리 이야기해야 하니 가 주세요"라고 싸가지 없이 말했다. 나는 기특한 대학생이 될 바에는 싸가지 없는 청년이 되기로 했다. 천성에도 그게 더 잘 맞았다. 그들은 가끔 화를 냈고, 가끔 머쓱한 표정을 지으며 돌아갔다.

우리는 평등한 집회를 원해

광장에서는 "대통령 박근혜"가 아닌 "미스 박"이라는 표현을 사용했다. "정신병자 박근혜", "암탉이 울면 집안이 망한다", "칠푼이", "병신년", "저잣거리 아녀자", "강남 아녀자"라는 말이 많은 이의 입에 오르내렸다. 내가 끌어내리고 싶은 사람은 부당한 권력으로 사람들을 괴롭힌 박근혜 대통령인데, 광장은 그를 "여자 박근혜"로 보는 시선으로 가득했다.

나는 부끄러웠다. 박근혜 대통령을 조롱하는 말이 여성을 조롱하는 말과 비슷해질수록 화살을 받는 쪽은 대통령 박근혜가 아닌 여자인 나였기 때문이다.

여자도, 장애인도, 성 소수자도, 노동자도, 세월호 유가족도, 어떠한 누구도 집회 안에서 차별받아서는 안 된다는 것이 그렇게 어려울 줄은 몰랐다. 새로운 세상을 원해서 나온 거였는데 광장엔 새로운 세상의 씨앗조차 없어 보였다. 광장에 나가면 나갈수록 마음에 분노가 차올랐다. 바뀔 세상에 우리의 몫이 없을 것 같았다.

'박근혜 퇴진만큼 어려운 싸움을 하고 있구나.'

마음이 무거웠지만 매일 촛불집회가 열리는 광화문으로 향했다. 서울파이낸스 빌딩 앞 인도에 작은 무대가 설치되었고, 사람들은 계단에 앉아 무대를 보고 있었다. 다들 촛불을 들고 옹기종기 앉아 있었다. 사람들이 사회자에게 발언을 신청하고 순서대로 자유롭게 발언이 이어졌다. 일반 시민들도 마이크를 쉽게 잡을 수 있는 집회라서 나름 인기가 많았다.

한창 발언이 진행되던 중, 딱 봐도 만취한 것처럼 보이는 할아버지가 나타났다. 사회자가 말을 하든 말든 무대 옆으로 가서 춤을 추고, 알아들을 수 없는 말을 큰소리로 내뱉었다.

"아니 여자애들도 여기에 왔어?"

할아버지는 여성이고 젊은 우리에게 말을 걸려고 했다.

"박근혜 정신병자 새끼! 박근혜 머리끄댕이 잡고 끌어내려!"

할아버지는 하나부터 열까지 잘못된 말만 했다.

속이 부글부글 끓었다. 사회자에게 가서 제제를 요청했지만, "저분 가끔 오셔서 그래요. 어쩔 수 없죠. 조금만 있으면 끝나니 기다려 봅시다."라는 말만 되풀이했다. 아무도 이 상황을 책임지거나 할아버지를 제지하지 않았다.

신청해 놓은 우리 발언 차례가 되었다.

"저잣거리 아녀자, 대통령을 정신병원에 보내야 한다는 말은 여성혐오이고 장애인혐오입니다. 우리는 평등한 집회를 원합니다."

앞에서 발언하고 있는 와중에도 그 할아버지는 어떤 고등학생과 싸우고 있었다.

"요즘 어린애들 왜 이렇게 싸가지가 없어! 고등학생한테 왜 발언권을 줘? 답답해!"

"조용 좀 하세요! 나이 먹고 잘 났어, 정말! 할아버지나 조용히 해!"

고등학생과 할아버지는 서로 고함치고 욕을 주고받으며 집회를 망치고 있었다. 할아버지는 갑자기 그 자리에서 소변을 보기 시작했다.

"아, 진짜!"

참고 참았던 친구 하나가 소리를 질렀다. 이 자리에 더 있어 봤자 손해라는 생각이 들어서 우리는 집회가 끝나기도 전에 자리에서 일어났다.

"여러분 여기 오자고 해서 죄송해요."

내 말에 친구들은 고개를 저었다. 하루 종일 학교에서부터 캠페인을 하며 참여한 집회가 이럴 줄은 몰랐다. 우리는 그곳을 빠져나간

이후에도 한참 동안 불평등한 집회 상황에 대한 분노를 표출했다. 그때 잠시, 다시는 촛불집회에 나오기 싫다고 생각했다.

그런 세상, 차라리 망해 버려라

촛불집회는 점점 더 규모가 커졌고 더 많은 사람이 광장에 모였다. 광화문광장에서 사람 사이에 껴 버둥거리고 있으면 핸드폰도 터지지 않았다. 커다란 무대는 늘 멀었고 중간 중간 무대를 볼 수 있는 전광판이 설치되었지만 그것마저 사람들 때문에 보이지 않았다. 잠시 화장실이라도 다녀오면 친구들이 있던 곳을 영영 찾을 수 없었다. 당연히 광장에 그 사람들이 모두 서 있을 수 없었다. 어떤 참가자는 전광판이 아예 보이지 않는 골목이나 인근 지하철역 주변에 서 있기도 했다. 무대도 없고 그냥 서 있기도 민망해서 자기들끼리 집회를 진행하기도 했다.

나와 내 친구들은 광장 사람들에 치여 이곳저곳을 떠돌다가 어떤 골목으로 들어가게 되었다. 서울대학교 총학생회, 동국대학교 총학생회, 고려대학교 총학생회……. 익숙한 깃발이 보였다. 또다시 총학생회들이 가득 모여 있는 공간에 도착해 버렸다. 누군가가 트럭 위에서 발언하고 있었다. 발언하고 싶은 학생들이 트럭 옆에 길게 줄을 서 있었다. 우리는 눈치를 보다가 사람들 앉아 있는 중간쯤에 자리를 잡았다.

"미스 박, 박근혜를 끌어내야죠!"

심드렁하게 무대를 바라보고 있는 우리 귀에 그 말이 꽂혔다. 잘못 들은 줄 알았는데 또 한 번 "미스 박 퇴진하라!" 소리를 질렀다.

그놈의 미스 박! 인터넷, 집회 무대, 언론, 학교, 강의실 그 어디서든 미스 박 소리를 지긋지긋하게 들었다. 집회에 나오는 것이 괴로움을 견뎌야 하는 시간이 되어 버린 것 같았다. 잘난 척은 혼자 다 하는 대학생들이 고작 하는 소리가 미스 박이라니. 이것이 '기특한 대학생'의 실체 같았다. 그동안 집회에서 봤던 오만 이상한 사람이 주마등처럼 머릿속에서 지나갔다. 술 먹고 오줌 싸던 할아버지, 바닥에 닭 인형과 쥐덫을 끌고 다니던 사람, 문제를 지적하면 예민하다고 말하는 사람까지. 이 집회 결론이 "미스 박"이라 부르는 것이 이상하지 않은 세상이라면, 그따위 세상에서 살고 싶지 않았다. 그 속에는 내가 없었다.

"내려와! 내려와!"

나와 내 친구들은 한참 발언을 하고 있는 사람에게 외치기 시작했다. 평등 따위 없는 집회, 다 망해 버려라. 박근혜가 퇴진한 다음에도 "저잣거리 아녀자"라는 말이 나도는 세상이라면, 그런 세상은 필요 없었다. 속에서 열불이 나는 만큼 소리는 더 커졌다. 우리뿐만 아니라 다른 사람들도 동조하기 시작했다. 그와 동시에 주변 사람들의 따가운 시선도 느껴졌다. '왜 저러는 거야?' 그렇게 말하는 것 같았다.

그러나 우리는 멈추지 않고 계속 외쳤다. 발언자는 당황해서 횡설수설하기 시작했다.

"야! 내려와라!"

"조용히 해!"

"평등한 집회를 원한다!"

우리는 악을 썼다. 눈물이 나올 것 같았다. 고래고래 소리를 지르고 발을 바닥에 쾅쾅 굴렀다. 고함을 모든 사람이 듣기를 바랐다. 골목을 돌아 더 많은 사람이 있는 광장에도 이 소리가 들리기를 바랐다.

발언자는 눈치를 보다가 서둘러 말을 마무리하고 내려왔다. 우리는 그를 끌어내리지 않은 주최 측에 실망했다.

"저런 발언을 하고 있으면 애초에 마이크를 꺼 버렸어야지!"

사회자가 트럭 위로 올라와 마이크를 잡고 말했다.

"우리는 평등한 집회를 원합니다. 우리는 미스 박이 아니라 프레지던트 박근혜를 끌어내릴 것입니다. '미스 박'이라는 표현은 잘못되었습니다."

광장에 나온 그 어느 날보다 더 크게 우리는 환호했다. 아주 미약하지만 한 발을 평등한 세상을 향해 내디딘 것 같았다. 단지 말을 정정했기 때문에 기쁜 것은 아니었다. 이 집회의 룰에 '미스 박'이라는 표현이 낄 자리가 없다는 것을 단호하게 선언했기 때문이었다. 어쩔 수 없는 건 타협해야 하고 작은 것을 버리고 큰 것을 택해야 한다는 믿음을 조금씩 깨고 있었다. 박근혜 대통령이 퇴진하는 것만큼 우리는 그 표현을 정정했다는 사실이 기뻤다.

변화는 이어졌다. 백만 촛불 광장에 '페미 존'이 생겼다. 그곳에서는 혐오 발언을 하는 사람이 있으면 다 함께 주최 측에 항의했다. 무대에서 "미스 박"이라는 표현을 쓴 발언자가 있을 때, 우리는 핸드폰을 들어 항의 메시지를 날렸다. 그러면 사회자가 표현이 부적절하다고 말하며 사과했다. 우리는 여성혐오적인 노래를 부르는 가수의 무대도 기어코 취소시켜 버렸다.

그 시기, 무대에서 끌어내린 것은 대통령 박근혜만이 아니었다. 여성혐오를, 장애인 비하를, 불평등한 일상을 무대에서 끌어내리기 위해 우리는 노력했다. 약간은 성공했고 약간은 패배했다. 무대에 선 사람들이 했던 말은 잊었지만 "내려와!"를 외치던 친구들 얼굴은 또렷하다. 빨갛게 상기된 얼굴. 슬픔과 분노, 악에 받친 감정이 고스란히 전해지던 얼굴. 내 얼굴과 같았을 그 얼굴. 내가 사랑하는 그 얼굴들이 광장에서 서로를 마주하며 서로의 얼굴을 기억할 수 있기를 바란다. 시민조

연꽃 아래 벌레의 삶

신민주

광화문역을 지날 즈음이었다. 문이 열리자마자 노약자석에서 시끄러운 소리가 들려왔다. 군복을 입은 노인이었다.

"우리가 없었으면 지금 대한민국도 없었어. 자유 대한민국 말이야!"

"요새 사람들은 그걸 다 잊어서 문제죠."

"박근혜 대통령 불쌍해 죽겠어. 부모도 다 죽었는데."

주변 사람들이 동조하는 소리가 들렸다. 내 가방에 세월호 리본이 달려 있다는 걸 깨달았다. 리본을 보면 그가 뭐라 할 것 같아 가방을 앞으로 고쳐 멨다. 백만의 촛불이 광장에 나왔던 과거가 까마득하게 느껴졌다. 새로운 세상이 오기는커녕 여전히 박근혜가 불쌍하다는 소리를 지하철에서 들어야 하다니. 믿기지 않았다.

"월남에서 우리가 얼마나 고생을 해서 이만큼 나라를 만들어 놨는데. 요새 젊은이들은 쯧쯧."

그의 손에는 태극기가 들려 있었다. 박근혜 대통령 탄핵 후에도 태극기집회는 매주 열리고 있었다. 태극기집회 참가자도 싫고, 지하철에서 큰 소리로 얘기하는 사람도 싫다. 군복 입고 전쟁 얘기하는 사람은 더더욱 싫었다. 그런데 지금 눈앞에 군복 입은 노인 한 명이 태극기를 손에 들고 큰 소리로 전쟁 얘기를 하고 있었다. 고개를 절레절레 흔들며 이어폰을 찾으려고 가방을 뒤적거렸다. 태극기 노인의 때 묻은 운동화도 눈에 들어왔다.

그가 말을 멈추고 신발을 벗는 순간, 흠칫 놀랐다. 발에 붕대가 감겨 있었다. 붕대에는 진물인지 피인지 모를 액체가 묻어 있었다. 최근에 다친 게 아니라 오래된 상처였다. 붕대를 감고 다니는 생활이 익숙해 보였다. 단지 오늘 외출이 좀 길고 고됐던가 보다.

"발은 왜 그런 거예요?"

일행인지 아닌지 알 수 없는 할머니가 맞은편에서 물었다.

"후유증."

지하철 잡음은 사라지고 걸걸한 할아버지 목소리가 분명하게 들렸다. 그는 베트남전 참전군인이었다. 태극기집회 참가 동료들은 그보다 일찍 지하철에서 내렸다. 혼자 남은 그는 말없이 노약자석 의자에 기댔다. 눈을 감은 노인의 얼굴이 고단해 보였다.

공덕역에 내렸어도 그 모습이 잔상처럼 남았다. 6호선 환승역 표지판을 바라보며 걸음을 옮기는 내내 조금 전에 본 붕대가 떠올랐다.

승강장에 서서, 컴컴한 스크린도어 벽을 바라보았다. 베트남전 참전군인과 전쟁 후유증. 이질적이고, N극과 S극이 서로 밀어내는 것 같은 두 낱말이 노인의 모습과 겹쳤다. 광화문광장에서 열심히 태극기를 흔드는 사람과 아까 본 고단한 얼굴의 노인을 같은 부류로 보는 게 어려웠다. 태극기를 든 군복 입은 노인은 이상하고 과거 시간 속에 사는 사람들이라 나는 여겨 왔다. 가스통을 들고 집회에 온 노인, 촛불 시민들에게 욕을 하는 노인, 젊은 세대가 잘못된 선택을 하고 있다고 소리를 지르는 노인. 그게 내가 생각하는 '태극기를 든 군복 입은 노인'이었다. 그런데 그 이상하고, 시대착오적이고, 고리타분한 사람이 전쟁 후유증이라는 단어와 만난 것이 불편했다.

박근혜 대통령이 불쌍해 죽겠다는 그의 말이 머리에 맴돌았다. 내가 만일 베트남전쟁에 참전하여 평생의 후유증을 얻게 되었다면? 아마 나는 평생 나를 전쟁 통에 몰아넣은 사람들을 저주하고 살았을 것이다. 그런데 왜 그는 그렇게 고단한 표정으로, 상처 입은 발로 살아가면서 박정희와 박근혜를 좋아하는 것일까. 그는 왜 피해자이면서 자기를 전쟁터에 보낸 이를 따르고 그의 딸을 불쌍하다고 하는 걸까?

덩어리로 존재했던 '참전군인'이 한 사람으로 내 앞에 서게 된 순간, 무서웠다. 그들을 해석하고 이해할 수 있는 감각이 나에게 없다는 사실을 깨달았다. 이상하고 고리타분하고 잘못된 사람들이 사연을 가진 존재들일 것 같아 겁이 났다. 그들을 마음껏 욕하고 미워할 수 없을 것 같다. 태극기집회에 나오는 사람들은 오답이고 나는 정답이라는 믿음이 흔들렸다. 지하철 빈자리에 쭈그려 앉아, 처음으로 태극기집회에 나오는 군복 입은 존재들의 삶에 대해 골몰했다. '저 사람들은 뭘까? 왜 저렇게 되었을까?'

지하철 할아버지 기억이 조금씩 흐려질 때쯤 나는 친구 둘과 역사 공부를 시작했다. 한국 현대사 공부를 위해 고른 책은 아주 우연히도 《미안해요 베트남》이었다. 책 제목을 보자마자 흐릿한 기억이 다시 선명해졌고, 지하철에서 마주쳤던 참전군인이 떠올랐다. 그를 이해

할 수 있는 계기가 될까. 그런데 막상 책을 펴는 순간 뜻밖의 주제와
마주하게 되었다.

'베트남전쟁 당시 한국군의 베트남 민간인 학살.'

몇 가지 단어의 조합인 문장이 낯설다. 책장을 넘기지 못한 채 그
문장을 한동안 곱씹었다. 또 다른 책을 읽게 되었을 때는 멈칫, 민간
인 학살 피해자들의 증언을 읽다 숨이 막혔다.

> 한국 사람들에게 질문하고 싶어요. 전쟁 때 총 쏘는 거 당연
> 하죠. 근데 왜 집단적으로 힘없는 사람들을 죽였죠? 죽인 뒤
> 에 왜 칼로 시체를 또 찔렀죠? 아이들 시체를 찢어 왜 우물에
> 다, 개울에다 버렸죠? 아기들과 여성들이 뭐가 위험하다고 그
> 렇게들 죽였죠?
>
> - 고경태,《1968년 2월 12일. 베트남 퐁니·퐁녓 학살 그리고 세계》

베트남전쟁이 있었다는 사실을 아는 것과 피해자들의 증언을 듣는
것은 완전히 다른 이야기였다. 숫자를 수식어로 가진 '피해자'라는 용
어는 얼굴이 없고 목소리가 없었다. 그런데 '피해자'인 사람들이 내
앞에서 말하고 있었다. 고통 속에 지금도 신음하는 사람들이 있다고,
아직 이 문제는 끝난 것이 아니라고. 당황스럽고, 고통스러웠다.

우리는 이 문제를 더 알아보기로 했다. 세 명은 서로 다른 역할을
맡았다. 나는 이때까지 나온 베트남 민간인 학살 문제에 대한 기사를

찾아보기로 했다. 1999년과 2000년에 나온 기사만 대충 찾아 모았는데 A4 용지 70장이 넘었다. 모은 기사를 밤을 새우며 읽었다. 몇 번이나 덮었다가 다시 읽었다. 증언이 수록된 부분에서는 찔끔찔끔 울다가, 참전군인의 양심 증언이 나오는 부분에서는 천천히 숨을 고르며 읽었다. 너무 오랫동안 말할 기회를 얻지 못했던 전쟁 피해자들이 말하는 베트남전쟁에는 영웅도, 열사도, 명예도 없었다. 참전군인 이야기들도 마찬가지였다. 오로지 고통으로만 채워져 있었다. 참전군인을 어떻게 보아야 할지, 피해자의 슬픔을 어떻게 해야 하는지 답답했다. 전혀 감이 잡히지 않았다. 머리가 쭈뼛 서는 느낌. 무언가 해야 한다는 소리가 귀에 웅웅 거렸다.

'기사를 쓴 사람들을 만나야겠어.'

기사에는 두 이름이 자주 등장했다. 구수정. 고경태. 무작정 구수정이라는 사람이 상임이사로 있다는 한베평화재단에 전화를 걸었다.

"베트남 민간인 학살과 관련한 활동을 하고 싶어요."

전화기 건너편에서 답변이 들려왔다.

"사무실로 한 번 방문하세요."

연꽃아래

옥수역에 내려 핸드폰이 알려 주는 대로 언덕을 올라갔다. 아파트

상가들이 번쩍이는 빌딩이 보였지만, 재단 사무실은 크지 않은 상가 건물 4층에 있었다. '재단'이라는 이름만 듣고 엄청나게 큰 사무실로 갈 줄 알았는데, 아담한 공간에서 서너 분 정도 일하고 있었다. 벽면에는 어린이가 쓴 듯한 "미안해요, 베트남"이라고 적힌 종이가 붙어 있었다.

"일본군 '위안부'가 한국에만 있는 것이 아니라 전 세계적으로 있었다는 것은 알고 계시죠? 놀랍게도 이 문제를 해결하기 위해 시민 법정을 준비했던 일본 사람들이 있었어요."

차를 내주시며 구수정 선생님은 기사보다 더 많은 이야기를 알려주셨다.

"이 문제가 한국에 알려진 지도 거의 20년이 되었네요. 내년이면 꽝남성 지역 학살이 50주기를 맞는 해이기도 하고요. 국가 차원에서 보면 대한민국은 가해국인데, 이 문제를 공론화하고 해결하라고 요구하는 것은 어려운 일이었어요. 그래도 매우 중요한 일이기도 했고요. 이렇게 찾아와줘서 고마워요. 이 문제를 해결하려는 청년 세대가 더 많이 필요해요."

한베평화재단에 다녀온 후, 우리는 베트남 민간인 학살 문제에 대한 진상규명을 요구하는 단체를 만들었다. 베트남 꽝남성 하미마을에 위령비를 세우는 과정에서 학살의 진실을 쓴 비문을 연꽃 그림으로 덮어 버린 사건을 알게 되고서, 진상규명을 요구하는 우리 이름을 "연꽃아래"로 짓고 나는 대표를 맡았다.

처음 모임에 참가한 이들에게 매번, 베트남 민간인 학살 문제를 들었을 때 어떤 감정을 느꼈는지 물었다. 대답은 각양각색이었다.

"이런 일이 있었다는 것이 믿기지 않아요. 너무 화가 나요."

"죽어간 사람들이 너무 불쌍해요."

"이때까지 이 문제에 관심이 없었다는 게 미안해요."

우리는 끊임없이 서로에게 되물었다.

"베트남 민간인 학살 문제를 기억한다는 건 어떤 의미일까요?"

전쟁, 여성, 무기, 국가폭력, 군대 등 여러 주제로 나눠 함께 책을 읽고 토론을 이어 갔다. 매주 모여 《1968년 2월 12일. 베트남 퐁니·퐁넛 학살 그리고 세계》, 광주 항쟁을 담은 《죽음을 넘어 시대의 어둠을 넘어》, 《전쟁의 기억 기억의 전쟁》을 읽었다. 진상규명을 촉구하는 릴레이 피켓 시위, 토크 콘서트 등 활동을 넓혀갔다.

많은 이가 자신이 느낀 슬픔에 관해 이야기하곤 했지만, 나는 사람들이 베트남 민간인 학살 피해자들을 불쌍하게 여기지 않기를 바랐다. 그들이 부들부들 떨면서 증언할 때의 마음을 모두가 고민해 보기를 바랐다. "한국 사람들이 무서워요"라고 말하지만 결국 한국행 비행기를 타고 와 시민법정에서, 기자회견에서, 국회에서, 수요집회에서 진상규명과 사과를 요구했던 사람, 응우옌 티 탄을 기억하기를 원했다.

2018년 4월 열린 '시민평화법정'에 연꽃아래는 서포터즈로 참여했다. 법정에서 응우옌 티 탄의 증언을 전하는 통역사마저 아파하고 울먹였다. 불공평했다. 언제나 가장 용기를 내야 하는 사람은 가장 약한 사람이거나 피해자들이었다. 이들이 힘든 증언을 반복해서 하지 않고 더는 이 문제를 생각하지 않고 잘 먹고 잘 살았으면 좋겠다는 생각도 했다.

전쟁을 일으킨 사람들, 그것을 묵인한 사람들, 전쟁 책임을 회피한 사람들이 있다. 이 일이 아예 일어나지 않았다고 주장하는 사람들도 있다. 모두 비겁하다. 베트남 민간인 학살 피해자들만 늘 용감한 선택지를 택했다. 그것이 화가 났다. 이들에게 30년 동안 한 번도 말할 기회를 주지 않았다는 사실이 슬펐다. 우리가 듣기 시작한 것이 너무 늦었다는 것, 이들의 주장보다 고통에 귀를 기울인다는 것이 답답했다. 왜 불쌍하다고 생각하는지, 이 문제를 기억하는 건 어떤 의미가 되어야 하는지, 질문을 던지며 새로운 것들을 알아 갈수록 고민은 많아졌다.

세상은 단순하지 않고 언제나 복잡하게 얽혀 있었다. 사과한다고 해결될 수 있을까. 국가 차원이 아니라 개개인에게 배상이 가능할까. 진상규명이 형식적으로 이루어지지 않으려면 어떤 원칙이 필요할까. 진상규명이 과거의 일로 치부하고 문제를 덮어 버리는 수단이 되면 어떡하지. 현재 베트남과 한국의 관계에서는 베트남에서 먼저 이 문제의 해결을 요구하기 어려운 상황인데, 대한민국에 사는 사람으로서 나는 무엇을 할 수 있을까.

벌레 같은 삶

우리의 고민에 비해 세상은 너무 느리기만 했다. 연꽃아래가 기사를 쓰거나 행사 포스터를 SNS에 올리면 늘 "베트남 민간인 학살이 일어났다는 허위 정보를 퍼트리지 마세요" 같은 댓글이 달렸다. 매번 정성스럽게 기사를 링크해 사실관계를 알려도 댓글을 쓰는 사람들은 도통 듣지를 않았다.

> 거짓말하지 말고 증거나 대시라고요.
> 좋아요 · 답글 달기

> 돈 벌기 참 쉽네요. 이런 행사 하고 후원받으시다니.
> 좋아요 · 답글 달기

> 주제 파악이나 좀 하고 살아라! 우리 코가 석 자다. 우물가에서도 순서는 지켜라! 개자식들아 정신 차려!
> 좋아요 · 답글 달기

> 전쟁에선 원래 강한 자가 정의야!
> 좋아요 · 답글 달기

읽기도 대응하기도 지쳤갔다. 베트남 민간인 학살 문제가 한국 사회에 알려진 지 20년이나 지났는데 아직까지도 학살이 존재했다는 사실을 증명해야 한다는 것이 힘들었다. 언젠가부터는 자료, 논문, 기사를 링크하며 논리적으로 반박하는 게 허무했다. 말해도 듣지 않고 피해자들 증언조차 '거짓말'로 치부되는 상황이 반복되니 버거웠다.

댓글과의 싸움을 계속하고 있을 때쯤, 학교에서 베트남 민간인 학살 문제에 대해 20분간 강의를 할 수 있는 기회가 생겼다. 대학교에서 이 문제에 대해 강의를 할 수 있는 기회는 처음이라 나와 친구들은 몹시 기뻤다. 해당 시간에는 베트남 민간인 학살 문제 외에도 다양한 커뮤니티의 발제 시간이 있었다.

강의실은 한산했다. 몇 명 학생들이 앉아있기는 했지만, 고작 열다섯 명도 안 되어 보였다. 발제하는 커뮤니티 소속 회원으로 보이는 사람이 대부분이었다. 좀 실망스러웠다. 밤새도록 프리젠테이션을 만들어 왔는데 다 무슨 소용인가 싶었다. 그래도 어떠한 공간이든 가서 알리는 것은 중요한 일이었다. 열심히 만들어 온 피피티 화면을 띄우고, 베트남전쟁이 뭐였고 한국 사회에서는 왜 파병하기로 결정했으며 민간인 학살 피해자들은 어떤 것을 호소하고 이 문제가 왜 해결되지 못하고 있는지 설명했다. 할 얘기가 많았다. 강의는 30분을 넘겼다.

강의가 끝나고 질문이 있냐고 묻자, 한 학생이 손을 들었다. 질문이 있는 경우가 많지는 않아서 반가웠는데 뜻밖의 질문이었다.

"제가 만일 베트남전에 참전한 군인이었다면 저도 학살을 저질렀을 거예요. 누가 베트콩인지 민간인인지 알 수 없으니까요. 학살을 저지르지 않았으면 밀고를 당했을 수도 있잖아요. 어쩔 수 없는 일인 것 아닌가요?"

삐딱하게 앉아 있던 그는 무언가 마음에 들지 않은 듯 보였다. 그는 한참이나 전쟁 당시 '베트콩'과 '베트남 민간인'이 얼마나 분간하기 어려웠는지를 설명했다. 자기가 세상에서 가장 똑똑한 사람이 된 듯 설명하는 그의 태도에 기가 찼다. 민간인 학살 피해자들의 증언 일부를 방금 들려줬는데 아주 조금도 마음 아파하지 않는 태도가 이상했다. 여러 가지 논리로 반박했으나 그는 꿈쩍하지 않고 계속 "저도 학살을 저질렀을 것 같은데요"라고 말했다. 말문이 턱 막혔다. 무어라고 대답했는지 기억도 나지 않았다. 약간 화가 난 채로 그 말이 얼마나 예의 없고 잘못된 말인지 횡설수설 이야기하다가 연단에서 내려왔다. 처참한 기분이 들었다. 아직도 피해자들은 살아서 우리에게 호소하고 있는데. 진상규명도 시작하지 않은 문제에 대해 바뀔 결론은 없다는 듯이 '어쩔 수 없음'을 말하고 있었다.

잠이 오질 않았다. 참담함과 막막함을 부여잡고 며칠을 보냈다. 베트남 민간인 학살 피해자들을 충분히 변호하지 못했다는 생각에 괴로웠다. 그의 말을 반박할 수 있는 말들을 찾기 위해 책을 뒤적거렸다. 오다 마코토의 《전쟁인가 평화인가》라는 책에서 비로소 실마리가 풀렸다. 그는 사람들이 전쟁을 일으킬 힘을 가진 사람의 관점에서 쉽게 전쟁을 사고한다고 했다. 폭탄을 떨어뜨리는 전투기에서 전쟁터를 바라보는 것과 그 폭탄이 떨어진 마을에 서 있는 것은 다를 수밖에 없다. 전쟁 게임에서처럼 적들을 물리치고 영광을 얻고 '악'들을 제거하는 것이 전쟁이라 생각하게끔, 우리는 언제나 새의 관점에서 전쟁을 관찰하도록 배우며 살았다. 막상 전쟁에서 벌어지는 일은 사람들이 고통 속에서 벌레처럼 죽어 가는 것뿐이다.

새의 관점이 아니라 벌레의 관점을 갖겠다고, 벌레처럼 죽어 가는 사람들 곁에 서야겠다고 다짐했다. 우리는 관점 자체를 바꾸기 위한 어려운 시도를 막 시작한 참이었다. 새의 관점에서 이야기하는 평화가 아니라 벌레 같은 우리 삶에서 이루어지는 평화를 고민했다. 조용하고 점잖은 방법 대신 소란스러운 방법을 택했다. 죽음을 기념하는 사회에 항의하고 캠페인을 하고 변화를 위해 싸우기로 했다. 토크콘서트를 열고 수많은 기사와 논평을 내고 손발이 꽁꽁 어는 겨울에 1인 시위도 했다. 기자회견을 열고 집회를 열었다. 용기 내어 참전군인 단체를 찾아가 대화도 시작했다.

우리는 여전히 '거짓말쟁이'라고 욕을 먹는다. 그 말이 피해자의 마음에 상처를 줄까 봐 여전히 걱정한다. 21세기에 새로운 상처를 만드는 사람이 될까 무섭다. 그렇지만 나는 말하기로 했다. 들을 의지가 없는 사람들에게 상처 받기보다 들을 준비가 된 사람을 더 많이 만들기로 마음먹었다. 욕은 전보다 더 많이 먹고 있지만, 조금씩 함께하는 사람들이 늘고 있다.

　말하기라는 껄끄러운 과정에 많은 이가 동참했으면 좋겠다. 진실을 마주하는 과정은 원래 껄끄럽다. 모두 용기를 내지 않아도 되는 사회를 위해, 지금 용기 내는 사람이 조금 더 생겼으면 좋겠다. 연꽃 아래와 베트남 민간인 학살 피해자들 곁에. 🔲

총여가 이대로
쓰러질 것 같냐

신민주

남자들이 수천 년간 정치를 해 온 건 이유가
있어. 여자들이 못 한 것도 그렇고. 다 각자
맞는 일을 해야 해.

— 정외과 OOO 교수

"당신이 들었던 성차별적 발언을 써서 붙여 주세요"라는 대자보에 포스트잇이 하나 붙었다.

강남역 여성혐오 살인사건이 일어나고 4개월 정도 지났을 때였다. 모두 아연실색했다. 여학생들이 뻔히 보고 있는 공간에서 저런 헛소리를 마음껏 지껄일 수 있는 얼굴 두꺼운 자가 있다는 것이 놀라웠다. 몇 백 년 전 시대에서 온 사람인 거야?

"아, 다행. 나 저 교수 수업 신청 안 했어."

정치외교학과 친구가 고개를 저으며 말했다. SNS에 포스트잇 사진을 올렸다. 사람들이 마흔일곱 번이나 공유했다. 팔로워 수가 많은 페이스북 페이지도 몇 번 공유해 갔다. 반응이 뜨거웠다.

이 정도면 논리가 아니고 무지인 듯

좋아요 · 답글 달기

정치외교학과 교수라는 사람이 진짜, 와

좋아요 · 답글 달기

저분 평소에도 저런 말 많이 하심

좋아요 · 답글 달기

문제의 교수 대응도 뜨거웠다. 그는 대학원생을 시켜서 글을 공유한 페이스북 페이지들에 메시지를 보냈다.

해당 발언을 하였다고 언급되는 OOO 교수님께서도 이러한 게시물이 올라와 있는 것을 알고 계시고 게시물이 삭제되지 않을 경우 차후 법적 차원에서 이에 대한 적절한 대응을 강구하고 있습니다.

공손한 어투로 쓴 협박 메시지를 받고 페이지 관리자는 게시 글을 내려야 할 것 같다고 나에게 연락했다. 그러라고 했지만 묘하게 자존심이 상했다. 나는 오기로 해당 글을 내리지 않았다. 다행히 고소장이 날아오지는 않았다. 1년쯤 후, 그 교수가 과거에 저지른 여러 비리로 검찰에 출두하는 것을 보게 되었다. 묘하게 쌤통이라는 생각이

들었다. 저런 나쁜 짓을 하는 정치외교학과 교수보다야 그 교수 수업을 듣는 여학생들이 정치와 외교를 더 잘할 것 같았다.

교수의 고소 협박 사건 이후부터 유난스러운 학생이 되었다. 수업 중에 교수님이 부적절한 발언을 하면 손을 들어 항의했다.

"선생님 그건 좀 이상한 말인 것 같은데요."

"선생님 아까 얘기했던 말씀이 무슨 뜻인지 설명해 주시겠어요?"

못마땅한 듯 나를 뒤돌아보던 학생들이 있었다. 그렇지만 쌤통이라는 표정을 지으며 혼자 키득거리는 과 후배를 보고 더 열심히 항의했다. 비슷하게 생각한다는 사인으로 느꼈기 때문이다. 여성을 비하하거나 차별하는 말을 내뱉는 강의실에서 같이 수업을 듣는 친구들이 상처받지 않았으면 좋겠다고 생각했다. 질문을 받은 교수들은 대부분 당황했다. 그들은 수업 시간 중에 내 눈치를 보았다. 항의하기 전에 잘했어야지. 그렇지만 별반 나아지진 않았다.

여자와 남자의 역할이 다르다고 믿는 교수들은 빗자루로 쓸어 담을 수 있을 만큼 많았다. 이상한 교수들의 수업을 들으며 우리는 훌륭한 '메갈'이 되었다. 어쩌면 그런 수업을 들었기 때문일지도 모른다. 불만족스러운 수업은 우리가 삐딱한 시선을 가질 수 있도록 도왔다.

수업이 끝나면 삼삼오오 모여 페미니즘 책을 읽고 학교에서 페미니즘 캠페인을 했다. 강남역 여성혐오 살인사건이 일어난 다음 날에는 손자보를 써서 학교를 뒤덮어 버렸다. "페미나치"라고 부르는 이들도 생겨났다. 그럼 맞받아쳤다.

"그래. 맘대로 불러라. 그리고 너 같은 애를 한남충이라 부르는 거야."

학교는 별로 안전하지도, 성평등하지도 않았다. 잘 알려지지 않은 성폭력 사건은 넘쳐났다. 언제나 상처받는 쪽은 잘못이 없는 쪽이었다. 과에서 유일하게 페미니즘 공부를 좀 했다고 소문난 나와 친구들에게 이름도 모르는 후배들이 연락을 해 댔다.

"언니 도와주세요."

속이 탔다. 도와주겠다고, 싸워 보자고 말하기에는 가진 것이 없었다. 학생회에 여성주의 자치 기구도 없고 총여학생회도 없었다. 더구나 "페미나치"라는 말을 하고 다니는 학생 대표자들이 가득했다. 우리가 시도할 수 있는 방안들은 애초부터 많지 않았다.

"언니, 그만할래요. 그냥 제가 과 행사에 안 나가면 될 것 같아요. 고마워요."

열의 아홉은 얼마 지나지 않아 이렇게 말했다. 도움이 되지 못해 속이 썩어 갔다. 가해자들은 과 행사에 잘만 나오고 평화와 인권을 떠들어 댔다. 역겨웠다.

'총여학생회'

교수님 한 분이 1인 시위를 시작했다. 동료 교수에게 성폭행을 당한 교수였다. 우리는 수업을 포기하고 매일 1인 시위와 서명운동을 벌였다. 학생들은 줄을 서서 서명에 동참했다. 게시판에는 교수와 연대하겠다는 페미니즘 모임과 학회 들의 대자보가 붙었다. '미투운동' 바람이 휘몰아쳤던 2018년 3월, 성균관대학교는 술렁였다. 곧 우리는 더 많은 학생에게 더 자세하게 이 사안을 알려야겠다고 생각했다. 미투운동을 벌이고 있던 두 분과 교수님을 모시고 간담회를 열기로 했다. 예상대로 학교는 강의실 대여를 거부했다. 그러나 물러날 생각이 전혀 없었다. 학교 교직원이 가득 근무하는 600주년 기념관 앞에서 집회 형식으로 행사를 진행하기로 했다. 지나다니는 학생이 많은 곳이었다. 학교의 가장 상징적인 건물인 것도 마음에 들었다.

"지금부터 OO교수님과 함께하는 'ME_TOO 말하는 우리가 세상을 바꾼다'를 시작하겠습니다."

앰프를 틀고 방송을 시작하는 순간 교직원들이 뛰쳐나왔다.

"뭐 하는 겁니까!"

행사가 진행되든 말든 그들은 고래고래 소리를 지르기 시작했다. 예상을 못 한 것은 아니었다. 앉아 있던 나도 뛰쳐나갔다.

"행사하는데 무슨 짓이에요! 들어가세요!"

고래고래 소리를 지르는 교직원 얼굴에 대고 나도 고래고래 소리를 질렀다.

"그렇게 여기서 하는 게 싫었으면 강의실 대여를 승인해 줬어야죠!"

당황한 교직원은 따져 물었다.

"당신 학생 맞아?"

"저 유학동양학과 13학번 신민주입니다. 학생증 깔까요? 학생 아니면 뭐 어쩌실 건데요!"

교직원은 10분 넘게 소리를 질러 대다가 포기했다. 그는 건물 안으로 들어가 버렸고 우리는 승리의 기쁨을 만끽하며 교수님과의 대화를 진행할 수 있었다.

행사는 잘 끝났지만 그게 끝이 아니었다. 학교 당국에 면담 신청을 했다. 성폭력 사건을 해결하라고 주장하는 우리에게 돌아온 학교의 대답은 '학생회도 아니고 대표성도 없기 때문에 면담 요청을 불허한다'였다.

학생회? 대표성? 10년 동안 이름만 있었던 '총여학생회'가 있기는 했다. 회장이 없었기 때문에 빈집이나 마찬가지였지만.

"총여학생회를 만들어 보자. 입후보할게."

고민하던 친구 서영이가 입을 뗐다. 10년 만에 총여학생회 후보로 입후보하려는 사람이 등장한 순간이었다. 모두 환호했다.

누가 선거운동본부장을 할지, 홍보물 디자인은 누가 할 수 있는지, 역할을 정해 가며 총여학생회 선거를 준비했다. 친구들은 인생 항로의 한 부분, 새로운 스위치를 켰고 다른 스위치를 잠시 껐다. 준비하고 있던 이번 학기 계획을 모조리 수정하고 총여학생회 건설에 뛰어든 친구도 있었다. 그럴 만큼 총여학생회는 충분히 매력적이었다. 공식적인 의결 체계를 갖추고 학생 사회 전반을 뜯어고칠 일을 생각하니 심장이 뛰었다.

"너무너무 재미있을 것 같아!"

기대는 어긋났다.

10년간 후보자가 없어서 총여학생회가 세워지지 못했으니까, 이제 후보자로 나가는 사람이 있으니까, 총학생회 회칙에 '총여학생회'가 명시되어 있으니까, 총여학생회 회칙이 아직 보존되어 있으니까. 그건 우리만의 생각이었다. 학생 대표자들은 '페미니즘'을 표방하는 '총여학생회'가 설립될까 봐 난리 법석을 떨기 시작했다. 처음에는 "총여학생회 회칙의 엄밀성을 믿지 못하겠다"라고 말하더니 곧 더욱 공격적인 방법을 찾아냈다. 총여학생회 폐지 총투표였다.

우리는 선거운동을 하는 것이 아니라 총투표 안건이 총학생회에서 성사되지 않도록 뛰어다녀야 했다. 단과대 운영위원회, 학과 회의, 전학대회(전교학생대표자회의), 중앙운영위원회에 찾아가서 항의도 하고 협상도 했다. 언제는 피켓 시위를 했고 언제는 공손한 어투로 지지 세력을 모아 보고자 했다.

"총여학생회 선거에 입후보하면 당연히 도와드려야죠."라고 말했던 총학생회장은 손바닥 뒤집듯 의견을 바꾸었다. 우리는 총여학생회 폐지를 총투표에 붙이자는 안건에 동의한 학생회장의 명단을 공개할 것을 요구했다. 총학생회장은 그런 의무는 회칙에 존재하지 않는다며 공개를 거부했다. 안건으로 올리는 것에 동의한 사람이 실제 정족수만큼 존재하는지 여부조차 알 수 없게 되었다. 민주주의고 나발이고 회칙이 절대 법규처럼 등장했다. 어떤 항의를 해도 돌아오는 답은 같았다. "회칙에 존재하지 않는다."

그들 논리는 오로지 '회칙'에서 구성되었다. 심지어 총투표에 참여한 사람들에게 선물을 주자는 말도 안 되는 주장을 하면서도 '회칙'을 거론했다. 금권선거라고 비판하면, "페미니스트들이 논리적이지 않고 감정적이며 떼를 쓰고 있다"라고 응수했다. 공개적으로 토론하자고 제안해도 아무도 나오지 않았다.

그들은 익명의 힘을 빌렸다. 총여학생회 폐지 안건에 찬성한 대의원들도, 총여학생회를 욕하는 이들도, 익명의 그늘 아래에 있었다. 대학 커뮤니티인《에브리타임》익명 게시판은 입에 담을 수 없는 욕설로 더럽혀졌다.

아 개빡친다 진짜 나라 개같이 지키다 오니까 뭐 페미 판치고 있고 내 젊음은 누가 보상해주나~~

메퇘지들 쿵쾅쿵쾅 몰려오네 피해망상에 찌든 정신병자 페미년들

애미 좆 병신 피싸개년아 걍 뒈져 씹버러지 씨발싸개 년

도대체 누가 논리가 없는 것인지 알 수 없었다.

학점과 수업은 포기한 지 이미 오래였다. 거의 매주 집회를 열었다. 집회 이름은 "IF NOT NOW, WHEN." 상황은 점점 나빠졌지만, 다들 용기를 잃지 않았다. "부당한 총투표, 보이콧을 해 주세요." 매일같이 1인 시위를 하고 기자회견을 하니, 지지하는 사람도 많이 늘었다.

오픈 카톡방을 파서 대책 회의를 했다. 금방 100명이 넘는 사람들이 오픈 카톡방에 모였다.

"이대로 총여가 쓰러질 것 같냐 새끼들아."

"재건까지 생각했어~"

대중가요를 개사해서 신나게 부르기도 했다. 이제 예순을 바라보는 1대 총여학생회장을 비롯해 역대 총학생회 회장단 동문들이 총투표 보이콧과 총여학생회 재건을 지지하는 연서명 성명을 발표했다. 역대 총학생회, 총여학생회 회장들과 함께한 기자회견도 멋지게 개최했다. 몇 년 전 총학생회 회장이었던 선배가 현 총학생회 회장을 찾아가서 꾸짖었다는 소식을 전해 듣고는 배꼽이 빠지도록 웃었다. 늘 모이면 서로를 다독이고, 힘든 시간 속에서도 즐거웠던 기억을 찾아내서 웃었다.

총투표는 막지 못했다. 결과만 놓고 본다면, 열심히 싸웠지만 우리는 패배했다. 총여학생회는 건설하지 못했고, 총투표로 총여는 폐지되었다.

총여가 폐지된 날, 친구에게 전화를 걸었다. 늦은 저녁 아무도 없는 지하철 개찰구에 서서, 친구들과 서로 고생했다는 인사들을 정신없이 주고받았다. 고마웠다고, 미안했다고, 그래도 멋있었다고. 전화를 끊고 멍하게 지하철을 기다렸다. 친구들이 좌절하고 지친 것은 아닌지, 앞으로 무슨 일이 진행될지 무서웠다.

후폭풍은 엄청났다. 총여학생회를 지지했던 몇 명 되지도 않은 학생회장은 압박을 못 이기고 사퇴했다. 유일하게 공식적 여학생 기구였던 문과대 여학생위원회는 문과대 학생회에서 공식 활동을 승인받지 못하고 이름이 사라졌다. 성균관대 총여학생회 폐지 이후 다른 대학에서도 줄줄이 총여학생회가 폐지되었다.

달콤한 패배

패배는 쓰라리기도 했지만 달콤하기도 했다. 대학 사회에 10년 만에 페미니즘 돌풍을 일으켰다. 총여학생회 폐지 이후에도 유쾌함, 용기, 세상을 바꾸어 보겠다는 의지를 잃지 않았던 이들이 있었다. 싸움은 졌지만 그 길에서 만난 우리는 달콤했다.

총여 폐지 이틀 후, 우리는 마지막 집회를 열었다. 집회 이름은 "야 잘 싸웠다!"

"이대로 우리가 쓰러질 것 같냐 새끼들아!"

노래를 부르며 총여학생회는 제2막을 열었다. 계속 싸울 것이라는 발언이 끝도 없이 이어졌다. 발언하며 우리는 와르르 웃고 떠들었다. 다들 알았다. 모두가 잘 싸웠고 충분히 멋있었고 많은 것을 바꾸었다는 것을. 폐지가 끝이 아니라는 것을. 집회는 나에게 너무 달콤했다.

그 후로 친구들은 여러 활동을 했다. 총여가 폐지된 학교가 연합하여 "그 민주주의는 틀렸다" 집회를 주최했다. '페미나치'이자 '마녀'라 낙인찍힌 친구들은 2019년 3월, 마녀 행진을 개최했다. 아예 마녀 복장으로 행진했다.

"마녀는 죽지 않고 대학을 바꾼다."

유니브페미라는 단체도 만들었다. 극성스러운 사람들이 무엇인가를 바꾸고 있었다. 누가 뭐래도 총여학생회를 위해 뛰어온 친구들이, 함께해 준 사람들이, 여성혐오적인 학생 사회에서 소동을 일으키고 있는 우리가 자랑스러웠다. 우린 잘 싸웠고, 또 잘 싸워 나갈 것이다. 앞으로도.

3부

당 만드는 여자들

굿바이, 아재 정치

신민주

제주공항. 김포행 비행기를 기다리며 트위터를 켰다. 닉네임 '아흔
마흔다섯살.' 스물여섯 살 신민주가 아니라 '아흔마흔다섯살'이 된
신민주는 트위터에 글을 썼다.

 아흔마흔다섯살

오래도록 내가 멍청하고 모자르다 느꼈다. 다른 이들도 자신의 모
자람과 멍청함을 되돌아볼 줄 알았는데 아니었다. 심지어 어린 사
람의 말을 들을 줄 모른다.

◯ 1　　　　↺ 1　　　　♡　　　　↥

마구마구 트위터에 글을 썼는데도 분노는 사라지지 않았다. 바다
는 푸르고, 하늘도 푸르고. 바다와 하늘이 경계를 구분할 수 없을 정
도로 맑은 날씨의 제주도였다.

'혼자 오지 말았어야 했어.'

어제 일을 곱씹었다. 커다란 가방을 들고 사람이 북적거리는 혼잡
한 공항에 나 혼자 우뚝 서 있었다. 비행기에 타라는 안내 방송을 들
으며 걸음을 옮겼다. 수하물을 검색대 위에 놓으며 다시 생각했다.

'어차피 내 친구들은 다 어리니까. 다 같이 와도 소용없었을 거야.'

비행기에서 내려 핸드폰 비행기 모드를 껐다. 공항철도를 타고 서
울역 부근을 지나고 있는데 메일 도착을 알리는 아이콘이 깜빡거린
다. 한글 파일이 첨부되어 있다. 클릭과 함께 첫 문장에 가슴이 철렁
했다.

> 어제는 조금 참담한 마음이었습니다.

빠르게 다음 문장을 읽어 내려갔다.

> 해방을 주장하는 사람들의 구호에 페미니즘적 시각이 반영되어 있지 않다면 그것이 어떻게 설득력을 가질 수 있을까 하는 생각입니다.

눈물이 왈칵 터졌다. 무슨 말을 하는지 너무 잘 알 것 같아서였다. 대화가 통하지 않는 공간에서 허둥지둥했던 내 모습이 편지를 보낸 사람에게도 상처가 되었을 것 같아서 속이 상했다. 오전 열한 시, 한적한 지하철 안에서 펑펑 울었다. 내려야 할 정거장인데 눈물이 멈추지 않았다. 지하철 승강장 의자에 앉아 한참을 또 울었다.

마음이 조금 진정된 후 핸드폰을 들어 답장을 쓰기 시작했다.

> 말씀하신 대로 저도 당 내부에 페미니즘에 대한 논의가 부족한 상황이라 매우 뼈아프게 느끼는 순간들이 존재합니다. 20대 여성이라는 저의 현실이 때로는 직책에 앞서는 순간들도 많이 경험합니다.

메일을 쓴 후 직감했다. 나는 이 당을 언젠가는 떠나게 될 것이라고.

"남자가 그렇게 없나?"

진보정당에 가입한 이유는 단순했다. 마침 아는 사람들이 그 정당 당원이었고, 나는 지인의 지방선거 운동을 도와주기로 한 참이었다. 그 정당에서 출마한 다른 사람이 누가 있는지 살펴보니 발달장애인의 부모가 있었다. 누구도 배제되지 않는 사회를 만들기 위해 출마했다는 그 사람 말이 마음에 들었다. 이 정당을 통해서라면 어떠한 누구도 배제되지 않는 정치를 할 수 있겠다고 생각했다. 2014년 봄, 나는 진보정당에 입당했다.

정당에 가입한 이후에 아주 활발하게 활동을 하지는 않았다. 몇 번 당직 선거에 출마하고 몇 번 운영위원회에 참가한 것이 전부였다. 집회에 가서 만나는 당 깃발이 반가웠고, 뉴스에 당과 관련된 기사가 나오면 기분이 좋았다. 당에서 판매하는 옷이나 가방도 자주 샀다. 지금 생각해 보면 당 활동을 적극적으로 하지는 않으나 당을 좋아하는 당원이기는 했던 것 같다. 당을 좋아했지만, 인지도가 늘지 않고 갈수록 줄어드는 정당이었다.

"도대체 너네 당은 뭐 하는 곳이야?"

나조차도 그 질문에 대답하기 어려웠다. 기자회견과 집회 참여는 열심히 하는 것 같은데 막상 당이 어떤 다른 활동을 하고 있는지 잘 모르겠다고 생각했다. 당이 나와 매우 거리가 먼 곳에 놓여 있는 것 같았다. 전망이 무엇인지도 모르겠고, 무엇을 하고 있는지도 모르겠고, 아저씨들만 가득한 정당에 대해 조금씩 불편함이 싹텄다.

가끔 당 캠페인에 참여하면 사람들이 나와 친구들에게 유인물 뿌리는 것을 부탁했다. 기분이 팍 상했다. 이런 건 젊은이가 하는 일이라는 듯 아저씨들은 모습을 감췄다. 그 많은 유인물 뿌릴 때 아저씨들은 다 어디로 갔나. 왕년의 이야기를 실컷 쏟아내는 술자리에서 만날 뿐이었다.

"나 때는 말이야~!"

새로운 정치가 필요하다고 생각했다. 당이 마음에 들지 않는다면 우리가 바꾸어 보자. 그 말이 좋았다. 내가 바라는 정당 모습은 무엇인가? 청년들에게 유인물만 뿌리게 하지 않고 페미니즘을 말하는 정당으로 바뀌길 원했다.

2019년 초, 당을 바꾸기 위해 나와 친구들이 다 같이 당 대표단 선거에 출마하기로 했다. 대표 두 명, 부대표 두 명을 뽑는 선거에서 우리는 세 명을 여성 후보로 채웠다. 나는 부대표로 출마했다. 처음 해 보는 일이라 출마 전부터 가슴이 뛰었다.

우리는 출마선언문을 올리기 전, 앞서 당직을 맡았던 대표단과 당직 선거에 출마했던 분들께 전화를 걸어 우리의 출마 소식을 알렸다.

그런데 반응이 심상치 않았다. 당 대표 후보가 모두 여성이라는 말을 듣자 전화를 받은 사람이 이렇게 답했다.

"남자가 그렇게 없나?"

어처구니가 없었다. 진보정당에서 그런 말을 하는 사람이 있다는 사실에 충격을 받았다.

더 어처구니가 없는 건 그렇게 말했던 당원이 당대표 선거에 출마한 것이었다. 왠지 여성이 대표에 출마하는 것을 보고 있을 수 없어 출마한 것처럼 느껴졌다. '남자가 그렇게 없다니 내가 출마해 주마!' 이런 생각이라도 한 걸까.

선거는 경선이 되었다. 정치에서 여성과 남자는 대체제인가? 진보정당은 사회 평등과 인간 평등을 위해 노력하는 정당이 아니었나? 시작부터 불안했다. 저런 사람들에게 지지 말아야겠다고 마음을 단단히 먹었다.

난생처음 선거운동도 하고, 토론회도 나가고, 당원들과 새벽 네 시까지 술을 마시기도 했다. 한 달을 정신없이 보냈다. 경선이었기에 모든 일정 중에 묘한 긴장감이 돌았다. 그렇게 한 달을 보낸 후, 우리는 단 한 사람도 떨어지지 않고 모두 당선되었다. 다들 20대, 30대였기 때문에 역대 최연소 대표단이었다. 드디어 당이 바뀌나 보다! 우리는 우리가 해 나갈 것과 우리가 만들어 갈 것에 대해 몹시 기대하고 있었다.

페미니즘 부속 강령

페미니즘에 대해 당 내부의 합의를 만드는 것이 필요했다. 이미 여러 번 당내 논쟁을 거치는 동안 많은 페미니스트가 당을 나가 버린 이후였다. 페미니즘운동을 하거나 페미니즘에 관심이 있는 당원들이라 해도 각자 흩어져 자신의 활동을 하는 상황이었고, 당 내부로 그 힘이 모이지 않고 있었다. 페미니즘에 관심 있는 당원들을 모아 새롭게 페미니즘에 대한 합의도 만들고 나중에 당 내부 기구를 만들어 보고도 싶었다.

첫 시작은 '페미니즘 부속 강령'을 만드는 일이었다. 페미니즘에 대한 입장을 정리한 글을 만들어 공식화하고자 한 것이다. 우리는 그 형식을 정당의 헌법에 해당하는 강령 아래 딸린 작은 강령으로, 즉 '부속 강령'으로 정했다.

한 달 내내 당원들과 밤 열한 시까지 토론한 부속 강령 초안을 들고 전국 설명회를 시작했다. 페미니즘에 관심이 많은 당원들은 다들 좋아했다.

"드디어 이 문서가 만들어진다니 너무 좋네요!"

"강령에 권력관계에 대한 이야기가 더 들어가면 좋을 것 같아요."

"스쿨 미투에 대한 내용은 넣을 수 없을까요?"

"고생하셨어요!"

지역을 다니는 일은 고단했지만 즐거웠다. 가는 지역마다 반겨 주었고 늦게까지 진지한 토론이 이어졌다. 점점 더 훌륭한 문서가 만들어지는 것 같았다.

부속 강령안 설명회를 위해 제주행 비행기에 오를 때만 해도 기대감에 차 있었다. 제주도 당원들도 만나고 맛있는 것도 먹고 올 생각을 하니 한껏 마음이 부풀었다. 조금 일찍 도착한 나는 거리를 돌아다니며 시내 구경을 했다. 기다란 다리 위에서 에메랄드빛 바다 풍경을 바라보다가 기념사진도 찍고 성게알미역국도 먹었다. 설명회가 열리는 장소에 도착해서 문을 열었을 때만 해도, 모든 일이 잘 풀리고 있다고 생각했다.

"모든 이의 삶에서 진정한 평화와 자유가 보장되는 사회를 향한 싸움은 이미 진행되고 있습니다. '여성'이 어디든 갈 수 있고 무엇이든 될 수 있는 사회를 위해, 나 자신으로 살 수 있는 사회를 위해, 자유롭게 사랑하고 자유롭게 이별할 수 있는 사회를 위해 많은 이들이 노력하고 있습니다. 페미니즘으로 연결되는 변화의 정치를 이제 시작해야 합니다."

멋지게 설명을 끝냈는데, 묘하게 사람들 표정이 안 좋았다. 내 설명이 어려웠나? 질문을 받겠다고 하자 한 당원이 손을 들었다.

"페미니즘 부속 강령을 왜 만드는 겁니까?"

문서의 위상이나 지위를 묻는 줄 알고 길게 설명했다. 그러자 같은 당원이 또 손을 들고 물었다.

"아까 발제하신 내용, 이미 공식적으로 강령에 포함되어 있어요. 잘 모르시는 것 같네요."

말문이 막혔다. 강령을 열 번 정도 읽고 왔는데 내가 모를 리 없었다.

"강령에는 페미니즘에 대한 설명을 달지 않았어요. 강령이 너무 길어지는 문제도 있고 각 분야에 대해 단편적인 내용만 기술하는 것에 대한 반대도 있어서 부속 강령안에 세부 내용을 담기로 했어요."

그러자 그 당원이 또다시 손을 들고 강령에 대해 모르는 소리를 하고 있다고 맞받아쳤다. 사실을 말한 것인데 자꾸 내가 틀렸다고, 자꾸 내가 몰라서 하는 이야기라고 말하는 그에게 무슨 말을 해야 할지 답답했다. 심지어 계속 질문하는 그 당원은 제주 지역에서 직책을 맡고 있는 사람이었다. 당 간부인 사람이 강령 내용을 모른다는 게 이해되지 않았다.

급기야 앉아 있던 당원들은 내 말을 믿지 못하고 컴퓨터로 당 강령을 찾아보기 시작했다. 내 말이 맞다는 것을 자기 눈으로 확인한 후에야 그들은 질문을 멈추었다. 내 말을 믿지 않는 태도에 화가 나서 크게 심호흡했다. 그때 다른 당원이 손을 들었다.

"왜 페미니즘을 부속 강령으로 만드는 겁니까?"

긴 설명을 또다시 되풀이했을 때 그가 다시 물었다.

"페미니즘에 대한 부속 강령이 왜 필요한 겁니까?"

나는 그제야 이들의 질문이 '왜 페미니즘만 부속 강령으로 만드는 겁니까?'가 아니라 '페미니즘에 대한 부속 강령을 만들 필요가 왜 있는 겁니까?'였다는 것을 깨달았다. 애초에 페미니즘에 동의하지 않는 사람들 앞에서 나는 페미니즘 부속 강령을 설명하고 있었던 것이다. 헛수고했다는 생각에 헛웃음이 났다. 곧바로 분노가 따라붙었다.

진보정당에서 페미니즘에 대한 공식 문서를 만들면서 여성이 사회에서 경험하는 억압에 관해 일일이 설명해야 할 줄은 몰랐다. 그런 것쯤은 모두 알고 있는 줄 알았다.

여성이 사회에서 경험하는 억압에 관해 다시 열심히 설명하는데, 아까 질문했던 그가 다시 손을 들고 말했다.

"기본소득에 대한 내용을 넣기 위해 페미니즘 부속 강령을 만드는 것 아닙니까?"

이건 또 무슨 말인가? 기본소득을 중심으로 한 당 노선 변경을 대표단이 말하고 준비하고 있었던 시기였다. 그는 노선 변경에 동의하지 않는 사람이었나 보다. 그래도 이해할 수 없었다. 의견이 다른 사람은 있을 수 있고 그에 관한 토론은 항상 열려 있어야 한다. 그런데 무언가 빗나갔다. 네 장에 걸친 페미니즘 부속 강령안의 개요에 "기본소득"이라는 단어가 들어가는 것은 단 한 줄이었다. 새로운 가족 관계를 만들 때 기본소득이 유의미할 수 있다고 매우 제한적으로만 등장할 뿐이었다.

모욕적이었다. 우리가 정치적 노선 변경을 위한 땔감으로 이용하기 위해 페미니즘 부속 강령안을 쓴 것으로 보다니! 한 달 동안 페미니즘에 관심 있는 당원들이 매일같이 밤늦도록 만든 부속 강령이었다. 여성이란 무엇인지, 여성이 경험하는 차별은 무엇인지, 끊임없이 토론하고 공부했던 당원들이 있었다. 이 문서에 담으려고 했던 고민, 토론, 공부, 삶에서 느꼈던 불편함, 당이 바뀌어야 한다는 열망, 이런 것들이 "기본소득에 관한 내용을 넣기 위해"라는 말로 '퉁쳐지는' 것이 참을 수 없었다.

나는 용기 내서 말했다.

"이 부속 강령안을 위해 한 달 동안 토론했던 당원들이 있습니다. 그렇게 말하는 것은 당원들 노력에 실례되는 말인 것 같습니다."

설명회 내내 어려서, 여자라서, 키가 작아서, 권위적이지 않아서 모두가 나를 무시하는 것 같았다. 아무리 사실을 바탕으로 이야기해도 거짓이라 여겼다. 잘 몰라서 하는 소리라고 지적했다. 대화가 통하지 않았다. 나이가 많았다면, 남자였다면, 키가 컸다면, 위압적이었다면. 그래야만 대화가 가능한 것일까?

유일하게 설명회 내내 조용히 침묵을 지켰던 젊은 여성이 보내온 편지를 보고 지하철역에서 울컥했던 것은 그 때문이었다. 그가 느끼는 좌절감과 내가 느끼는 좌절감이 너무도 비슷했다. 고맙기도 했다. 처음 만난 공간에서 같이 무너질 수 있는 동료가 생긴 것이, 그리고 그가 나에게 위로의 편지를 보냈다는 것이.

페미니즘 부속 강령은 보류되었다. 부속 강령안에 대해 의견을 받기 위해 전국을 다녔지만, 만나지 못한 분이 너무 많았다. 짧은 시간 동안 만든다는 계획 자체가 무리였고, 내용에 대해 여러 다른 의견이 있었다. 토론과 의견 수렴을 더 하기로 했다. 부속 강령안을 최고 의사 결정 기구인 당대회에 제출하지 않기로 마음을 먹었을 때, 나는 너무 지쳐 있었다. 내가 어리다는 사실이, 여성이라는 사실이, 키가 작다는 사실이 저주스러웠다. 그만하고 싶었다.

어린 것들이 나쁜 것만 배워서 저렇다. ♡ 0

신자유주의 시대에 페미니즘의 해법이 기본소득이란다. 대단하다 신념을 떠나 이젠 종교다. ♡ 0

운동하기 전에 버르장머리부터 챙기자. ♡ 0

부대표님 공부 좀 하고 오세요. 멍청한 소리 하지 말고. ♡ 0

내가 하지 않은 말도, 한 말도 모두 이상하게 퍼졌다. 당 게시판을 보는 게 힘들었다. 매일같이 욕설 섞인 말들이 올라왔다. 아저씨 당원들이 술을 마실 때마다 우리가 한 이야기들은 왜곡되어 퍼졌다. 아저씨들 정치가 공적인 장소가 아니라 술자리에서 진행되는 것임을 뒤늦게 알게 되었다. 같이 당을 바꾸자던 친구들에게 지독한 불면증이 따라붙었다. 악성 소문이 만들어지는 술자리 정치에 낄 자신이 없었다. 이런 게 당의 정치라면 더는 할 수도 없었고, 하고 싶지도 않았다.

아재 정치가 싫어서

"대리 정치, 혹은 실무적인 지원만을 하는 중앙당의 모습은 함께 꾸는 꿈을 위한 과정이 아니기에" 사퇴한다는 공동 입장문을 올렸다. 그때 나는 이미 많이 지치고 상처받은 후였다. 사퇴하고 얼마 지나지 않아 탈당했다.

6개월여 길지 않은 시간 동안 당 대표단 역할을 하며 처음으로 정치가 싫다는 생각이 들었다. 정치고 나발이고 다 떠나 버리고 싶었다. 정치 영역에서 키 작고 나이 어리고 여자인 내가 낄 공간은 없어 보였다. 50대들의 정치, 아저씨들의 정치, 매번 행사에서 20대 여성은 사회자로 들러리만 시키는 정치, 20대 여성이 페미니즘을 말하면 거짓말한다고 손가락질하는 정치, 페미니즘이 정치적 목적에 따라 공격받기도 하고 옹호되기도 하는 정치, 술자리에서 모든 것이 결정되는 정치, 낡은 정치, 비전과 전망보다는 나이와 목소리 크기로 모든 것이 결정되는 정치. 그 속에 낄 자신이 없었다. 끼고 싶지 않았다. 여기는 내가 꿈꾸는 정치가 없었다.

모든 것을 그만둬야겠다고 생각하고 있을 때쯤, 대표단을 함께했던 동료들을 만났다. 쉬고 싶다는 말에 당대표였던 언니들이 다시 입을 열었다. 뜻밖의 제안이었다. 우리가 원하는 정치가 이곳에 없으면 직접 그런 정치를 해 보자고, 10대와 20대, 30대의 정당을 만들자고 했다.

"미친 짓일지도 몰라."

같이 있던 누군가가 말했다. 그 말을 들으니 그 미친 짓을 또 해 보고 싶다는 생각이 들었다.

"해 보고 싶은 것을 해 보자. 페미니즘 정치도 해 보고, 기본소득을 중심으로 사회를 바꾸는 기획도 해 보자. 할 수 있을 것 같아."

이야기를 듣는데 가슴이 뛰었다. 눈가가 뜨거워졌다. 기다리던 말이었다. 이 언니들과는 할 수 있을 것 같았다. 새파랗게 젊은 우리는 또 상처받을지 모르는 길을 가기로 했다. 이번엔, 그 길이 너무 재미있을 것 같다. ■

그래, 우리 창당합시다!

신지혜

우리는 한 정당의 대표단과 중앙당을 책임지던 사람들이었다. 함께 모여 앉은 우리는 말이 없었다. 우리는 지난 몇 개월 동안의 일로 지쳐 있었다.

시대 변화에 발맞춰 정당 이름도, 활동 내용도 바꾸어야 한다고 주장했지만, 변화를 거부하는 사람들은 단호했다. 우리는 변화가 불가능하다고 생각했다. 젊은 여성 공동대표를 무시하는 말들과 페미니즘에 대한 적대를 확인하는 순간이 그랬다. 더는 변화를 이야기하며 자리를 유지하는 것이 의미가 없다는 생각에 대표직에서 사퇴했다.

2019년 한여름, 우리를 둘러싼 공기는 스산했다. 인생의 중요한 기로에 놓인 이 순간, 누구도 쉽게 말을 꺼내지 못했다. 앞서 대표단 역할을 했었던 만큼 이번에는 더욱 무거운 결정이 될 거란 걸, 우리 모두 알고 있었다.

"나는 그냥, 여러분이 더 상처받지 않는 결정을 했으면 좋겠어요."

중앙당에서 함께 일했고, 젊은 여성 대표단이라는 이유로 받는 모욕에 맞서 늘 앞에서 싸워 준 미정 언니가 말했다. 그의 말대로 지난 몇 개월 동안 우리 마음은 너덜너덜해져 있었다. 참으려 했던 눈물이 어느새 눈에 가득 고였다. 발을 동동거리며 한 사람이라도 더 만나보려 애썼던 고생이 머리에 스쳤다. 혜인이도, 민주도, 조용히 눈물을 닦고 있었다.

사퇴 후 앞으로 무엇을 할 것인지 결정해야 하는 순간이었다. 십 년에 한 번씩 중요한 결정을 해야 하는 때가 오는 걸까.

학원강사와 활동가

"지혜야, 엄마다. 나 지금 니가 사는 원룸에 와 있는데, 니는 어딘데?"

2009년 1월, 연락도 없이 엄마가 찾아왔다. 나는 그때 포이동 재건마을에 있었다. 가난한 사람들, 쫓겨날 위기에 놓인 사람들을 만나는 '빈민현장활동'을 하던 중이었다. 허겁지겁 짐을 챙겨 지하철을 탔다. 재건마을에서 대흥역 근처 집으로 돌아가는 한 시간 동안, 엄마와 어떤 대화를 해야 할지 머리가 복잡했다.

엄마가 찾아온 이유는 간단했다. 부모님에겐 공부하는 시간보다 집회에 나가고 활동하는 시간이 많아진 딸이 걱정거리였다. 장애 어린이를 키우고 있는 부모들이 겪는 괴로움과 누군가의 도움 없이는 거동을 못 하는 할머니를 만나고 느낀 서글픔을 부모님에게 말을 한 적은 별로 없었다. 부모님 입장에선 대학 가서 갑자기 변해 버린 딸을 이해하는 데 시간이 필요했다.

"니 도대체 왜 그러는데? 니부터 잘 되고 다른 사람들 도와도 되잖아. 니를 어떻게 대학 보냈는데 엄마 아빠는 생각도 안 하나? 불쌍한 사람들 많지. 근데 우리 집도 안 넉넉하잖아. 장애인들 돕고 싶으면 그냥 병원에 살고 있는 큰고모한테 가라."

어떤 말로도 설득이 될 것 같진 않았다. 금방이라도 뒤로 넘어갈 것 같은 엄마랑 싸우고 싶지도 않았다. 그냥 엄마가 하는 말을 듣고

만 있었다. 부모님은 내게 말 그대로 '호소'했다.

"1년만 같이 살자, 그게 그렇게 어렵나?"

사흘 밤낮으로 이야기를 나누다 결국 서울 집을 정리하고 부모님이 계신 통영으로 내려갔다. 함께 활동했던 사람들에게 인사할 여유도 없이 갑작스럽게 활동을 쉬겠노라 통보하고 말았다.

엘리베이터 없는 낡은 아파트 계단을 올라 문을 열었다. 현관을 들어가자마자 오른쪽에 있는 내 방도 여전했다. 작은 싱글 침대와 책상만으로 꽉 찬 방. 며칠을 침대에 누워 쉬고 나니, 정신이 멍했다.

무의미하게 시간만 보낼 순 없어 일단 돈을 벌기로 했다. 벼룩시장 신문을 뒤적이다 학원강사 모집 공고를 발견했다. 작고 허름한 학원에서 딱 1년 학원강사로 일하기로 했다. 일을 시작하고 한두 달이 지난 후에는 내가 졸업한 고등학교 선생님들의 자녀와 그 친구들을 가르치기 시작했다. 평일에는 학원강사, 주말에는 과외선생으로 정신없이 일했다. 수영도 배우고 문화생활도 하면서 내 생애 가장 많은 돈을 벌었다. 대학 졸업하고 직장 다니면 딱 이런 삶을 살겠구나 싶었다.

2학기 기말고사가 끝난 날, 창밖으로 한껏 들뜬 학생들이 삼삼오오 모여 피시방으로 뛰어가고 있었다. 문득 나도 이제 복학이 코앞이라는 걸 실감했다. 4학년을 앞두고 휴학을 했으니, 졸업 후 어떻게 할지 진로를 정해야 할 때였다. 부모님과 함께 지내며 성실하게 일했고 그 덕에 풍족하고 여유 있는 1년을 보냈다. 나쁘진 않았지만 문제는 하나도 즐겁지 않았다는 거다.

'다시 뭐부터 해야 하지? 갑자기 그만두고 온 목욕 보조 활동을 다시 시작해 볼까? 아니면 처음처럼 인연맺기학교를 시작할까?'

다시 활동할 생각을 하니 설렜다. 삶에 생기가 도는 것 같았다.

좀 가난하면 어때, 하고 싶은 일 하면서 재밌게 살아야지. 한번 사는 삶인데.

크게 부귀영화를 누리는 것은 꾸지도 못할 꿈일 것 같았다.

'활동가로 살아 보자.'

서울로 돌아와 복학과 함께 자원활동을 했던 단체에서 상근자로 활동을 시작했다. 졸업 후에도 활동을 이어 갔다. 내 첫 직장은 '평화캠프'였다.

활동가와 정치인

그로부터 10년쯤 지난 2018년 가을, 서른두 살의 나는 제법 경력 있는 활동가가 되었다. 그리고 정치인이기도 했다.

자원활동 단체에서 일하면서 장애인운동을 가장 열심히 하는 정당에 후원이라도 하자는 생각에 정당에 가입했다. 작은 정당에서는 지역에서 활동하는 청년이 귀했다. 지역에서 계속 뭔가를 해 나갈 수 있는 기반을 만들려는 정당의 요청으로 공직선거에 출마했다. 내 욕구보다는 정당의 생존을 위한 결정이었다.

물론 내게도 정당의 생존이 중요했다. '좋은 일' 하는 시민사회단체 활동만으로는 세상을 변화시키기 어렵다는 걸 알았기 때문이다. 법과 제도가 바뀌어야 사람들을 강제할 수 있는 최소한의 기준이 생기는데, '좋은 일'만으로는 그런 기준을 만들 수 없었다. 장애인 부모들은 법을 만들기 위해 국회의원들을 찾아가 항의하거나 무릎을 꿇고 사정을 해야 했다. 그들은 외면당하기 일쑤였다. 내 삶과 내가 만나는 사람들의 삶을 바꾸는 정치를 가능하게 하는 실질적인 방법은 정당 운동이었다. 시민사회단체보다 정당이 힘이 센 순간이 분명 있었기 때문이었다. 가장 대표적인 것은 선거 시기였다. 물론 평소에도 정당은 시민사회단체보다 할 수 있는 활동이 더 많았다. 정당에는 사회를 바꿀 목소리를 낼 방법과 공간이 합법적으로 보장되었다. 현수막도 붙일 수 있고, 신고를 하지 않아도 길거리에서 연설회를 할 수 있었다. 나에게는 내가 만나는 사람들의 목소리를 낼 수 있는 정당의 생존은 중요한 문제였다.

정당 활동을 함께하는 동료들을 여럿 만났다. 우리는 청년이었고, '정당은 내 목소리를 낼 수 있는 곳'이라는 생각도 비슷했다. 무엇보다 기본소득과 페미니즘에 관해 깊은 공감대가 있었다. 그렇지만 우리는 저마다 다른 활동에 집중하고 있었다.

2018년 늦여름, 가을로 넘어가려는 듯 비가 추적추적 내리는 날이었다. 혜인이가 동료 몇몇과 나를 찾아왔다. 화정에 있는 단골집으로 친구들을 데려갔다. 짜글이를 시켜 가스버너로 푹 익히는 사이, 혜인이가 먼저 입을 뗐다.

"우리 같이 정당운동 해 보는 건 어때요?"

자글자글 끓고 있는 짜글이를 한술 떴다. 당장 대답할 수 있는 질문은 아니었다.

지금처럼 시민단체 활동을 본업으로 하면서 짬 날 때마다 당원으로서 활동에 참여하는 수준을 말하는 것이 아니었다. 최소 몇 년이라고 약속할 수도 없고, 최소한의 생계 보장을 약속할 수도 없는 일이라는 걸 안다. 공직선거에 몇 번 출마했었던 내게 기대하는 것이 정당 사무를 보는 일은 아닐 것임도 직감했다.

10년 넘게 해 온 자원활동도 엄청 줄여야 할 것이었다. 매일 낯선 이들과 만나며 어떻게 하면 미디어에 노출될 수 있을지 정치적으로 기획하는 '정치인'의 삶을 각오해야 할 것이었다. '공인'으로서의 삶은 어딘지 모르게 답답한 구석이 있는 것도 조금은 알고 있었던 터였다.

짜글이는 복잡한 내 속도 모르고 보글보글 잘만 끓었다.

"혜인이는 준비됐어?"

"네! 언니, 대표 출마 같이해요!"

혜인이는 이미 각오를 해서 이렇게 씩씩한 걸까. 쭉 정치단체에 있어서 자신도 있고 결심이 쉬웠던 걸까. 나는 섣불리 좋다는 대답을 하지 못했다.

"각오만 한다고 되는 일은 아니니까. 우리가 그리는 상을 맞춰 가는 일부터 해 보자. 포럼이 됐든, 무엇이 됐든. 같이 당 활동하고 싶은 사람들을 모아서 얘기해 보자."

한 달 뒤, 본격적으로 포럼을 시작했다. 주제는 "기본소득 정치를 어떻게 확장할 수 있는가?"였다. 포럼에 모인 사람들은 정치 기획의 중심이 '기본소득'이어야 한다고 입을 모았다. 우리 모두 기본소득이 절실한 사람들이었다. 자신이 원하는 삶을 살아가기 위해서, 우리 삶을 옥죄는 불안함을 걷어 내기 위해서였다. 각자의 절실함이 모이면 어떤 변화가 일어날까. 미지의 정치 세계로 내 길을 만들어 가기로 했다. 30대 삶을 아주 정치적으로 살아 보자!

거의 8년을 일했던 단체에 사표를 냈다.

우리가 몸담은 정당에서부터 변화가 필요했다. 환대하는 문화를 지닌 정당, 기본소득과 페미니즘을 중심으로 한 정당, 디지털 시대에 발맞춘 정당으로 나아가겠다고 포부를 밝히고 당대표 선거에 출마했다. 선거는 경선으로 진행되었고 마침내 우리는 선거에서 이겼다.

혜인과 민주와 나, 그리고 태성은 당 대표단이 되었다. 기본소득과 페미니즘을 중심으로 한 정당으로 바꾸기 위해 발바닥에 땀이 나도록 전국을 돌아다녔다. 내 나이만큼 굳어져 온 진보정치를 변화시키겠다는 것이 너무 큰 꿈이었을까. 경제위기 이후에 등장한 새로운 세대인 우리는 '청년 세대'라 불렸다. 동시에 오랜 민주화운동, 사회운동 경력을 가진 선배들에게 '철부지', '뭘 모르는 애들'로 취급받을 때가 많았다. 우리가 살아오면서 겪은 불평등과 불안은 항상 나중 문제로 미뤄졌다. 아무것도 하지 않았더라면, 우리가 몸담은 정당도 딱딱하게 굳어 있다는 것을 알지 못했겠지. 새로워져야 한다고들 말했지만 새로운 도전은 거절당했다.

정치인과 정치인

"상처받지 않는 결정"이란 말을 듣자마자 눈물이 나는 걸 보면 우리 몸은 이미 우리가 무엇을 해야 할지 알고 있었나 보다. 2019년 한여름, 선택지는 둘 중 하나였다. 함께하기로 한 정당운동을 다른 형태로 계속해 나갈지 아니면 그 계획을 멈추고 다시 각자 활동을 해야 할지. 지금 계획을 멈추고 흩어진다면 어쩌면 몇 년 동안은 정당운동을 쉬어야 할지도 몰랐다. 유명 인사가 되어 다른 정당에 영입된다면 모를까. 각자 다른 일을 하다가 우리와 비슷한 꿈을 꾸고 있는 사람들을 다시 모아 만날 때까지? 기약할 수 없었다.

'기본소득당'이 그렇게 허무맹랑한 꿈일까? 대한민국에서 한 번도 안 해 본 일을 청년이 아니라면 누가 또 언제 해 볼 수 있을까? 뭘 하더라도 같이 길을 헤매는 게 함께 모인 모두를 위해 좋지 않을까? 5천 명 모으는 창당이 쉽진 않겠지만 그래도 될 것만 같은데, 너무 낙

관적인 꿈을 꾸는 걸까?

분명한 건 우리의 시간이 째깍째깍 가고 있다는 것이었다. 더 늦기 전에 결정하자. 한 사람씩 의견을 이야기했다. 내 차례가 왔다.

"그래, 우리 창당합시다!"

대표단을 사퇴하고 한 달, 다시 도전하기로 결정했다.

일 좀 저질러 본 우리는 또 일사천리로 일을 추진했다. '창당'은 분명 만만찮은 일이었다. 창당에 동의하고 함께할 사람들을 모아야 했다.

첫 번째 일정으로 '기본소득당 창당을 위한 워크숍'을 열었다. 2019년 8월 24일, 전국에서 모인 사십여 명과 함께 우리는 진짜 '기본소득당'을 창당하기로 했다. 결심이 서니, 깜깜했던 시야가 그제야 조금씩 걷히는 것 같았다. 시야는 밝아지는데 마음이 가볍지만은 않다. 5천 명, 할 수 있겠지? 신지혜

기본소득당 모험,
시동을 걸다

용혜인

'창당'이라는 무모한 결정을 내리고 며칠 지나지 않아서 짐을 쌌다. '부릉이'라고 부르는 경차에 짐을 싣고 짧은 전국 일주를 시작했다. 기본소득정치연대 활동을 하면서, 기본소득 개헌을 위한 '온국민 기본소득운동본부' 활동을 하면서 인연을 맺은 사람들이 전국에 있었다. 기본소득 지지자들을 만나 기본소득당 창당에 함께하자고 설득하기 위한 여행이었다.

대전, 청주, 천안, 아산, 광주, 전주, 목포. 2박 3일 동안 우선 대한민국의 서쪽 지역을 돌았다. 하루에 두세 개 지역씩. 사람들 만나서 점심 먹고 차 마시고 이동하고, 저녁 먹고 술한잔하고. 기본소득당을 창당하기로 한 이유를 먼저 설명했다. 앞으로의 간단한 계획, 결정할 때의 마음도 전했다. 두세 시간 정도 이야기를 나누고 자리를 옮겨 다른 사람들과 다시 이야기를 시작했다.

기본소득당은 새로운 정치를 해 보겠다는, 그리고 해야만 한다는 절박한 꿈이었다. 꿈을 접고 포기할 수는 없었던 우리는 결국 '창당'을 하기로 했다. 창당하기로 함께 결정했던 서울과 경기의 청년 동료들은 힘들겠지만 재미있을 것 같다고, 시대 변화에 발맞추는 새로운 정치에 대한 꿈을 이렇게 포기할 수는 없다고 입을 모았다. 동료들 이야기에 나도 힘을 얻었다. 혼자서는 우겨볼 수 없었는데, 동료들이 만들어 준 자신감을 품고 전국에 있을 더 많은 동료를 만나고 만들어 보겠다고 떠난 여행이었다.

싸늘하다. 가슴에 비수가 날아와 꽂힌다.

비가 오락가락하는 날, 두 시간 남짓 비를 뚫고 고속도로를 달려 대전에 도착했다. 날씨 때문인 줄 알았는데 긴장한 어깨는 힘이 빠지질 않았다. 기본소득운동, 정당운동, 탈핵운동을 오랫동안 해 오신 분과 지역 커뮤니티 공간에서 만나기로 했다.

으쓱으쓱 어깨를 한 번 털고 나서 문을 열고 들어섰다. 언제나처럼 친환경 유기농 간식거리들을 준비해 놓고 계셨다. 한 분이 더 오실 거라는 말에 유기농 한과와 커피를 마시며 기다렸다. 정말 오랜만에 뵙는 분이었다. 최근에 어떻게 지내시는지 소식도 모르고 지내던 분이라 반가웠다. 창당을 마음먹었다는 소식에 궁금한 것도 있고 반갑기도 해서 오신 것 같았다.

서울에서 동료들과 나눴던 이야기들, 지금 기본소득당이라는 정당이 필요하다고 생각하는 이유, 대략적인 창당 시간 계획 등을 쭉 설명했다. 신입 사원 면접 보는 기분이 이러려나, 입술이 마르고 몸에 자꾸 힘이 들어갔다. 앞에 앉아 있는 두 분이 창당 경험이 있는 분들이라는 사실이 떠올랐다. 얘기를 시작하기 전보다 더 긴장이 돼서 앞에 놓인 식어 버린 커피를 들이켰다.

나의 뜻이 잘 전달되었는지, 설득력이 있었는지는 알 수 없었다. '그래요, 좋아요!' 또는 '와, 재밌겠다' 같은 반응을 기대할 수 없다는 건 알고 출발했지만, 그분들은 경험이 많은 만큼 염려가 많았다.

첫 만남을 끝내고 마음이 서늘했다. 대책 없는 젊은이들의 무모한 도전으로 비치고 있나? 다음 약속 장소로 가는 길은 더 긴장됐다.

기본소득당이 필요하다는 이야기에는 많은 분이 고개를 끄덕였다. 그러나 지역에서 기본소득운동을 하는 활동가들에겐 그들대로 어려움이 있었다. 서울에서 동료들과 창당해 보자고 결정했을 때의 분위기와 지역을 다니면서 마주한 분위기는 사뭇 달랐다.

지방은 진보 진영 커뮤니티가 좁다. 그만큼 기존 당적을 버리고 새로운 당을 만들겠다고 나서기는 어렵다. 지역에서 활동하는 사람이라 해야 고작 한두 명인데, 천 명을 모으는 창당 과정이 쉽지 않을 것 같다. 정당운동 자체에 대해 고민을 하고 있다. 지나온 세월을 돌아보고 있다. 창당에는 반대하지 않지만 내가 직접 창당에 열심히 참여할 수 있을지는 고민이 된다. 현실적으로 창당이 쉬운 일이 아닌데 꼭 창당을 해야 하냐.

이야기를 들을 때마다 마음이 무거워졌다. 종종 날카롭게 찌르는 듯 아팠다. 수도권과는 다를 거라 예상했지만 그보다 조금 더 당황스러웠다. 차는 잘만 달리고 길은 뚫려 있는데 머릿속은 아득하게 안개가 차올랐다.

'무모한' 일이라고 말은 했지만 실제로 무모한 일인 건가? 창당을 해야 한다고 생각했지만 아직 창당이 가능할 것이라는 확신은 없었다. 그 가능성을 확인하기 위해 떠나온 것이기도 했다.

내가 무슨 일을 저지른 것인가? 책임질 수 없는 말을 뱉은 것인가?

두려움이 스멀스멀 피어나기 시작했다.

혼자가 아니니까

창당은 나에게 앞으로 10년의 인생을 건 큰 모험 같았다. 창당은 20대에 해 왔던 활동들에 대한 반성이자 결론인 셈이었다. 완전히 새로운 시도를 하자는 결정이었다.

'창당이 안 되면 이제 막 시작한 30대는 어떻게, 뭘 하면서 살아야 하지?'라는 생각도 들었다. 그동안 내가 몸담고 있던 질서를 벗어나서 새로운 무언가를 처음부터 만든다는 것은 특히나 두려운 일이었다. 있는 것을 바꾸는 것은 기존에 있던 것을 토대로 몇 가지 변화를 예측하고 경우의 수를 상상해 보면 되는데, 전에 없던 새로운 것을 만드는 것은 처음부터 무궁무진한 상상력을 발휘해야 하는 일이었다. 나 혼자만의 모험은 나 혼자 망하면 되는데, 정당이라는 정치 조직을 만드는 것은 나 혼자가 아니라 모두가 다 같이 실패를 경험할 수도 있는 일이라는 것이 그제야 실감이 났다. 하지만 "창당"이라는 말을 뱉은 순간 이미 주워 담을 수도, 뒤를 돌아볼 수도 없었다.

지역을 다니는 일정이 빼곡하게 잡혀 있었다. 알뜰하게 시간을 배분해 보자고 마음을 다잡았다. 충분한 시간을 갖고 서로의 상황과 마음 그리고 결정에 대해 이야기를 나누어야 했다.

긴 대화를 나누면서 많은 분이 각자의 상황에서 어려운 점들을 이야기해 주었지만, 기본소득당이 필요하다는 것과 창당이라는 방향에 대해서는 동의했다. 그동안 해 오던 방식으로는 더 뭔가를 이뤄낸다는 것이 불가능하다는, 지금 있는 것을 지키려는 것만으로는 지키는 것조차 불가능하다는 공감대가 있었기 때문이었다. 필요성, 방향, 공감대를 확인하는 순간 놀랍게도, 그리고 감동스럽게도 결론은 매번 똑같았다.

"까짓것, 밑져야 본전이지. 그래, 한번 해 봅시다!"

각자의 어려운 조건과 고민을 진솔하게 함께 나누는 시간은 나에게도 부담을 버리고 결정할 수 있었던 시간이었다. 새롭게 정당을 만들겠다고, 함께하자고 제안하면서 창당 과정에서 나는 어떤 역할을 해야 할지 고민했다. 동료들은 당 대표에 출마하고 그 자리를 맡아 줄 것을 기대하고 있었다. 새로운 당을 만드는 시기에 대표를 맡는다는 것은 책임 또는 부담과 같은 뜻이었다. 어떨지 가늠이 잘 되지 않았다. 그러나 마냥 희망적으로만 생각하고 이 일을 시작했다면, 그 과정이 힘들고 어려울 때마다 포기하고픈 유혹에 빠졌을지도 모른다. 기꺼이 지금의 조건들을 이겨내고 함께 모험을 떠나자는 이들의 결정은 내 근력을 키워 주고 있었다. 부담을 이겨내고 역할을 해야 한다는, 그리고 하겠다는 결정을 내리는 데에 이들은 큰 힘이 되었다. 혼자가 아니니까, 어렵고 힘들지만 최소한 외롭지는 않을 테니까.

두둥, 드디어 출범이다

　지역을 돌기 시작하고 두 달이 채 지나지 않는 동안 전국에서 600여 명의 발기인이 모였고 2019년 9월 8일, 기본소득당 창당준비위원회가 출범했다.

　창당발기인대회에 모인 사람들은 서로를 소개하고 오래간만에 안부를 물으며, 낯선 이들과 새로운 인사를 나누며 기분 좋게 행사를 시작했다. 지혜 언니는 오늘따라 사회를 더 잘 보는 것 같다. 참가자들의 의결을 거쳐 각 시·도당 창당준비위원장 열네 명을 선정했다. 위원장들이 이어 가며 〈기본소득당 발기 취지문〉을 낭독했다.

> 오늘 우리는, 기본소득당을 선언한다. 우리는 충분한 자격을 가지고 있다. 인류의 일원으로서, 자유롭고 평등한 사회구성원으로서, 민주공화국의 시민으로서 우리는 충분한 자격을 가진다.

　문장 하나하나 토의하고 다듬으며 창당발기인대회를 준비한 시간이 주마등처럼 지나갔다. 전국을 돌며 만났던 분들이 한자리에 모였다. 척박한 현실에서 기본소득을 알리고 정당성을 설파하면서 꿋꿋하게 기본소득운동을 해 오던 분들, 표정이 밝다. 이 기분, 이 마음으로 쭉 이어지면 좋겠다.

　각 지역에서 당원을 모으고 창당을 책임지기로 한 위원장들의 각오는 저마다 처한 위치와 사연만큼 다양했다. 세 번째 창당에 나서는 경력 '만렙' 운동가부터, 태어나 처음 창당에 참여하고 시·도당 위원장을 맡은 청년까지.

"나이 든, 비정규직, 여성, 노동자 나, 김진은 기본소득을 요구합니다."

두 아이의 엄마로서 청년들이 경쟁과 속도에 치이지 않고 삶의 방향과 방법을 탐색할 여유가 생기길 소망한다는 충남 기본소득당 창당준비위원장의 인사말은 장내를 뜨거운 박수 소리로 가득 차게 했다.

"여러분! 친구, 이웃, 가족, 연인, 사돈의 팔촌까지 모두 당원 가입을 제안해 봅시다. 물론 저는 사돈은 없지만요."

서울 위원장의 명랑 쾌활한 인사말 덕분에 유쾌하게 웃을 수 있었다. 무지개가 반짝 켜지는 기분이었다고 말하는 민주의 눈이 반짝거린다.

150여 명의 발기인 앞에서 벅찬 마음으로 창당준비위원회 상임대표 당선 인사를 했다. 기본소득이 실현된 사회에서 우리 삶이 어떻게 바뀔지를 함께 상상하며 이 길에 함께하자고. 기본소득 실현을 바라는 더 많은 사람과 창당대회에서 다시 만나자고.

5천 명, 어디에 있을까?

용혜인

언론에 기본소득당 창당발기인대회 소식이 간간히 보도되었다.

9월 8일, 공식적으로 기본소득당 창당을 향한 첫걸음을 내디뎠다. 창당에 동의하는 발기인이 200명 이상 있어야 창당준비위원회가 성립되는데, 무려 600여 명이나 모였다. 기분 좋은 출발이지만 이제 정말 시작이다. 심호흡을 크게 내뱉는다. 온 세상에 알렸으니 이미 강을 건넌 셈이다. 더구나 우리는 건너온 다리를 치워 버렸다. 되돌아갈 곳은 없다. '주사위는 던져졌다.'

"진짜 5천 명을 모아서 창당을 하려면 뭘 해야 할까?"

현재의 <정당법>에 따르면, 창당하려면 1,000명의 당원이 있는 광역시·도당 다섯 개를 만들어야 한다. 아무리 많은 당원이 있어도, 그러니까 전국적으로 만 명이 모여도, 1,000명이 넘는 시·도당이 네 개뿐이고 나머지 6천 명이 열세 개 시·도에 흩어져 있다면 창당을 할 수 없는 것이다. 창당하겠다고 마음을 먹었을 땐 '그까이꺼! 죽기 아니면 까무러치기라는데 죽기야 하겠어?'라고 생각했는데

법이 정한 창당 절차를 알아보니 눈앞이 캄캄해졌다.

매일 거리로 나가 '기본소득당 당원으로 가입하세요~'라고 외치는 캠페인을 하자고 하긴 했지만, 얼마나 성과가 있을지는 장담할 수 없었다. 한 번도 해 본 적이 없으니, 어떻게 해서 창당을 하겠다는 확신과 자신이 없었다. 기성 정당에서는 분당이네 신당 창당이네 하면서 뚝딱뚝딱 쉽게도 당을 만들던데. 완전히 새롭게 당을 만들겠다고 나선 우리는 국회의원도 없고, 조직도, 재정도 없는 고작 5백만 원대 청년 자산가들이었다. 그리고 기껏해야 백 명 혹은 2백 명 정도의 친척과 지인이 있고, 그나마 지인들은 대다수가 겹치는 서로가 서로의 친구들이었다.

심지어 시한부다. 창당준비위원회를 만들고 나면 설립신고증을 받은 뒤 6개월 안에 창당해야 한다. 창당을 못 하면 어떻게 되냐고 중앙선거관리위원회(중앙선관위)에 문의하니, 6개월 안에 창당을 못 하면 그동안 모인 당원들과 설립한 광역시당이나 도당은 다 무효가 된다고 했다. 창당준비위원회 후원회를 통해 받은 당비와 후원금도 국고로 회수된단다. 수개월 노력이 물거품이 되어 버리는 것이다. 조직 없고, 돈 없고, 국회의원 없는 진정한 의미의 '신생 정당' 창당은 까마득한 벽을 넘어야 했다.

아는 사람들만 당원으로 가입해서는 당을 만들 수 없는 게 현실이었다. 기본소득을 한 번이라도 들어 봤거나, 잘 모르지만 기본소득에 동의하는 수천 명을 더 찾아야 했다. 곧바로 비상대책 회의를 열었다.

전례가 없다고요?

"온라인으로 당원 가입을 받을 수 있는 경로를 만들어야 할 것 같아요."

홈페이지 만드는 업무를 맡기로 한 서태성 님이 입을 열었다. 사실 다른 선택지가 없었다. 온라인 당원 모집이 짧은 시간, 적은 인원으로 시작한 우리가 할 수 있는 가장 유력한 방법이었다. 기존 정당들의 홈페이지를 참고해 가면서 온라인 당원 가입 페이지를 만들었다. 홈페이지 제작을 전문적으로 해 온 것은 아니지만 일을 맡기로 한 그는 몇 날 며칠 공부해 가면서 작업을 했다. 발등에 불은 떨어졌고, 이가 아니면 잇몸으로라도 해야 하니까.

총무팀장을 맡고 있는 경택 선배는 매일매일 중앙선관위에 전화하는 것이 중요 업무였다. 당원 가입 용지의 형식에 대해 검토를 요청하고, 창당 절차에 대해 질의하고, 당비 납부 문제를 처리했다. 걸음마를 떼는 아이처럼 하나하나 확인하고 한 걸음씩 매일 나아갔다.

그날도 사무실에서 총무팀장은 중앙선관위와 통화하고 있었다. 온라인에 당원 가입 페이지를 열 것이라 알렸을 때였다.

"전례가 없다고요?"

순간, 사무실이 조용해졌다. 사무실에 있던 사람 모두 귀가 쫑긋 전화 통화로 쏠렸다. 기존 정당들이 다 온라인 당원 가입을 받고 있으니까 당연히 문제가 되지 않을 것이라 생각해서 그냥 지나가는 말로 이야기했는데. 전례가 없다니, 그럼 안 된다는 건가?

숨죽여 듣고 있던 모든 사람이 당황했다. 통화가 끝나자마자 저마다 우리 앞에 닥친 비현실적인 상황에 대해 개탄을 쏟아냈다. 디지털 시대라며! 그토록 빠른 와이파이와 IT 강국을 자랑하는 대한민국 아니던가. 평균 스마트폰 사용 시간이 하루 네 시간이나 되고 하루 2,600번 터치하는 시대에 온라인 가입이 안 된다니. 이게 말이야 막걸리야.

그럼 다른 정당들은 도대체 어떻게 창당한 거야? 근데 왜 이미 창당한 당들은 온라인 당원 가입을 받는 거지? 의문도 떠올랐다.

전례가 없다고 해서 포기할 수는 없었다. 전례가 없으면 만들어야 하고, 길이 없으면 길을 만들어야지. 창당에 실패할 수는 없으니까. 합리적으로 해결 방법을 찾아내야만 한다.

각자의 머릿속에 떠오른 의문들을 정리해서 중앙선관위에 질의했다. 당원 가입 용지에 '자필 서명'을 받아야 하고 본인이 직접 썼다는 것을 인증해야 하니까 온라인 가입이 어렵다는 답변이 왔다. 자필 서명은 꼭 종이에 받아야 하나? 종이에 써야 직접 썼다고 인증되는 건가? 국회에서 통과된 전자서명법이 떡하니 존재하거늘.

전례를 만들어 내자

본인인증! 핵심은 본인임을 확인하는 것이었다.

본인인증을 해야 하는 때가 언제였지? 종이에 서명했었나? 각종 사이트에 가입할 때 휴대폰으로 본인인증을 했던 게 떠올랐다. 유레카! 중앙선관위에 다시 연락했다. 이제부터는 기술적인 문제였기 때문에 홈페이지 개발을 맡고 있는 담당자가 직접 통화했다.

휴대폰 본인인증을 거친 사람들에 한해서 핸드폰이나 컴퓨터를 이용해 또렷한 글씨로 서명할 수 있는 시스템을 만들고, 본인인증 내역을 온라인 당원가입서와 함께 제출하면 온라인 가입이 가능한 것 아니냐고 물었다. 일주일을 기다렸다. 매우 다행스럽게도 그 방법은 가능할 것 같다고 답변이 왔다. 없던 전례가 만들어졌다!

하지만 좋아할 틈도 없이 다음 문제가 또 길을 막아섰다. 휴대폰 본인인증을 대행하는 회사도 중앙선관위에서 지정하는 업체이어야 한다는 거였다. 서태성 님은 중앙선관위와 '이렇게 하면 되겠냐', '저렇게 하면 되겠냐' 조율하면서 한 달 가까운 시간 동안 밥 먹듯이 야근을 했다. 추석 연휴에도 사무실에 나와서 온라인 당원 가입 페이지를 고치고 또 고쳤다.

10월 7일, 드디어 온라인 당원 가입 페이지가 열렸다. 중앙선관위의 승인만을 애타게 기다리던 사람들이 열심히 링크를 퍼 날랐다. 더디게 늘어가던 당원 숫자가 온라인 당원 가입 페이지가 열리면서 빠르게 바뀌었다. 당원 증가는 속도를 내기 시작했다. 우리의 소식이 언론에 보도되고 SNS에 올라올 때마다 온라인으로 당원 가입을 하는 사람들 숫자가 점점 늘었다. 초반에는 이삼십 명이더니 일주일이 지나자 하루 평균 가입자가 백 명을 넘어섰다. 가장 많이 가입할 때에는 4백 명 가까이가 온라인으로 가입했다. 우리의 예상을 훌쩍 뛰어넘었다. 신생 정당 창당이라는 까마득한 벽도 훌쩍 뛰어넘고 있었다.

온라인에 당원 가입 페이지를 오픈한 뒤였다. 여러 정당에 속한 청년 정치인들이 함께 모이는 행사에 참석하게 되었다. 창당한 지 얼마 안 된 미래당(구 우리미래) 김소희 대표와 뒤풀이 자리에서 이야기를 나누었다.

"창당 참 어렵죠, 응원하고 있어요."

동지애가 샘솟았다. 자연스레, 창당하면서 어려웠던 일에 대한 하소연이 이어졌다.

"온라인 가입 안 된다고 해서 저희는 매일매일 등산로랑 지하철역 나가서 당원 가입 받았어요. 심지어 주민등록번호를 뒤 일곱 자리까지 다 받아야 한다고 하더라고요."

겉으로 티 내지 않기 위해 노력했지만 속으로 뜨악했다. 주민등록번호라니! 아무리 개인정보가 몇 십 원에 팔려나가는 시대라지만, 정당을 등록하는 데 당원들 주민등록번호가 도대체 왜 필요하다는 것인가. 진짜 구린내 나는 구시대 정치제도다.

한편, 뿌듯함도 차올랐다. 온라인 가입은 안 된다는 답변에도 불구하고 끈질기게 방법을 찾아내고 중앙선관위에게 답변을 받아낸 기본소득당 창당준비위원회 사람들이 자랑스러웠다. 새로운 정당을 만들고 새 길을 내자고 다짐하며 나선 길이었다. 이렇게 또 하나의 새 길을 열고 있었다.

구시대 정치제도를 뚫고 새로운 '전례'를 만들며 결국 창당이 가능해졌다. '모두에게 조건 없이 매월 기본소득 60만 원!' 원하는 정치를 하는 정당을 지지하는 법이겠지. 놀랍기도 했지만 반가웠다.

매일 당원 숫자를 확인하는 일이 사무실 사람들 일과가 되었다. 경기도는 가장 먼저 당원 천 명을 넘어섰다. 다섯 개 시·도당 창당대회 날짜를 정하기만 하면 된다. 이제 기본소득이라는 새로운 '상식'을 만드는 일만 남았다. 🔲

밥 축내는 사람

신민주

오래간만에 알바 구직 사이트에 들어갔다. 검색어로 "단기 알바"를 치니 온갖 공장 알바가 보였다. 가끔은 박스 포장, 매장 관리 알바, 모던 바 알바 구인 글도 올라와 있다. 한 시간 동안 구인 글을 읽는데 마땅한 것이 없었다. 활동도 해야 하고 창당 과정도 밟아야 하는데, 시간 맞는 알바는 영 없는가 보다.

그때 "블로그/바이럴/글쓰기/작가/기획"이라 쓴 구인 광고가 보였다. 네이버 블로그에 포스팅 원고를 쓰는 알바가 있다는 걸 처음으로 알았다.

전에 있던 당에서 부대표를 사퇴한 후 예상치 못한 변수가 생겼다. 활동비 40만 원이 들어오지 않으니 생활이 불가능했다. 급하게 《오마이뉴스》 기고 원고료를 출금했다. 15만 원 남짓이었다. 이대로라면 통장 잔액에 0이 찍히는 것은 시간문제였다.

블로그 알바 후기들을 읽으니, 열심히 하면 돈이 쏠쏠할 것 같았다. 글 쓰는 것도 좋아하고 글도 빨리 쓰니까 잘 할 수 있겠지.

구인 업체에서 써 놓은 오픈 카톡방 주소를 눌렀다.

> 지금부터 테스트 시작하겠습니다. 세 시간 동안 모든 글을 작성하셔야 합니다. 공백 불포함 4,000자를 쓰셔야 하고, 완성본 워드 파일과 글자 수 세기 검사하신 것 캡처해서 사진으로 이 카톡에 올려 주셔야 합니다. 테스트 원고는 원고료가 지급되지 않습니다.

테스트를 통과해야 알바를 시작할 수 있다는 것이다. 운영자에게 카톡을 날렸더니 대뜸 테스트를 시작하겠다고 했다. 벌써 여섯 시였는데 밥 먹기는 틀렸다. 컵라면에 물을 붓고 카톡에 답을 했다. 그러자 운영자는 몇 개의 알집 파일을 보냈다.

> 검색어에 잘 걸리는 키워드는 일곱 번 써야 하고 업체명은 한 번만 써야 함, 각 문단 글의 비율이 비슷해야 함, 맞춤법 틀리면 안 됨, 키워드가 줄줄이 들어가면 안 됨, 키워드에 포함된 단어는 따로 사용하면 안 됨, 4,000자 글을 쓰는 데 필요한 정보는 알아서 검색해서 찾아서 써야 함, 실제로 업체를 이용해 본 것처럼 실감 나게 써야 함

글을 쓸 때 지켜야 할 규칙이 빼곡하게 적혀 있었다. 생각보다 만만치 않겠다는 생각이 들었다.

태어나서 처음 보는 쿠킹 클래스 수강 후기를 써야 했다. 운영자가 준 키워드를 포털에 쳐 봤더니 내가 써야 하는 쿠킹 클래스 홍보 글이 열 개 넘게 나왔다. '다 알바가 쓴 글이구나.' 똑같이 베낄 수는 없어서 이리저리 머리를 굴리며 빈 워드 파일을 채웠다.

한참을 글을 쓰다가 물을 부어 놓은 컵라면이 생각났다. 퉁퉁 불어서 거의 우동이 되어 있었다. 허겁지겁 우동 컵라면을 먹는데, 비참

했다. 뭔 영광을 얻겠다고.

'그래도 좀만 참으면 돈을 많이 벌 수 있을 거야.' 꾸역꾸역 4,000자 글을 모두 썼다. 아홉 시가 다 되어 있었다.

> 실전에 들어가기에는 부족해 보여서요. 연습이 더 필요한 것 같아요.

기운이 빠졌다. 글에는 소질이 있는 줄 알았는데 그것도 아닌 모양이었다. 연습 기간을 거친 후에야 정식으로 돈을 벌 수 있나 보다. 도대체 돈은 언제 벌 수 있는 걸까.

그래도 운영자가 글을 신청하는 내부 사이트를 알려 줘서 어떤 글들이 의뢰가 들어오는지 살펴볼 수 있었다. 쿠킹 클래스 홍보, 전자담배 사용 후기, 카페 홍보와 음식점 홍보 의뢰가 많았다. 가끔은 고소장을 대신 써 주는 글도 의뢰가 들어왔다. 대부분 글 4천 자 정도였고, 간혹 2천 자나 천 5백 자 글이 있었다. 천 5백 자는 5,000원, 2천 자는 7,000원, 4천 자는 2~3만 원 정도였다. 금액을 확인하자 마음에 분노가 치밀어 올랐다. 왜 이리 원고료가 형편없지? 도대체 이 업체는 돈을 얼마나 떼먹는 거야? 저 업체들은 홍보 글 덕을 보며 얼마나 많은 돈을 벌까?

더 속이 터지는 것은 이 형편없는 알바를 하려고 300명 넘는 사람이 카톡 방에 있다는 사실이었다.

밥 축내는 사람

> 애기 낳고 집에서 쉬기만 하는 게 힘드네요. 밥만 축내는 것 같고. 글도 쓰고 있긴 한데 혹시 부업 추천해 주실 수 있을까요?

수다 방에는 아기 엄마가 많았다. 한 사람이 부업을 추천해 달라는 부탁을 하자마자 다른 아기 엄마들이 나서기 시작했다. 근처 공장을 방문해서 부업을 받아오는 것이 가장 현명한 선택이라는 조언이 많았다.

온갖 사연이 많이 올라오는 방이었다. 어쩐지 나는 아기 엄마들에게 마음이 쓰였다. 톡방을 며칠째 들여다보며 그들의 이야기를 들었다. 얼마 후 나는 그들이 선택할 수 있는 일이라는 게 이 일밖에 없다는 사실을 깨달았다. 가 보지도 않은 업체 후기 글을 아기가 잘 때 형편없는 돈을 받고 기계처럼 쓰는 일을 하는 아기 엄마들. 그런데도 밥만 축내기 싫어서 글쓰기 알바를 하는 엄마들. 이 업체가 아직도 망하지 않고 잘 돌아가는 이유를 알겠다. 밥만 축낸다는 죄책감이 그득그득 톡방에 모여 있었다.

어느 날 파란이 일어났다. 운영자가 아무도 글을 쓰지 못하게 못 박은 공지 방에서 누군가 말을 꺼냈기 때문이다.

> 돈도 몇 푼 주지 않으면서 드럽게 부려먹네.

몇 명이 동조해서 운영자를 비난했다. 그들은 운영자를 비난하고 나서 공지 방을 나가 버렸다. 운영자는 별일 아니라는 듯 몇 시간 후 공지를 올렸다.

> 공지 방과 수다 방 이전합니다. 링크 클릭해서 들어오세요. 카카오톡 프로필과 실명 설정하신 후에만 들어올 수 있습니다.

사람들은 고분고분하게 톡방을 나가서 새로운 수다 방과 공지 방으로 이동했다. 푸념하던 아기 엄마도, 부업 하던 초등학생 엄마도, 돈을 많이 벌 수 있냐고 묻던 사람도 톡방을 나갔다. 파란은 더 큰 파도를 일으키지 못한 채 잠잠해지고 말았다. 몇 마디 불평은 새로운 카톡방을 만드는 것으로 끝났다. 나는 새로운 카톡방으로 이동하지 않았다. 예전 톡방은 없어지지 않았고 가끔 도박 사이트 홍보 글이 올라왔다. 그 글들을 보다가 카톡방을 나갔다.

그 많던 아기 엄마는 어떻게 되었을까. 아기가 깰까 조마조마하며 컴퓨터 앞에 앉아 글을 쓰고 있을까. 어두컴컴한 방 안에서 어떠한 인격도, 어떠한 글 스타일도, 어떠한 감정도, 어떠한 스토리도 담을 수 없는 글들을 쓰며 '그래도 오늘은 밥값을 했어'라고 생각할까. 공장에 방문해 부업거리를 받아오며 기뻐하다가 일이 없는 어느 날에는 온종일 아기를 보며 죄책감을 느낄까. "돈도 몇 푼 주지 않으면서 부려먹네"라고 차마 말하지 못하는 순간이 또 있진 않을까. 그러다가 오래간만에 집 밖으로 나와 영화라도 한 편 보면 '맘충'이라는 소리를 듣지는 않을까. 그 말이 그들을 더 깊숙한 죄책감으로 밀어 넣지는 않았을까.

82년생 김지영에게 기본소득이 주어진다면?

블로그 글쓰기 알바를 하다 만난 아기 엄마들이 몇 개월 만에 기억났다. 언론사와 인터뷰하는 자리에서 "82년생 김지영에게 기본소득이 주어진다면 어떨까요?"라는 질문을 받았을 때였다.

영화 주인공 얼굴이 떠오르는 대신 어두컴컴한 방에서 눈을 비비며 글을 쓰는 아기 엄마들이 다시 내 마음속에서 고개를 들었다. 가슴 한구석이 뻣뻣해지는 기분이었다. 잠시 숨을 들이쉬고, 글쓰기 알바를 기다리는 톡방에서 만난 아기 엄마들 이야기를 꺼냈다.

"독박 육아에서 자유로워져 차도 마시고 문화생활도 하면서, 밥만 축내는 존재가 됐다는 죄의식에서 벗어나지 않을까요?"

누구를 만나든 기본소득을 설명하는 일이 일상이 되고, 기본소득당 창당이 궁금한 언론사와 각종 매체 인터뷰 일정이 다이어리를 빼곡하게 채우고 있다. 기자의 질문과 내가 했던 대답은 인터뷰 때마다 다른 버전으로 반복되었다.

아기 엄마들을 생각할 때면, 세상에 금지된 질문들이 마음속에서 고개를 든다. 밥값에 대한 죄책감은 어디서 생겨났나? 조금 쉬고 조금 더 노는 것은 정말 나쁜 것일까, 일하지 않고 돈을 받을 수는 없는 것일까, 왜 모든 사람은 일을 해야 할까, 가난은 왜 죄가 되었을까? 일을 안 하는 사람들은 이 사회에 아무것도 기여하지 않았나, 그렇다면 아기 엄마들이 온종일 아기를 보는 일도 무가치한 일일까? 국가가 그냥 아무 이유 없이 사람들에게 돈을 나누어 주면 안 되는 것일까? 사람을 살도록 해 주는 것이 국가의 역할 아닌가?

꼬리를 잇는 질문은 뭉게뭉게 상상을 피워 낸다.

기본소득을 받으면 더 많이 쉬고 덜 일할 수 있게 되지 않을까, 아무런 의미 없는 글을 감겨 오는 눈을 비비며 쓰지 않아도 되지 않을까, 돈은 안 되더라도 내가 하고 싶은 일을 할 수 있지 않을까, 주머니에 돈이 생기면 누군가는 가정폭력을 저지르는 남편에게서 도망칠 수 있지 않을까, 좋아하는 사람과 새로운 공동체를 만들 수 있지 않을까, 아기 엄마들 목소리가 조금 더 커지지 않을까, 우리의 죄책감이 조금은 덜어질 수 있지 않을까?

왜 하필 기본소득당인가요?

신민주

모두가 눈독을 들이고 있던 조립식 프로모션 테이블을 큰마음 먹고 구입했다. 직육면체 본체 위에 긴 봉을 두 개 세워 간판을 달 수 있는 형태였다. 테이블 앞부분에는 "기본소득당"이라는 문구를, 간판에는 "이때까지 없었던 새로운 정당 기본소득당이 창당합니다"라는 문구를 넣었다.

이제까지는 접이식 테이블을 캠페인에 사용했다. 앞쪽 두 다리에 테이프로 현수막이나 종이를 붙여 입간판을 만들고 주변에 이젤과 피켓을 세워 캠페인을 진행했다. 가볍고, 싸고, 쉽고, 편하기는 했지만, 영 아마추어 같은 느낌은 감추어지지 않았다.

"사람들이 우리 당을 만나는 기회인데, 가급적 멋있었으면 좋겠어."

심사숙고 끝에 자그마치 20만 원이나 하는 프로모션 테이블 발주를 넣었다. 접이식 테이블의 열 배나 되는 이놈이 비싼 값을 하긴 했다. 사무실에 배송된 프로모션 테이블을 본 사람들은 모두 감격했다. 가격 때문에 끝까지 구매를 고민했던 나도 마음이 풀렸다.

저 알아요. 8,350원이잖아요!

캠페인 리허설 겸 테이블, 피켓, 이젤, 당원 가입서, 유인물을 바리바리 챙겨서 가까운 연남동으로 나왔다. 나는 설문조사를 맡았다. "Do you know 기본소득?"이라는 제목을 달고 "YES I DO", "NO I

DON'T"로 칸을 나누어 놓았다.

"안녕하세요! 기본소득당에서 나왔습니다. 잠시 스티커 하나만 붙여 주실 수 있나요?"

몇 번의 실패 끝에 스티커를 받았다. 그 사람은 "NO I DON'T" 칸에 스티커를 붙였다. 조금 아쉬웠지만 그럴 수 있다고 생각했다. 그런데 그다음 사람도, 또 다음 사람도 "NO I DON'T" 칸에 스티커를 붙였다. 이게 아닌데. 생각한 것과 반응이 달랐다.

기본소득에 대해 열심히 설명해 보려고 해도, 스티커를 붙이자마자 사람들은 빠르게 걸음을 옮겨 떠나 버렸다. 가장 첫 단계인 스티커 설문조사가 잘 안 되니 당원 가입과 설명까지 이어지는 것은 어려웠다. 한국여성정책연구원에서 낸 보고서(<2018 연구보고서 1-기본소득에 대한 성인지적 분석과 정책 과제>)에서는 분명 성인 1,504명에게 설문조사를 해 봤더니 60% 넘는 사람이 기본소득을 인지하고 있다고 했는데, 완전 딴판이었다.

몇 차례 긴 회의가 이어졌다. 여러 종류의 피켓을 만들고, 캠페인 장소 부근에 있는 사람들 특성에 맞게 설명을 진행해 보기로 했다. 대학생들은 조별 과제 주제로 기본소득을 다루기도 하니, 좀 다를 것 같기도 했다.

우리는 서울 시내 한 대학을 방문했다. 대학교는 분명 연남동과는 달랐다. 마음의 여유가 있는 건지 공강인 학생들이 심심해서 그런지, 캠페인에 참여하고 차분히 설명을 듣는 사람이 거리보다는 많았다.

이번에도 나는 스티커 설문조사를 맡았다. 마침 밥을 먹기 위해 교문을 나가는 학생이 있어서 스티커를 건네며 물었다.

"안녕하세요. 기본소득당에서 나왔습니다. 혹시 기본소득을 들어 보신 적 있나요?"

그는 나와 피켓을 번갈아 바라보다가 마침 기억난 듯 말했다.

"아! 저 알아요. 8,350원이잖아요!"

당황해서 잠시 말을 잃었다. 어떻게 해야 하지? 최저임금과 기본소득이 헷갈린 건가? 다시 정신을 차리고 말했다.

"아, 네. 맞아요, 비슷한 것이죠. 8,350원이라는 금액도 정부에서 사람들이 너무 낮은 임금으로 일하지 않도록 정해 놓은 거잖아요. 기본소득도 모든 사람이 불안정한 위치에 처하지 말라고 정부에서 나누어 주는 거예요. 지금의 선별적 복지가 아무래도 문제가 많잖아요? 받아야 할 사람이 못 받기도 하고, 낙인 효과도 있죠. 기본소득은 사람을 선별해서 복지수당을 주는 개념에 반대해요. 모두에게, 조건 없이, 개별적으로 소득을 나누어 주어야 한다고 주장하는 개념이 기본소득이에요. 인간은 모두 존엄하고 지금의 사회를 만드는 데 모두 기여를 했기 때문에, 충분히 기본소득을 받을 권리가 있어요. 저희는 기본소득을 실현하기 위해 정당을 만들고 있는 사람들이에요."

그는 머리를 갸웃거리다가 자리를 떠났다. 내가 기본소득에 대해 잘 설명한 것인지 확신하기 어려웠다.

기본소득당을 만들어야 하는데 사람들이 기본소득을 모른다. 당의 여러 정책을 설명해야 하는데 기본소득부터 설명해야 하는 처지에 놓인 것을 깨달았다. 기본소득이라는 말 자체가 어려운 것은 아닐까? 그러나 마땅히 대체할 말들도 없었다. '모두에게 묻지도 따지지도 않고 돈을 드립니다! 그게 기본소득입니다.' 이렇게 간단하게 줄여 버리면 너무 사기꾼 같아 보였다.

우리 설명은 시간이 지날수록 점점 더 길어졌다. 캠페인을 끝내고 사무실로 돌아갈 때면 매번 고민에 빠졌다.

그래서, 나도 받을 수 있나요?

캠페인을 진행하지 않을 때는 온라인으로 당원이 된 분들께 전화를 걸었다.

"안녕하세요. 기본소득당에서 전화 드렸습니다. 저는 서울 기본소득당 창당준비위원장을 맡고 있는 신민주입니다. 가입해 주셔서 감사하다는 이야기를 드리기 위해 전화 드렸어요!"

대부분 2000년대 생이나 1990년대 생이었다. 명단에 적힌 당원들 나이를 보고 있자니, 온라인 당원 가입자 평균 나이가 22세라는 사실이 실감이 났다.

또래에게 거는 전화는 확실히 달랐다. 이야기가 잘 통하는 것 같았다. "기본소득당 가입 축하드려요!"라고 말하면 다들 웃었고, 같이

"와~!"하고 추임새를 넣기도 했다. 친구들에게 이야기를 해 보겠다는 사람들도 있었다. 기본소득당에 바라는 점을 물으면 "지금처럼만 잘해 주세요!"라고 말하기도 했다. 창당으로 머리가 복잡한 시기, 당원들에게 전화 거는 일은 많은 위로가 되었다.

"혹시 어떻게 가입하시게 되셨는지 여쭈어봐도 될까요?"

"페이스북 보고요!"

온라인으로 가입한 당원 중 100에 99는 이렇게 대답했다.

"그러면 기본소득당의 어떤 부분이 마음에 드셔서 가입하셨나요?"

그때부터는 대답이 달라졌다.

"모두에게 준다는 것이 좋았어요."

"제가 부자는 아니라서 반대할 이유가 없었죠."

"정치에 희망이 없다고 생각하기는 하는데요, 그래도 이번엔 실현되면 좋겠다고 생각했어요."

"차별이 없는 것 같았어요."

"실현되면 나도 받을 수 있어서요."

전화기 건너 신입 당원들은 기본소득이 실현되어야 하는 이유를 너무 명확하게 말해 주었다. 전화를 돌릴 때마다 많이 놀랐다. 캠페인에서 하는 것처럼 3분씩, 5분씩 기본소득을 설명하지는 않았지만 각자가 자주 사용하는 단어로, 각자의 방식으로 기본소득을 설명하고 있었다. 그게 감격스럽기도 했다. 기본소득을 설명하는 아주 간단하고 명확한 언어들을 당원들로부터 배우고 있었다.

"새로운 정당이 창당합니다. 기본소득당이 창당합니다. 기본소득 도입을 위해 힘을 보태 주세요."

대학교 캠퍼스 캠페인도 계속하기로 했다. 귀여운 머리띠를 하고, 유인물을 사람들에게 나누어 주며 열심히 외쳤다.

한 사람이 다가와 말을 건넸다. 캠페인 나온 한 명과 한참 대화를 나누었고, 캠페인이 끝날 때쯤에야 그들의 대화도 끝났다. 그리고는 부스에 다가와 당원 가입서를 작성했다.

"나는 비정규직이고 청각장애인입니다. 오늘도 나는 일을 해야 합니다. 그런 나도 기본소득을 받을 수 있나요? 정말 모두에게 나누어 주나요? 정말인가요?"

그는 끊임없이 물었다고 했다. 자신도 기본소득을 받을 수 있음을 깨달았을 때, 마침내 그는 기본소득당 당원이 되겠다고 말했다.

"기본소득이 도입되기 위해 무엇을 하면 좋을까요? 당원 가입 외에 무엇을 할 수 있을까요?"

아주 느리지만 무엇인가가 바뀌고 있었다.

우리 같이 고민해 봐요!

"왜 하필 기본소득당인가요?"

기본소득당을 창당한다고 말했을 때 많은 사람이 물었다. 기본소득당에 가입한 많은 사람에게 내가 묻는 말이기도 했다. 나에게 기본소득당은 무엇일까. 여러 사람의 대답이 떠올랐다.

"창당 대회에는 가기 어려워요. 토요일, 일요일에도 아르바이트를 해야 하거든요."

나와 나이 차이가 거의 나지 않는 어떤 당원의 답변이었다. 통화 중에도 그는 아르바이트를 하고 있어서 끊임없이 손님들과 대화를 해야 했다. 우리 대화는 끊어졌다 이어지기를 반복했다. 그래도 그는 내 전화를 끊지 않았다. 그는 당 정책들이 "좀 더 쉬어도 돼"라고 말하는 것 같아 좋았다고 했다. 기본소득당에서 하면 좋을 것 같은 사업에 관해 묻자, 그는 "지금은 잘 모르겠지만 같이 고민해 봐요!"라고 대답했다. 그리고 쾌활하게 웃었다.

예전에 사람들은 노력하면 성공할 수 있다는 사실을 믿었다. 아프니까 청춘이고, 천 번을 흔들려야 어른이 된다는 말이 유행을 타고 번졌다. 그보다 오래전에는, 일하지 않으면 먹지도 말라는 말이 유행이었다. IMF 시기에는 국가가 어렵다는 이야기를 듣고 자식의 돌 반지를 내놓는 젊은 부부들이 있었다. 돌 반지가 없는 세대가 성장했을 때, 모든 믿음은 흔들리기 시작했다. 우리에게는 최소한의 보호를 해 주는 국가도, 돌 반지도, 직업도, 일자리도 없었다. "그래도 열심히 일해야지." 노력하면 성공한다는 감각이 없는 시대에 그 말은 허황된 것이었다.

통화를 마치고 내가 '하필' 기본소득당을 하는 까닭이 좀 더 선명해졌다. 일하다 화상을 당한 이후 길거리에 쪼그려 앉아 울었던 기억, 쉬고 싶었던 기억, 어리고 작은 여자를 무시하는 사람들을 마주하던 기억, 독립하고 싶어 어플로 집값을 알아보다 포기했던 기억. 하나하나 씨줄 날줄이 되어 촘촘하게 짜여 나갔다.

소란스러운 일터에서 호탕하게 웃으며 같이 고민하자는 그의 일상이 내 기억들과 조각보처럼 이어지는 기분이다. 그들이 인생 최초로 선택한 당이 기본소득당이라는 사실이 마음에 든다.

기본소득당을 멋지게 잘 만들어 보고 싶다. 그리고 새로운 말들을 만들고 싶다. "열심히 일해야지"가 아니라 "쉬고 싶을 때는 조금 쉬어도 되는 사회가 필요해." "누구든 기본소득을 받을 권리가 있어." 그리고 이렇게도 말해 보고 싶다. "그 방법을 같이 고민해 봐요!"

바람 쐬러 갈까?

신지혜

셋이 함께하는 인터뷰는 처음이었다. 11월 11일 오후 두 시 광화문, 《오마이뉴스》 기자님이 빼빼로를 주시지 않았더라면 빼빼로데이인지 까먹고 지나갈 만큼 정신없는 날들을 보내고 있었다. 폭발적으로 입당하고 있는 당원들한테 전화도 돌리고, 온 마음과 기억을 끄집어내서 책도 써야 했고, 하루가 멀다 하고 회의를 해야 했다.

플래카드를 걸고 나니 문의 전화가 부쩍 늘었다.

"안녕하세요, 기본소득당 경기위원장 신지혜입니다. 저희는 기본소득을 실현하기 위해 선거를 하고 의회에 들어가서 법을 만들려는 정당이고요. 네, 민주당, 한국당 같은 정당이에요. 저희가 직접 돈을 드리는 건 아니고요. ……"

통화는 10분 이상 길어지기도 했다. 하루에 너덧 번씩 나이 지긋한 어르신들에게 기본소득을 설명하고 창당을 설명하는 일은 즐겁기도 하고 조심스럽기도 했다.

언론사가 요청하는 인터뷰나 강의 요청도 창당하는 입장에서 어느 것 하나도 거절할 수가 없었다. 일이 들어오는 대로 꾸역꾸역 해치우고 있었다. 민주도 혜인이도 사정이 다르지 않아서 셋이 일정을 맞추는 일이 쉽지 않았다.

함께하는 인터뷰는 재밌었다. 민주와 혜인이가 질문에 답할 때마다 '우와! 나도 그렇게 생각했는데' 할 때가 많아, 우리가 정말 같은 정당을 만들고 있구나 싶었다. 명랑하지만 속 깊은 이야기를 하는 민주와 똑 부러지는 말솜씨로 설명하는 혜인이에게 반하고 있었다.

인터뷰를 마친 후 혜인이는 저녁 일정까지 비는 시간 동안 근처 카페에서 글을 쓸 것이라 했다. 나와 민주는 몸만 덜렁 나왔던 터라 다시 사무실로 돌아가야 했다. 혜인이가 어차피 카페에 갈 겸 커피 한잔 어떠냐고 했다. 민주와 나에게는 쿠폰이 있었다.

커피 잔을 감싸 쥐고 혜인이가 말을 꺼냈다.

"언니, 내가 요즘 꿈을 많이 꿔요. 어제도 또 도망치는 꿈을 꿨어요. 너무 피곤해요, 잠을 잘 못자서."

'아, 혜인이도 힘들구나.'

잠을 제대로 못 자는 날이 늘어나고 있는 건 나도 마찬가지였다. 내 상태가 예사롭지 않다는 건 알고 있었다. 무기력하거나 잠을 자고 싶을 때가 많았다. 걱정이 있을 때 드러나는 내 몸 상태였다. 티를 낼 순 없었다. 본부 사람들은 매일같이 야근하며 골머리를 썩이고 있었다. 나는 창당하자고 말했던 장본인이었고, 본부 사람들 중에서도 나이가 많은 축에 속했다. 힘들다고 이야기하면 사람들 의욕을 꺾는 것이 아닐까 싶어 입이 떨어지지 않았다.

가끔씩 사무실에서 마주치는 민주 표정도 예사롭지 않다고 느끼던 참이었다.

혜인이가 꿈을 꾼다는 말에 나는 엉뚱한 대답을 했다.

"얘들아, 우리, 동해 가서 바다 보자. 어때? 그때까지 책 마감도 해야 되는데, 바다 보면서 글 쓰자, 오랜만에."

다들 좋다고 했다. 날짜부터 잡았다. 빼곡한 일정 틈바구니에서 빈

칸을 찾았다. 이 달 말 주말 칸에는 다행히 셋 다 아무것도 적혀 있지 않았다. 우리가 유일하게 맞출 수 있는 1박 2일 일정이었다. 날짜를 잡자마자 혜인이는 숙소 어플을 열었다. 다섯 개 정도 숙소를 보고, 내친김에 숙소도 예약했다. 이렇게 됐으니 취소될 일이 없을 거다.

"진짜 가요?"

민주는 어안이 벙벙해져 말했다.

"진짜 이렇게 빨리 일이 추진될 줄은 몰랐어요."

하하 웃으며 우리는 헤어졌다. 준비랄 것도 없었다. 혜인이 차를 타고 가면 되고, 밥은 사 먹으면 될 일이었다.

톡 하고 터질 것만 같은

드디어 바다에 가는 날이었다. 가는 날이 장날이라더니 추적추적 비가 내렸다. 목적지는 주문진. 이유는 특별한 게 없었다. 주문진에 있는 숙소를 예약했기 때문이었다. 동해 바다면 족하다.

해야 할 일은 산더미였지만 그저 떠난다는 것이 좋았다. 다음 주말에 서울 창당대회, 경기 창당대회가 연달아 열리지만 이때가 아니면 언제 떠나나 싶었다. 날씨가 도와주지는 않았지만, 조금은 부담을 안고 조금은 홀가분한 채로, 누구 하나 취소할 일이 생기지 않아 다행이라 생각하며 시동을 걸었다.

강릉 초당두부마을에서 늦은 점심을 먹고 주문진항으로 갔다. 민주가 제일 좋아한다는 회를 사기 위해서였다. 주문진 수산시장을 두 바퀴를 돌고서야 3만 원짜리 방어를 포장했다. 편의점에 들러 햇반과 라면을 사고 술도 사서 숙소로 갔다.

숙소는 파도치는 바다가 보이는 '오션뷰'였다. 사진이 거짓말하지 않았다고 깔깔거리며 기쁜 마음을 숨기지 못했다. 누구도 제안하지 않았지만 우리 셋은 자연스럽게 창가 의자에 앉아 창밖을 바라봤다. 태풍이 오나 싶을 정도로 파도가 높았다. 회색빛 하늘은 이내 검은색으로 바뀌었다. 아직 여섯 시도 안 됐는데 흐린 날씨 탓인 것 같았다. 창밖을 보는 건지, 내 맘속을 보는 건지 기분이 일렁였다.

"그런데 우리 글은 언제 써요?"

민주의 한마디에 우리는 각자 시간을 보내기 시작했다. 혜인이는 장거리 운전이 피곤했는지 침대에 누워 눈을 붙였다. 민주는 여성가족부 지원사업 때문에 인터뷰 기사를 쓰고 있었다. 나도 맞은편에 앉아 노트북을 열었다.

얼마 지나지 않아 민주는 책 쓰기 작업을 시작한다고 했다. 민주는 글 쓰는 속도가 제일 빨라, 함께 쓰고 있는 책에 들어갈 에피소드도 몇 개만 쓰면 됐다. 책 쓰러 동해 가자고 말하긴 했지만 진짜 책을 쓸 거라 생각하진 않았는데, 역시 책임감 우주 최강인 민주다웠다.

"그런데, 민주야, 요즘 준호는 뭐가 힘든 거야?"

"아, 그게 ……."

민주는 노트북을 덮고 본격적으로 얘기하기 시작했다. 어느 날부터 대변인을 맡은 준호가 웃는 일이 별로 없었다. 준호는 민주와 동갑이었고 청년정치공동체 너머에서 같이 일한 시간도 짧지 않았다. '절친'인 민주와 준호는 정말 더-러-운 이야기를 하며 깔깔거리곤 했는데, 언제부턴가 웃음소리가 들리지 않았다. 카메라를 들이대면 '요상한' 포즈를 취하고, 무슨 일이 있을 때마다 '아니, 있잖아요'하며 흥분해서 말하곤 했던 민주도 평소 같지 않았다. 둘 사이 문제가 있나? 민주는 창당 일정과 청년정치공동체 너머 대표 일을 동시에 하면서 힘든 점이 많다고 했다. 창당준비위원장도 공동이고 너머 대표도 공동인데, 유달리 본인만 힘들고 일에 책임감만 큰 것 같다며 혼란스러워했다. 책임감으로는 둘째가라면 서러운 준호도 마찬가지였다. 2년 넘게 사무처 일을 해 온 준호는 본인이 하고 싶은 일을 찾는 것보다 다른 이들을 보조하는 때가 많았다. 그는 소문내지 않고 알아서 척척 누군가의 손발이 되어 주는 성격이었다.

민주가 요즘 힘들었던 이야기를 시작하자 혜인이가 슬며시 일어나 우리 사이에 자리를 잡고 앉았다.

"제가 뭐 잘 못 먹고 얼굴도 퉁퉁 붓고 너무 몸이 힘들어서 죽겠는데, 다른 사람들이 못 가게 된 일정들을 제가 계속 가게 된 거예요. 아, 나만 이 일이 중요한가 싶고, 왜 나 혼자 안절부절못하나 싶어요."

약속을 중요하게 생각하는 민주는 약속을 지키려고 애쓰다가 예민해져 있었다.

"우리 저녁 먹으면서 애기할까?"

벌써 여덟 시가 되어가고 있었다. 민주가 제일 좋아하는 회라도 먹으면서 이야기해야 할 것 같았다. 산 건 회밖에 없어서 상차림은 금방 완성되었다.

소주잔이 오가고, 눈빛이 오갔다.

혜인이는 괜찮냐는 질문에 언제나 그랬듯 괜찮다고 답했다. 지난 일을 물으면 '잘 기억도 안 나요' 하며 이내 호탕하게 웃고 마는 그였다. 그러다 곧 갑자기 생각이 난 듯 다른 대답이 나왔다.

"한 달 전까지 본부가 난리였는데, 이제야 좀 자리가 잡힌 것 같아요."

일이 하나 생기면 어느 회의에서 결정해야 할지, 팀을 어떻게 나눠야 할지, 팀 안에서도 역할을 어떻게 분담해야 할지, 무엇보다 총선까지 버티려면 돈을 얼마나 어떻게 모아야 할지, 하나부터 열까지 맞춰 나가야 했고 방법을 찾아야 했다. 사무실을 구하고 두 달이 다 되는 요즘에야 조금씩 서로 빈틈을 발견하고 메워 줄 수 있게 되었다.

혜인이는 신경 쓰이는 게 있어도 티를 잘 내지 않고, 핸드폰 게임을 해도 주변에 무슨 일이 일어나고 있는지 두 귀로 살피는 성격이었다. 본부장이 있었지만 혜인이는 창당준비위원회 대표였다. 본부에서 사람들이 겪는 혼란을 모를 리 없었다. 사람과 사람 사이에서 생기는 묘한 갈등을 모른 척하기 힘든데, 그래서 잠을 잘 못 자는 것 같다고 했다. 그런데 이제 본부도 자리를 잡아 가니 큰 걱정은 없다고, 오히려 총선 끝나고 더 걱정이라며 예의 혜인이 표 호탕한 웃음이었다.

나도 요즘 잠을 잘 못 잔다며 이야기를 꺼냈다. 도대체 창당을 할 수 있을지 한 치 앞도 예상을 못하겠고 걱정이 태산이었는데, 당원 모집 한 달 만에 온라인 캠페인으로 당원이 말 그대로 쏟아져 들어오기 시작했다. 경기도당이 창당 가능한 인원을 훌쩍 넘어섰고 창당 대회를 눈앞에 두니, 우리가 '저지른' 일의 무게로 새삼 어깨가 무거웠다. 당장 총선을 어떻게 치러야 할지가 가장 큰 걱정이었다. 총선에 출마했던 지난 기억도 생생하게 떠올랐다. '신인' 정치인이라고 할 수도 없었고, '청년' 후보라는 수식어도 쓸 수 있는 시간이 얼마 남지 않은 셈이다. 갖춰진 집에서 뛰쳐나와 새 집을 짓는 동시에 새 집을 홍보할 파티도 준비해야 한다. 게다가 파티 호스트인 나는 아이디어가 샘솟는 성격도 아닌데, 예전보다 어떻게 더 흥행할까를 고민해야 했다. 파티가 끝나면 곧바로 총선이라는, 그 힘들었던 일을 또 하려니 몸이 더 안 움직이는 것 같았다.

창당을 위한 워크숍 준비부터 지금까지 쉬지 않고 달려 온 모두가 톡 건드리면 터질지도 모르는 상태였다. 꼭 쉬지 못해서가 아니라 각자 맡은 역할과 위치에서 고민이 깊었다. 다른 사람이 힘들어하는 것도 보였고, 자기가 당장 해치워야 하는 일도 있었다. 게다가 우리 셋은 각각 대표를 맡고 있었다. 누구에게 힘들다고 쉽게 털어놓을 수 없는 자리이기도 했다. 서로 괜찮은지 묻고 들어주는 시간은 새벽까지 이어졌다.

다시 리-셋

"아, 망했어요!"

민주가 절망 섞인 목소리로 외쳤다. 당의 주요 직책에 있는 사람들이 고민과 걱정이 많으니 망했다는 건가? 민주는 핸드폰을 보여 주었다. 터치가 안 된단다. 꺼지지도 않고, 아무것도 안 된다고. 근데 처음이 아니란다. 배터리가 다 닳아 꺼지고 나서 다시 켜야 잘 된단다. 망했다더니 금세 괜찮다고 웃는다. 화면을 계속 눌러서 배터리를 빨리 닳게 하면 된다고. 우리는 어떻게 하면 핸드폰 배터리가 빨리 닳을까 궁리하다가 창문을 조금 열어 그 틈에 핸드폰을 놓고는 빨리 방전되길 바라며 다시 이야기를 이어 갔다.

각자 다른 활동을 했던지라 우리는 아직도 서로에 대해 새롭게 알게 되는 것이 많았다. 고개를 끄덕이고 위로를 건넸다. 한참을 깔깔거리며 이야기를 하다 민주가 이번에는 들뜬 목소리로 말했다. 배터리가 10%밖에 안 남았다고. 방전을 기대하며 새벽녘에 우리는 잠이 들었다. 집에 있을 때보다 깊은 잠을 잤다.

"아, 망할, 5% 남았는데, 절전 모드가 되어 버렸어요."

가장 먼저 씻고 나온 민주가 수건으로 머리를 말리며 말했다. 나도

주섬주섬 일어나 냄비에 물을 올려놓고 씻으러 들어갔다. 씻고 나오
니 막 물이 끓기 시작했다. 라면 두 봉지를 끓는 물에 넣고 머리를 말
렸다. 그새 혜인이가 화장실에 들어가 씻기 시작했고, 라면도 보글보
글 끓기 시작했다. 그사이 민주가 즉석밥 하나를 렌지에 돌려 상을
차렸다. 어제처럼 빠른 상차림이었다. 언제나처럼 '잘 먹겠습니다'
하고는 후루룩 먹었다. 어느덧 퇴실 시간이었다.

바깥은 어제 날씨와 딴판이었다. 하늘은 새파랗게 맑았고, 바람도
세차게 불지 않았다.

"우리 하조대 들러 바다 보고 갈까요?"

혜인이 말에 나는 물개박수를 치며 차에 올랐다.

"사실 나 셀카봉 가져왔어."

핸드폰을 셀카봉에 끼웠다. 우리 모두 화장은 하지 않은 채였다. 누
구 하나 배신하지 않고 노메이크업으로 의리를 지켰다며 첫 사진을
찍었다. 알고 지내 온 시간은 수년이었지만 우리끼리 사진을 찍은 건
처음이었다. 하조대 전망대에 올라가는 사이 민주가 탄성을 질렀다.

"드-디-어! 꺼졌어요."

핸드폰은 바로 다시 켜지더니 언제 고장 났었냐는 듯 말짱했다. 민
주는 서비스센터에 바로 안 가도 된다며 기뻐했다. 기분이 좋아진 민
주에게 등대 앞에서 포즈 좀 잡아 보라고 했다. 사진 찍을 때 가장 많
이 하는 포즈를 취했다. 사선으로 하늘을 쳐다보면서 손가락으로 턱
을 괴는 우수에 찬 포즈. 그래, 이렇게 민주가 재밌는 사람이었는데.

꺼졌다가 리셋 된 민주의 핸드폰처럼, 우리도 조금은 리셋이 된 것 같았다. 금세 스트레스가 또 쌓이겠지만 리셋 할 힘은 얻어서 가는 듯했다.

일탈하듯 훌쩍 10분 정도 본 바다 앞에서 기뻐하는 우리, '노메이크업 의리!'를 외치며 깔깔대는 우리가 조금 더 기대된다. 신지혜

끝과 시작

신지혜

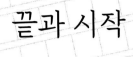

외사촌 결혼식이 있어 안성에 다녀오는 길이었다. 고속버스터미널에서 당산역까지 와서 2호선으로 갈아타려고 지하철을 기다리고 있었다. 오랜만에 예전에 '인연맺기학교' 자원활동을 같이했던 친구들을 만나 잠깐 얼굴 보고, 근처에 있는 당 사무실에 들러 일을 할 작정이었다. 이튿날은 경기 기본소득당 창당대회였다.

전 역을 출발했다는 지하철 알림판을 보고 있는데 핸드폰 진동이 울렸다. 동생이었다. 결혼식장에서 헤어진 지 세 시간도 되지 않았는데 뭘 두고 간 게 있나 하며 전화를 받았다.

"누나야, 지금 할머니가 돌아가셨단다. 나는 먼저 가 있을 테니까, 누나는 창당대회 끝나면 온나."

"돌아가셨다고?"

어안이 벙벙했다.

2주 전에 할머니가 위독하다는 소식을 들었다. 그것도 순전히 우연히 알게 됐다. 아빠에게 곧 창당하게 될 것 같으니 받아 둔 당원 가입서를 우편으로 보내 달라고 전화했다. 아빠는 알겠다며, 부산에 다녀오는 길이라고 할머니가 위독하시다고 했다. 혹시 몰라 장례식장도 이미 예약해 두었다는 말을 듣고서 상황이 많이 심각하구나 싶었다. 비바람 부는 일요일 저녁 길바닥에서 했던 통화는 '주말에 일정 다 취소하고 할머니 만나러 갈게요'로 끝났다.

할머니를 만나러 가려면 준비가 필요했다. 입양한 지 두 달도 안 된 고양이를 혼자 두고 하룻밤 다녀와야 하는 것도 맘이 쓰였다. 모래가 담긴 화장실을 하나 더 놓고 사료 먹고 물 마실 곳도 한 군데 늘렸다.

철도가 파업 중이라 표를 예매했어도 입석으로 가야 했다. 점심때가 지나 출발해서 저녁때가 되어서야 부산역에 도착했다. 지하철을 타고 다대포항역에 내려 핸드폰 내비게이션을 켰다. 지도를 보며 길을 찾으려 하는데 어둠 속에서 누군가 손을 흔들고 있었다. 고모와 고모부가 마중을 나왔다. 고모와 손을 잡고 병원까지 걸어가며, 할머니가 거의 열흘을 입원해 있었다는 것과 온몸에 암이 다 퍼져서 손쓸 수 있는 게 없다는 것을 알게 됐다. 할머니 병실은 7층, 엘리베이터에서 내리니 진한 소독약 향이 옷에 배는 것만 같았다.

아파서 누워 있는 할머니 모습을 본 건 그때가 처음이었다. 드라마에서나 봤던 기계가 쉼 없이 혈압과 심장박동수를 알려 주고 있었다. 코에는 산소 튜브가 걸려 있었고, 침대 왼편에는 산소통 두 개가 놓여 있었다. 링거를 너무 많이 맞은 탓인지 팔이 퉁퉁 부어 손가락으로 찔러도 살이 눌리지 않을 것 같았다. 할머니 손등에 꽂힌 링거 속으로 영양제가 들어가고 있었다. 먹으면 모두 게워서 식사를 전혀 못 하신다고 했다. 링거 때문에 행여나 아플까 봐 할머니 손을 한 번 스치듯 만지며 인사했다.

"지혜 왔어요. 할머니."

여느 때처럼 "지혜 왔나" 하시며 옅은 미소를 보이셨다. 먹는 걸 참 좋아하셨는데 식사를 못 해서 배고프시지 않느냐고 물었다. 허전하긴 하지만 배고프진 않다고 하셨다. 그리고는 "결혼은?" 하고 물으셨다. 모든 장기에 암 덩어리가 퍼져 혼자 호흡도 하지 못하시면서 손녀 걱정은 여전하셨다. "좋은 사람 있으면 그때 해야죠." 나도 평소와 같은 대답을 했다. 많이 바쁠 텐데 어떻게 왔냐고 물으셔서 "할머니 보러 왔지요" 하며 요즘 정당을 만들고 있다고 했다. 옆에 있던 고모부가 할머니도 당원이라고 알려 주셨다. 손녀 하는 일 잘되라고 당원 가입서를 써 주셨나 보다. 할머니는 우리더러 당신은 먹지도 못하는 밥을 먹으러 가라고 했다.

30분도 채 되지 않는 만남이었다. 나는 "또 올게요" 하고 친척들과 같이 병실을 나섰다.

이튿날 아침, 서울로 돌아가기 전에 병원에 다시 잠깐 들렀다. 할머니는 혈압이 200까지 올랐고 한기가 들어 덜덜 떨고 계셨다. 다급하게 간호사를 부르고 나서도 할 수 있는 일이 없었다. 이불 하나 더 덮어 드리는 것 말고는. 이삼일에 한 번씩은 오한이 든다고 했다.

기차 시간 때문에 제대로 인사도 못 드리고 기차역으로 갔다. 그게 마지막 만남일 거라곤 생각도 안 했다. 길진 않아도 대화가 가능하고 고통을 느끼진 않아 진통제를 놓은 적은 없다고 해서 다행이라 생각했다. 부산 창당대회도 곧 한다니까 그때 또 할머니를 봬야지, 하고 있었다.

할 수 있는 게 없네

창당대회 준비로 하루하루가 금방 저물었다. 경기도는 너무 넓어서 창당대회를 어디서 할지도 고민이었다. 모두에게 공평하게 오기 편한 곳은 서울이지만 경기 창당대회를 서울에서 하는 건 이상했다. 창당하고 나면 내가 고양시에서 총선에 출마하기로 마음을 굳혔던 터라, 의견은 쉽게 모아졌다. 창당대회도 고양시에서 하자. 축사도 고양시에서 내가 만난 시민사회단체 활동을 하시는 분들에게 부탁을 드렸다. 큰 어려움 없이 준비는 잘 돼갔다.

창당대회 하루 전에는 아주 자잘한 것을 챙기기만 하면 되었다. 사회자 대본을 출력해서 예쁘게 만들고, 마이크에 달 "경기 기본소득당" 피켓도 만들고, 퍼포먼스에 쓸 재료를 포함해서 준비물을 점검하는 것이었다. 함께 경기 기본소득당 창당준비위원장을 맡은 서태성 위원장이 어디까지 준비했는지 알려 주고 있던 참이었다.

할머니가 돌아가셨다는 전화를 끊고 친구들과 약속한 합정으로 꾸역꾸역 가면서도 어찌해야 하나 결정을 못 내렸다. 이미 여섯 시가 넘었고 지금 당장 부산에 가더라도 내일 창당대회 시간에 맞춰 오기는 힘들 것 같았다. 총선을 생각해서 고양시에서 하는 창당대회인데, 내가 없다면 굳이 고양시에서 창당대회를 하는 의미가 없어지는 것이었다.

창당대회 끝내고 오라던 동생 말이 기억이 났다. 정말 그래도 되는 걸까. 상을 당하고도 주변 사람들한테 알리지 않는 건 예의가 아니라고 하던데 누구한테까지 알려야 하는 걸까. 가족상은 처음이었고 내 안에서 쏟아지는 질문에 답을 할 수 없었다.

일단 경기 창당준비위원장을 공동으로 맡고 있는 분들에게 알려야지 싶었다. 말로는 어떻게 해야 할지 막막해서 셋이 모여 있는 텔레그램 방에 썼다.

> 저 큰일이 났는데 할머니가 돌아가셨대요. 그래서 저는 내일 뒤풀이는 못 하고 바로 가 봐야 할 것 같아요. 내일 뒤풀이는 다른 위원장님들께서 잘 봐주셔야 할 것 같습니다.

생각이 정리되기도 전에 마음은 이미 답을 정해 놓은 듯했다. 글을 써 보내고 안효상 후원회장님께 전화를 걸었다. 창당대회가 끝난 월요일에 그가 진행하는 인터넷 방송 촬영이 있었기 때문이다.

"죄송한데, 지금 할머니가 돌아가셔서요. 창당대회 끝나고 바로 장례식장으로 가면 월요일 아침까지 못 돌아올 것 같아서요."

채팅방에 한 글자씩 적을 때는 몰랐는데 할머니가 돌아가셨다는 것을 내 입으로 뱉으니 울음이 날 것 같았다. 가다듬으려 해도 목소리가 계속 떨렸다. 월요일 일정을 취소하는 것으로 짧게 통화가 끝이 났다.

KTX는 이미 매진이었다. 서둘러 입석이라도 예매했다. 친구들을 만나고 별 말 없이 헤어졌다. 창당대회 준비로 분주할 텐데 분명히 내 눈치를 살피느라 일에 방해가 될 것 같았지만, 나는 사무실로 향했다. 아홉 시가 다 되어가는 시간이었다. 인사를 건네며 사무실 문을 열었다. 금요일 밤, 아무도 퇴근하지 않고 일하고 있었다. 마음도 안 좋을 텐데 굳이 사무실로 왔느냐는 표정으로 날 보는 것 같았다. 괜찮냐는 질문에 "지금 내가 할 수 있는 게 없네" 하고 답했다. 혜인 이는 화환이라도 보낼 수 있게 빈소를 알려 달라고 했다.

사무실 사람들 반응을 보니 외부에는 경기 창당대회가 끝나고 알리는 것이 낫겠구나 생각했다. 창당대회에 온 분들이 날 안타깝게 쳐다보는 것도 별로일 것 같았다. 무엇보다 할머니가 돌아가셨는데도 창당대회를 기어이 치르는 '독한 년'으로 볼 것 같았다. 나는 없는 장례식장에 나를 찾아 문상 올 사람들에게는 또 얼마나 미안한 일인가 싶었다.

마음은 정했지만 일이 손에 잡히지 않았다. 한 시간 남짓 준비를 하다 집에 돌아와 장례식장에 갈 준비를 했다. 검은색 옷을 챙기고, 고양이 밥이며 물이며 집을 비울 준비를 했다.

책상에 앉았다. 창당대회에서 읽을 경기 기본소득당 상임위원장 출마 선언문을 쓰려 했지만, 써지질 않았다.

모르겠다, 내일의 나를 믿고 그냥 자자.

마지막 손님

자고 일어나니 겨울비가 내리고 있었다. 날씨까지 안 도와주네 싶어 짜증이 일었다. 마음만큼이나 몸이 무거웠다. 창당대회가 열릴 덕양구청으로 갔다. 이미 서태성 위원장이 도착해서 여기저기 돌아다니며 살피고 있었다. 마이크, 앰프, 빔프로젝터 등은 확인이 끝난 것 같았다. 내가 정신이 없을 것이라 생각해서인지 그는 이미 많은 것을 감당하며 준비하고 있었다.

접수처로 쓸 책상에 김밥이 한가득 놓여 있었다. 급체한 듯 명치가 아파서 아침에 아무것도 먹지 못한 상태였다.

먹을까 말까? 그래도 안 먹어서 힘이 없는 것보다야 낫겠지.

김밥을 우걱우걱 입에 넣었다. 명치가 나를 쿡쿡 찌르는 것 같았다.

두 시간이나 일찍 왔는데 준비는 대회 직전에야 끝났다. 문제는 내 표정이었다. 창당대회 때 찍은 사진이 보도 자료나 영상에도 계속 쓰일 텐데, 내 맘 그대로 표정에 드러나면 안 될 일이었다. 위가 계속 조이는 느낌이 들어도 되도록 웃어야 했다. 평생 남을 사진이니까. 아무렴 정치인이니까. 웃는 건 자신 있었다. 아픔인지 슬픔인지 모를 통증은 명치끝에 꾹 눌러 두었다.

1부 북 토크 행사가 끝나고 2부 행사가 시작됐다. 축사를 들을 때는 위로가 됐다. 5년 동안 고양시에서 활동했던 게 헛짓은 아닌 것 같았다. 궂은 날씨에도 축사하러 와 주신 분들이 너무 고마워서 위로

가 됐다.

임시의장을 뽑았고, 이어진 순서대로 진행되어야 했다. 정신없이 행사를 준비한 게 적나라하게 드러났다. 2부 시작은 동영상이었는데 순서를 놓쳤다. 회의와 표결에 필요한 서기와 검표도 미리 섭외할 생각을 못 해서 현장에서 자원을 받았다. 얼마나 혼을 빼놓고 있었던 건지 자책하기에는 시간이 너무 잘 갔다.

조금이라도 빨리 장례식장에 가려고 너무 빠듯하게 기차를 예매했던 걸까? 기차를 놓치면 답이 없었다. 마음이 급해 출마를 선언할 때도 말이 계속 빨라졌다. 바투카다의 축하공연이 힘차게 끝나면서, 창당대회도 무사히(?) 마쳤다.

"여러분, 경기 기본소득당 창당대회 폐회를 선언합니다. 꼭 예약한 식당으로 가셔서 식사하고 가세요."

나는 끝까지 할머니가 돌아가셨다는 말을 하지 않았다.

뒷정리를 부탁한 본부 사람들에게 눈인사를 하고 냅다 지하철역으로 달렸다. 조금이라도 빨리 가려고 우산도 쓰지 않았다. 지하철역에 도착하고서야 행사 때 쓴 노트북을 가져오지 않은 게 생각났다. '진짜 어지간히 정신이 없었구나!'

교통카드를 찍고 계단을 내려가며 시계를 봤다. 이번 지하철을 탄다고 해도 도저히 KTX 시간에 맞춰 가지 못할 것 같았다. 이미 늦었다. 번뜩 비행기 생각이 났다. 다행히 예약이 되었다. 심지어 기차보다 더 빨리 부산에 도착할 수 있었다. 부산 갈 때 종종 비행기를 타

놓고서 왜 이제야 생각이 났을까? 내가 당황하면 이렇게 많은 걸 놓치는 사람이었나 싶었다.

다시 개찰구로 올라와 교통카드를 찍고 덕양구청으로 향했다. 노트북도 챙겼고, 정신없는 나를 위해 더 수고해 준 본부 사람들한테도 다시 인사를 전했다.

김포공항에는 늦지 않게 도착했다. 페이스북을 켰다. 정치인은 행사가 끝나면 사진과 소감을 페이스북에 남겨야 하니까. 경기 기본소득당 창당대회를 무사히 마쳤음을 알렸다. 그리고 할머니 부고를 전했다. 장례식장에 가는 길임을 담담하게 썼다. 그가 아니었다면 나는 경기 기본소득당 상임위원장이 되지 못했을지 모른다고도 썼다.

자식이 다른 대학보다 등록금이 비싼 대학에 합격하고 부모님이 난감해할 때 부족한 돈을 턱 하니 내준 것은 할머니였다. 손주 중 처음 대학에 갔는데, 게다가 당신도 이름을 들어 본 대학에 합격한 걸 자랑스러워하셨다. 생계급여 받으며 살아온 할머니가 돈이 어디서 났을까. 그에게 얼마나 큰 돈을 내어 준 걸까. 할머니 덕에 들어간 대학에서 생활하며 인연맺기학교 자원 교사가 됐고, 세상이 얼마나 차별이 가득한 곳인지 알게 됐고, 차별을 없애고 싶어 자연스레 정치하는 사람이 되었다.

공항에 내려서는 택시를 타고 장례식장으로 갔다. 밤 열 시가 되어서야 장례식장에 도착했다.

기본소득당에서 보낸 화환이 눈에 띄었다. 다들 어떤 표정과 마음으로 장례식장을 지키고 있을까? 장례식장에는 아빠 친구들과 친척들밖에 없었다. 다행히 걱정했던 것만큼 침울한 분위기는 아니었다.

가족들이어서일까, 창당대회까지 마치고 와도 나는 '독한 년'이 아니었다. 일 마치고 오느라 수고했다고 격려를 받았다. 상조업체에서 가족에게 상복을 준다는 것도 그때 알게 됐다. 괜히 두 손 무겁게 장례식 올 준비를 했나 보다.

상복으로 갈아입고 영정 속 할머니와 마주 섰다.

나는 마지막 손님으로 할머니를 배웅했다.

OK, 계획대로 되고 있어

용혜인

포럼, 강연, 발표회, 인터뷰, 기자회견, 토론회, 인터뷰, 강연, 인터
뷰…….

기본소득당 창당준비위원회의 대표가 되고 난 뒤 나의 일상이다.
기본소득 혹은 기본소득당이 궁금하다며 불러 주시는 곳에는 다 갔
다. 부르지 않아도 기본소득과 관련한 토론회나 포럼이 있는 곳이라
면 어디든 찾아갔다. 일주일에 두세 곳의 언론사와 인터뷰를 했고,
한 번이라도 더 언론에 나오길 바라며 보도 자료도 보냈다. 일주일
내내 하루 일정이 세 개씩 잡히기도 했다. 기본소득당이 창당한다는
것을 어떻게든 더 많은 사람에게 알려야 하니까. 발기인대회가 끝나
고 200장씩 들어 있는 명함을 두 통 주문했는데, 석 달이 채 지나기
전에 한 통은 다 썼고 두 번째 통도 반쯤 비었다.

"새로 만드는 당인데, 오히려 이름이 명확하니까 뭘 주장하는 곳
인지 딱 보면 알겠어요."

정당 이름 같지 않다며 생소한 느낌을 주는 '기본소득당'이라는 이
름에 많은 분이 오히려 신선하다는 반응을 보였다. 발표회장이나 강
연장에서 기본소득당이 꿈꾸는 세상에 대한 이야기를 나눈 뒤에 당
원으로 가입하는 분도 있었고 앞으로 관심 갖고 지켜보겠다고 말씀
해 주시는 분도 있었다. 덕분에 많은 일정을 소화하면서도 크게 힘들
지는 않았다. 기본소득당을 만들기로 했던 우리의 결정이 틀리지 않
았다는 것이 증명된 것 같았다.

한 언론사와 인터뷰를 진행하던 중이었다. 창당한 이유에 대한 이

야기를 나누던 차에 기자는 혼잣말인지 질문인지 헷갈리게 말을 던졌다.

"(당대회에서) 부결됐다고 탈당하는 건 좀 그렇지 않나? 철새라는 말이 나올 텐데."

벽에 턱하고 부딪힌 느낌이었다. 탈당하고 창당을 결심했을 때 이런 말을 들을 거라고 예상하지 못한 것은 아니었지만, 현실에서 마주하니 움찔했다. 머리로 차가운 온도를 예상하는 것과 손끝에서 온몸으로 전해 오는 냉기는 다른 것이었다.

인터뷰하면서 이런 질문은 처음이었다. 어디서부터 어떻게 설명해야 하나 막막했다. 가닥을 잡고 차근히 풀어나갔다.

기본소득당 창당 운동을 하는 사람마다 운동에 나서게 된 이유는 다르겠지만, 나에게 가장 중요했던 이유는 이전 정당의 사람들과 내가 세상을 바라보는 시각이 다르다는 것이었다. 나에게 정당은 곧 세계관이다. 세계를 바라보는 시각이 다르다면 소속 정당에 관해 고민할 수밖에 없었다. 아무리 사람들과 정이 들었다고 해도, 10년 가까운 시간을 보낸 곳이라고 해도. 정당은 사회가 나아갈 방향에 대해 이야기하고 결정하는 정치에 참여하기 위한 조직이다. 세계를 이해하는 방식을 공유하고 있다는 전제 아래 정책에 대해 토론하면서 입장 차이를 좁혀 나가는 것이 정당 내의 정치 활동이라고 생각했다.

'불안정함이 정상적인 상태가 되어 버린 한국 사회는 어떻게 바뀌어야 하나'가 큰 질문이었다. 기본소득당이 한국 사회에 필요하다고 주장했던 까닭은 '일하지 않는 자는 먹지도 말라'는 기존의 구성 원리를 폐기하고 '일하지 않아도 존엄하고 자유롭게 살아갈 수 있다'는 새로운 사회계약을 세울 필요가 있다고 생각했기 때문이다.

지금 한국 사회에 필요한 대안과 '나의 정당'이 나아가야 할 방향에 대해 토론하는 과정이 이전에 몸담았던 정당에서는 힘들 뿐더러 상처와 절망으로 가득했다. 한국 사회의 그동안의 구성 원리가 더는 지속될 수도 없고 정의롭지도 않다는 전제를 공유하고 있지 않았다. 전제 자체가 달랐다. 토론을 통해 입장 차를 좁혀나가는 것이 불가능했다. 세계를 이해하는 방식과 전제 자체에 대해 토론해 보려 했지만, 그건 더 어려운 일이었다. 진지한 토론 자체가 이어지지 못했다. 사실 탈당을 결심하는 것보다 더 어려웠던 것은 내가 정치 활동을 이어 온 정당 사람들 세계관과 내 세계관이 서로 다르다는 것을 인정하는 것이었다. 절망스러웠다. 서로에게 상처만 남기는 것보다 각자가 펼치고자 하는 정치를 하는 것이 더 생산적일 터였다. 어렵지만 결정해야 했다. 결국, 나와 동료들은 탈당의 부담을 감수하고 새로운 정당을 만들기로 했다. 창당을 통해 우리가 하고자 하는 정치를 포기하지 말고 이어 가 보자고 결정했다.

기사에는 쓰지 않을 것 같은 질문을 하는 건 호기심 때문일까? 여러 사람이 물었다.

"기존에 있는 큰 정당에 들어가면 빠를 텐데, 왜 굳이 당을 따로 만드나요?"

고민해 본 적 없는 질문이었다. 기존에 존재하는 정당에 들어갈 생각은 해 본 적이 없었다. 진지하게든 가볍게든 제안을 받아 본 적은 있지만, 한 번도 나의 선택지로 생각하지 않았다. 나의 대답은 간명했다. "들어가고 싶은 당이 없으니까." 하지만 긴 설명이 필요했다. "왜 굳이"라고 묻는 기자에게 기성 정당이 아닌 새로운 정당을 만들기로 한 이유를 성심을 다해 대답했다.

알려진 주류 정당에 들어가서 무언가 역할을 하며 당과 세상을 바꿔 낼 수 없다고 생각했다. 50대 이상, 자산이 어느 정도 있는, 남성들이 이미 카르텔을 형성한 기성 정당에서는 청년들을 얼굴마담으로 사용해 왔다. 비례 한두 자리 정도를 청년에게 주면서 청년을 대변하고 있다고 말한다. 만 45세까지를 청년으로 치기도 한다. 나는 한국전쟁 세대, 386세대가 아닌 새로운 세대를 '구성'하는 것이 필요하다고 생각한다. 새로운 세대는 나이로 구분되는 것이 아니다. 한국전쟁과 6월 민주화 투쟁이라는 정치적 경험 속에서 형성된 세대가 지금 한국 정치를 주름잡고 있고, 이들은 변화하고 있는 한국 사회와 그 속에서 살아가고 있는 청년들의 삶을 이해하지 못한다. 변화에 대응하여 오늘이 요구하는 정치를 하기 위해서는 새로운 정치적 세대를 형성해야 한다. 주류 정당에서 얼굴마담으로 어떤 사람 하나가 성공한다고 해서 새로운 정치적 세대를 형성할 수는 없다. 이것이 새로운 정치세력화, 그리고 이를 담아내기 위한 새로운 정당이 필요했던 이유다.

더 큰 이유는 기자에게 전하지도 못했다. 듣고자 하는 답을 다 들었는지, 다음 질문으로 넘어가 버렸다.

새로 당을 만드는 또 하나의 중요한 이유는 기성 주류 정당과 기본소득당은 세계관 자체가 다르기 때문이다. 우리는 지금 위기를 낳고 있는 사회문제를 약간의 땜질로 해결할 수 있다고 보지 않는다. 일자리가 절대적으로 부족하고, 치솟는 부동산 가격 등으로 인해 자산 불평등이 커지고, 기존의 선별적인 복지제도가 한계에 달해 사각지대에서 죽어 가는 사람이 늘어나고 있는 지금, 위기를 유예하는 땜질을 할 것이 아니라 사회를 구성하는 원리에 대해 새로운 합의를 도출할 필요가 있다. 이런 세계관을 공유할 주류 정당이 있었다면 나의 첫 정당은 애초에 그 정당이었을 것이다.

창당 과정에서 들었던 질문들은 현실 정치 구도를 반영하고 있었다. 새로울 것이 없었다. 속상할 이유도, 기분 나쁠 이유도 없었다. 지금 기본소득당에는 새로운 정치를, 기본소득의 실현을 열망하는 사람들이 모여들고 있다.

그게 가능하겠냐고 언제나 많은 사람이 물었다. 나조차도 모험이라고 생각했던 시간을 돌이켜보면, 지금 이렇게 창당을 마친 현실이 감개무량하다. 얼떨떨하기도 하다.

"OK, 계획대로 되고 있어" 카페에서 흘러나오는 노래를 듣고 있자니, 2019년 한 해가 힘들었던 것은 지금처럼 벅찬 연말을 보내기 위해서였던 것이 아닐까 하는 생각이 문득 들었다. 혼자 피식 웃었다. 다 지나니까 할 수 있는 말이지.

'부릉이'에 몸을 싣고 지역을 돌며 막막한 심정으로 악수하고 헤어지던 자리가 하나하나 떠올랐다. 인천, 부산, 광주. 창당대회에 가서 뜨겁게 악수를 해야겠다. 힘차게 팔을 흔들어야지. 이제 기본소득당은 현실이 되었고, 모든 국민이 조건 없이 받는 기본소득은 '우리의 꿈'이 되었으니까.

꿈을 실현할 차례다.

반짝거리며 나를 물들인 사람들

문미정

　세 여자를 모두 아는 사람이니 그들에 대한 글을 써 달라고 했다. 둘 중 하나다. 셋에 대한 공통의 기억들로 구성하거나 세 개의 글을 쓰거나. '귀차니즘'을 추구하는 나는 아무래도 세 개의 글보다는 하나의 이야기를 구성하기로 마음을 먹었다.

　하지만 세 사람 각각은 나와의 시작이 너무 달랐다. 신지혜 위원장은 그가 대학 새내기일 때 자원활동가로 아는 사이가 되었고, 신민주 위원장은 같은 사무실을 쓰는 다른 단체 활동가로 아는 사이였고, 용혜인 대표는 신문에서 처음 봤다.

　공통점이 있다면, 첫 만남의 기억이랄 것이 나에게 딱히 없다는 것이다.

　아마도 신지혜 위원장은 자원활동가를 모집하는 사무실 어디선가 혹은 교육장에서 처음 만났을 가능성이 있다. 신민주 위원장은 공동의 사업을 진행하다가 아니면 데모하다 어딘가에서 처음 만났을 가능성이 있다. 용혜인 대표는 이름은 들은 적이 있지만 얼굴은 신문에서 처음 본 거 같은데 그게 왜곡된 기억일 듯하기도 하고 데모하다가 처음 봤을 가능성이 가장 크다.

공통점을 찾았다. 세 여자 모두 첫 만남이 나에게 기억도 분명하지 않을 만큼 인상적이지 않았다. 뿌연 기억을 떠올려 묵은 액자 닦아내듯 한 사람씩 얘기해 보는 수밖에.

함께 살아 내는 연대

평화캠프라는 자원활동 단체에서 10년 넘게 일했다. 처음 자원활동을 시작하려고 했을 때는 활동 참여자가 스무 명이 채 되지 않았다. 10년이 지나서는 활동 참여자 수천 명을 배출한 자원활동가 단체가 되었고, 회원도 그만큼 늘었다. 이쯤 되었을 때 가장 큰 고민은 고민 자체가 힘들다는 것이다. 작은 단체로 있을 때는 매일 같이 이야기하고 부대끼며 토론해서 더 나은 활동 방향을 논의했다면, 단체가 커지면서 활동은 기계적으로 돌아가고 있었다. 그것으로도 충분히 할 일이 많고 바쁘기 때문이다. 한마디로 고민의 여유가 없어진다.

그때, 포이동 공부방에 불이 났다.

마을 전체가 타 버린 상황이었다. 겨우 공간을 얻어 공부방으로 쓸 수 있게 되었다. 그 정신없는 틈에 아이들을 따로 돌보는 건 쉽지 않은 일이었다. 공부방은 마을 아이들 모두의 집이 되었다. 평화캠프 자원활동가로 만났던 신지혜 위원장은 몇 년의 활동을 거치면서 코디네이터로 함께 일하는 동료가 되었다. 그는 그때 아이들과 함께 살아야겠다고 이야기했다. 자원활동가 선생님들이 돌아가며 신지혜 위원장과 함께 아이들을 돌봤다. 갖춰진 샤워실 하나 없던 그곳에서 그렇게 살아 냈다.

자원활동가와 활동 참여자의 거리를 유지하는 것은 자원활동가가 활동에 소모되지 않게 하기 위해 오래도록 지켜 온 불문의 규칙이었다. 하지만 규칙은 무너졌다. 비참한 현실을 직면하고 자원활동가들은 거리 유지 같은 걸 그만두게 되었다. 아이들 머리를 감기고 수건으로 묵묵히 털어 내던 신지혜를 통해 내가 배운 것이다. 함께 살아 내는 것이 활동이고 연대하는 것이었다.

정당을 해야겠어요

"뭘 해야 할지 모르겠어요." 나에게 그런 때가 있었다. 집에 가는 지하철에서 우연히 만난 동네 친구에게 무기력한 심정을 털어놓았다. "그럼 아무것도 하지 마요." 그 말에 감동을 받아서, 할 수 없는 것에 쩔쩔매지 않고 아무것도 하지 않는 걸 해 보기로 했다. 하고 있던 모든 것을 정리하고, 핸드폰도 정지하고 SNS도 끊고 퇴직금을 털어, 태어나서 처음 혼자서 비행기를 타고 떠났다. 6개월이 지나 한국에 돌아왔지만, 공항에 도착하자마자 다시 돌아가고 싶었다. 또 누군가를 만나 상처받아 힘들게 될 자신이 없었다. 우울함을 이겨내기 위해 바쁨을 선택했다. 내가 하고픈 일이 없었으므로 누군가가 하고 싶다는 일이 있으면 도와야겠다고 생각했다. 만날 수 있는 사람은 모두 만났다. 그중 신민주 위원장도 만났다.

단둘이서 이야기해 본 건 그때가 처음이었다. 왜 만나자고 했는지는 기억나지 않는다. 아마도 청년정치공동체 너머 사무실을 찾아갔다가 밥 한번 먹자고 말했던 것 같기도 하다. 한 말은 지키려고 그랬는지 어색한 채로 우리는 같이 밥을 먹고 차를 마셨다. 나는 연신 그 밥집이 맛있는 곳이라는 이야기만 해 댔다.

재밌을 거라 기대했지만 수다는 진지했다. 나는 나의 무기력함에 대해 털어놓았고, 그는 대학 사회에 대한 진단, 사회단체로서 정치를 풀어내는 것에 대한 한계들을 이야기했다. 우리에겐 돌파구가 필요했다. 그러다 그가 불쑥 "정당 활동을 해야겠어요"라고 이야기했다. 내가 만난 모든 사람이 망설이고 미루고 있던 그 말을 그는 무심하게 뱉었다. 사회운동에서 하고자 하는 이야기들을 가장 효과적으로 가장 강력하게 할 수 있는 것이 정당이라는 것을 알면서도, 지긋지긋하기도 하고 너무 큰 무게여서 누구도 건들지 못하고 말하지 못하던 그때였다. 선뜻 그게 답이라고 단정할 수 없는 '그' 이야기를 그는 해 버렸다.

그렇게 나의 방황도 끝나고 나는 그때 나보다는 용기 백 배쯤 있는 신민주 위원장이 하자는 거 해야겠다고 마음먹었다.

그의 리더십

"언니는 누구랑 얘기하며 풀어요?"

내가 많이 들은 말 가운데 하나다. 한곳에서 오래도록 활동하다 보면 의도치 않게 가장 나이 많은 여성이 된다. 결혼하고 아이를 낳으면서 모임에 참여하지 못하는 이가 늘어난다. 내가 있는 대부분 공간에서 그렇다. 어디 가도 나는 '왕언니'가 되어 버린다. 자연스레 관계가 형성되고 나를 신뢰하는 사람들이 생기는 것은 좋다. 하지만 나이가 많은 여성이라는 이유로 상담사 역할을 해야 하는 것은 내키지 않는다. 《82년생 김지영》을 읽고 공감보다 불편함이 컸던 이유였다. 소설에서 나는 김지영보다 그 주변 여성들이 더 눈에 들어왔다. "구태의연해요." 자원활동팀 보호자들과 수다를 떨다가 그 책에 대해 이야기를 나누며 들은 평이다. 맞다. 엄마와 언니라는 선배 여성의 역할을 다시 또 그렇게 구태의연하게 보여 주고 있는 것이 불편했다.

물론 그 소설조차 수용하지 못하는 것이 지금 대한민국 현실이지만.

용혜인 대표를 관찰(?)하게 된 건 질문에서 비롯되었다. 언니 말고 동료로서 여성인 동료가 갖는 리더십은 어떠해야 할까. 대표를 수행하기 위해 다녔을 때, 일정이 끝나면 대표인 그가 나를 집에 데려다 주었다. 내가 '늙은 선배 언니'여서 그런 게 아니다. 그를 수행한 사람 대부분은 그의 에스코트를 받으며 퇴근해 본 경험이 있다. '대표니까 에헴' 이런 게 없는 사람이다. 중앙당 사무실이 넓지 않아 개인 책상을 많이 둘 수도 없긴 하지만, 그 흔한 대표실은커녕 대표 책상 하나 없다. 더 많은 시간을 사무실에서 보내는 상근활동가들에게 책상이 더 필요하다는 생각이다.

용혜인 대표에게서 나는 새로운 리더십을 발견한다. 따로 마련한 방에 들어앉아 찾아오는 이들에게 답해 주는 리더십이 아니라, 비어 있는 그 어느 자리에라도 찾아가 공감해 주고 응원해 주는 리더십이다. 용혜인 대표와 대화를 하면 내가 잘하고 있는 것 같고 힘이 나는 기분이 드는 건 그의 따뜻한 리더십 때문이리라.

누구의 무엇이 아닌

전혀 인상적이지 않았던 세 여자가 내 삶에 스며들어 나를 물들였다. 나는 그들의 팬이다. 지금까지 없었던 새로운 정당을 만들어 가려는 그들을 찐하게 지지하는 팬이다.

여성들은 누군가의 아내, 엄마, 딸로 불린다. 진보정당 활동을 하다 보면, 청년들은 누군가의 후배로 불리고 대학 진학하는 고등학생도 아닌데 자연계 인문계처럼 무슨 무슨 계열이라고 불린다.

세 사람은 자신의 역사와 자신의 이야기로 지금 이 자리에 있다. 기성세대들에게는 막돼먹은 정치로 보일지 모르겠지만, 새로운 세대의 따뜻한 정치를 써 내려 가고자 하는 그들은 자신의 정치를 펼쳐 나가리라 기대한다.

우리가 무슨 일을 벌인 거지?

신지혜 무슨 일을 벌인 거야 싶었지.

용혜인 처음 한 달은 그랬지. 으으.

신민주 쭈글쭈글. 지금 너무 신기해요. 당원들과 통화하면 너무 좋고. 이게 무슨 일이야. 하하.

용혜인 그래, 하자 할 때는 으쌰으쌰 했는데, 그다음에 막막해지고 창당 안 되면 뭐할 거냐고 물어보고 그랬는데. 금방 입당하는 사람 늘어나는 거 보고 정말 깜짝 놀랐어. 정말!

신지혜 사람들이 간절하구나, 아 그리고 우리가 틀리지 않았어, 그런 확신이 섰어. 그래서 힘든 줄 몰랐고, 글 쓰는 것도 힘들다는 생각 안 했고.

용혜인 그래? 난 글 쓰는 건 더 힘들어지던데. 하하.

신지혜 혜인이는 바빠져서 더 그랬지. 인터뷰 요청 점점 많아지고.

신민주 책 만들자고 한 것도, 쓸까 하더니 벌써 쓰고 있고.

용혜인 맞아, 무슨 일을 하고 있는 건가 싶었지.

신지혜 두 주 밤새우면 가능할 줄 알았어. 쓰면 되겠지 했는데, 처음엔 에세이라는 형식이 익숙하지 않아서. 노트북 앞에 앉고 보니 굉장히 마음이 착잡하대. 포이동 기억을 다시 떠올리려니 힘들더라고. 내 안에서 해소되지 않았구나, 깨달았어. 이제 이렇게 해소를 한 셈이지.

용혜인 10대 때 이야기가 제일 어려울 줄 알았는데 사실 쉬웠던 거였어. 나는 2부 쓰는 게 너무 힘들었어. 기억을 다시 떠올리는 것이 힘들더라고. '가만히 있으라' 행진하고, 청운동 그 길에서 밤새우고. 결국 눈물 훔치면서 쓰고 말았지. 아줌마들 즐겁게 얘기하고, 저기는 연인 앉아 있고, 그러는데 카페에서 나는, 흑흑. 나 쿠폰 두 장 채웠잖아. 한 번 가서 여덟 시간 앉아 있고 막 이랬거든. 부모님 이야기 쓰는데 좀 마음에 걸리는 거야. 미리 얘기해야 하나? 하하.

신민주 아빠, 브래지어 어떡해! 미안해. 흑흑.

신지혜 아아, 아빠나 해! 하하. 혜인이가 마음 연 것을 처음 봤어. 정치적으로 이렇게 합시다, 그런 것만 들어 와서 그랬는지, 글 보면서 애도 멘탈이 흔들리는 사람이지, 하는 생각을 하게 되더라.

용혜인 나는 극한의 효율을 추구하는 사람인 것 같아. 로그아웃, 로그인. 그런 걸 하더라고. 생존 전략 같은 건가? 하하하. 잘 잊어. 그렇게 멘탈을 유지하나 봐. 아하, 그래서 글쓰기는 힘들었나? 잘 생각이 안 나서? 그래도 재밌었어.

용혜인 우리만 재밌는 건 아니겠지? 하하하.

신지혜 정치하고 싶은 여성들이 있다면 우리 이야기를 읽고 정치하고 싶다는 생각을 할지는 모르겠다.

용혜인 심각하게 보지 않았으면 좋겠다고 생각했어. 심각하게 읽을까 봐 걱정하기도 했어.

신민주 사실 그때는 심각했지만. 따-흑.

용혜인 재밌었어. 그래도.

신지혜 20대 여성, 당, 정치. 이런 건 서로 닿지 않는 말인가?

용혜인 그래, 좀 자존심 상해. 어린 것들이, 세상을 몰라, 이런 소리 듣는 건 좀 그래.

신지혜 당을 만든다고 하는데, 당을 만든다는 건 낯선 일이고. 그렇지만 사람들이 우리 이야기를 읽고 '생초보는 아니구나' 생각하면 좋겠어. 정당 활동, 정치판이라고 하는 곳에서 우리가 공통으로 2, 30대 여성으로 겪은 절망, 이런 게 있기는 했는데, 단지 이런 걸 전하고 싶지는 않아. 믿을 만하구나, 그래도 경험이 있고 그걸 바탕으로 무언가 해 보려고 하고 있구나, 그런 모습이 전달되면 좋겠어.

용혜인 당을 만든다는 것이 어떤 느낌일까 했지. 경멸하고 싫어했던 아재 정치와 이별한 우리를 반가워해 주면 좋겠다는 생각은 했어. 페미니즘 정치를 하는 정당을 만들고 싶으니까.

신지혜 페미니즘 정치, 민주의 꿈이지.

신민주 마자요! 하하하하하하하.

신지혜 민주 말, 정말 하하하. '마자요!' '조아요!!' 글로 쓰면 느낌이 안 나는데, 그치?

용혜인 이런 말도 들어 봤어. '어디 들어가지.' '있는 당에 들어가면 되는데?' '왜 이상한 길을 가?'

신민주 진짜? 우리 그렇게 이상한가? 기본소득 필요한데.

신지혜 있으면 들어가지! 나오지 않고! 하하.

신민주 그래. 맞아. 없으니까 만들지.

신지혜 또래들은 사실 걱정하지 않아. 오히려 '좋겠다, 하고 싶은 거 하고 살아서' 그런 소리를 듣지. 한 번 사는 인생, 그냥 한 번 하겠다 는데. 하하.

용혜인 그렇게 사는 거지, 뭐. 어때.

신민주 내일이 없는 사람 같아. 크흑.

용혜인 내일? 창당해야지! 당 만들고, 선거도 나가고! 국회 가야지!!

신민주 마자욧!

하하하하하

2019년 12월 14일 기본소득당 창당준비위원회 사무실에서
원고를 끝내고 즐겁게 수다를 떨었다.

94년생 신민주 blog.naver.com/idmail

야한 것을 좋아했던 청소년기를 거쳐, 스무 살 이후 페미니스트가 되었다. 스쿨미투 고발 운동, 대학 내 성평등 활동, 낙태죄 폐지 운동 등을 거치며 새로운 관점으로 세계를 바라보게 됐다. 분노도 많고 지는 것도 싫지만, 그만큼 웃기거나 재미있는 것을 좋아한다. 2015년부터 트위터로 12,000개가 넘는 글을 작성한 트위터 헤비 유저이기도 하다. 페미니즘 관련 글과 웃긴 영상을 리트윗하는 용도로 트위터를 주로 사용하며, 지금은 블로그를 중심으로 페미니즘과 성평등에 관한 글을 연재하고 있다. 2017년부터 '연꽃아래' 대표를 맡아 베트남 민간인 학살 문제의 진상을 요구하는 활동을 이어 오고 있다. 2019년 여름에 기본소득당을 만들기로 하고 겨울에 서울 기본소득당 위원장이 되었다.

87년생 신지혜 https://ghye.tistory.com.

부산에서 태어났다. 기억나는 순간부터 지금까지, 열여섯 번 이사했고 다섯 개 초등학교에 다녔다. 초등학교를 졸업할 즈음, 통영으로 이사해 중학교와 고등학교에 다녔다. 대학 입학 후, 바람개비 인연맺기학교 자원 교사 활동을 시작했다. '봉사'가 아닌 '자원활동'을 졸업 이후까지 이어 갔고 직업으로 삼았다. 스트레스를 받으면 드라마를 보거나 동네 친구들과 단골집에서 술 마시며 푼다. 30년간 머물 수 있는 국민임대주택에 입주하면서 회색 옷을 입는 고양이를 가족으로 들었다. 기본소득 받아 첼로 배우는 삶을 꿈꾸며 경기 기본소득당 위원장이 되었다. 2019년 한 해 동안 《고양신문》에 칼럼 《87년생 신지혜》를 연재했지만, 지금은 잠시 쉬는 중. 발달장애인을 만나는 자원활동가의 경험을 담은 《좋은 일 하는 것 아닙니다》를 내고 북 토크도 했다.

90년생 용혜인 blog.naver.com/yong_hyein

안산에서 나고 자라 고등학교까지 다녔다. 대학 가면 올라갈 사다리가 있을 거라고 생각했다. 85호 크레인 위의 김진숙 씨를 만나 '데모로 세상을 바꾸는 시대는 끝났다'는 생각이 와장창 깨졌지만, 4학년이 되면서 '먹고사니즘' 때문에 공무원을 꿈꿨다. 그 뒤로 5년을 계속 4학년으로 남아 있을 줄은 꿈에도 몰랐다. 세월호 참사 직후 무턱대고 거리로 나와 국화꽃과 "가만히 있으라" 피켓을 들고 행진을 시작했다. '하지 마'를 외치는 것으로는 죽음을 멈출 수 없으니 '하자!'를 외치는 사람이 되기로 결심했다.
기본소득당을 만들기로 하고 창당준비위원장을 덜컥 맡았다. 지금은 꿈같던 창당을 실현해 내서 약간 얼떨떨하면서도 매우 희망찬 상태. 이제 기본소득당이 국회에서 기본소득을 실현하는 일만 남았다.

당 만드는 여자들

지은이   신민주, 신지혜, 용혜인

기획   김서분

디자인   이윤순

일러스트 이윤순

사진   양희석

초판 1쇄 2020년 3월 26일

펴낸곳   도서출판 지식의풍경

주소   경기도 고양시 덕양구 화중로104번길 28 씨네마플러스 704호(10497)

전화   031-968-7635(편집), 031-969-7635(영업), 031-964-7635(팩스)

E-mail   vistabooks@gmail.com

신고번호   2013-000046호(1999.5.27)

값 19,000원

ISBN 978-89-89047-38-4 03810